§ 아마빌레 §

2016년 1월 18일 초판 1쇄 인쇄
2016년 1월 22일 초판 1쇄 발행

지은이 § 주은영
발행인 § 곽중열
기획&편집디자인 § 신연제, 이윤아
발행처 § (주)조은세상

등록 § 2002-23호(1998년 01월 20일)
주소 § 경기도 연천군 미산면 청정로 1355
Tel § (02)587-2977
e-mail romance@comics21c.co.kr
블로그 http://goodworld24.blog.me

값 9,000원

ISBN 979-11-5832-403-2

주은영 장편소설

Amabile

아마빌레

GOOD WORLD ROMANCE NOVEL

(주)조은세상

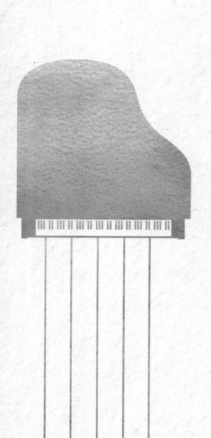

CONTENTS

Amabile

클래식 음악용어_ 아마빌레 : 사랑스럽게

01. 언니가 되고픈 아줌마

"틀렸어."

불쑥 들려오는 소리에 건반을 누르고 있던 손가락이 흠칫 허공으로 떠올랐다.

"이거야."

정신을 차릴 새도 없이 작은 손가락이 '미'를 눌렀다. 돌아보니 예닐곱 살 정도로 보이는 작은 여자아이가 심각한 얼굴로 서 있었다.

"틀렸다고?"

"응. 아줌마 손꾸락이 자꾸 '레'를 누르잖아."

아줌마!

처음 듣는 소리에 순간 울컥하는 것이 치밀어 올랐으나 은희는 화를 지그시 누르고 친절하게 정정했다.

"아줌마 아니고 언니야."

"틀렸어."

"그래, 그래. 틀렸어."

이길 수도 없고, 이기기도 싫은 말씨름을 포기한 은희는 고개를 건성으로 끄덕이며 악보로 시선을 돌렸다.

안 그래도 아까부터 계속 한 곳에서 틀리고 있었다. 머리는 '미'를 누르라고 하는데 이놈의 '손꾸락'은 레와 접신을 시도했다.

"언니 아니야."

이어지는 당돌한 외침에 은희는 눈을 부릅뜨고 맹랑한 꼬마를 쏘아보았다. 아이 역시 질 수 없다는 표정으로 은희를 빤히 쳐다보았다.

"꼬마야. 난 언니야. 서른두 살 먹은 아줌마 봤니?"

은희는 웃으며 다정한 목소리로 타이르듯 말했다.

"서른두 살이 뭔데?"

"서른둘 몰라? 열 개가 세 개에 이렇게 손가락이 두 개. 삼십이!"

열 손가락을 이용해 서른둘을 알려주고 있는 자신이 문득 유치하게 느껴졌다. 하지만 결혼도 안 했는데 아줌마 소리를 들으려니 억울해서 어쩔 수가 없었다. 차라리 이모라고 했으면 억울하게 아줌마 소리는 듣지 않았을지도 모르겠다.

"삼십이 살?"

"그래. 삼십이 살."

은희는 기운이 빠진 목소리로 서른둘을 최종 확인시켰다. 그런데…….

"내 친구 엄마가 삼십이 살이라고 했으니까 아줌마 맞아."

은희는 어이를 상실한 표정으로 아이를 쳐다보았다.

얄밉게 말하는 걸 빼면 예쁘고 귀엽게 생긴 아이였다. 그녀와는 비교도 되지 않을 만큼 얇은 머리카락은 햇볕을 받아 밝은 갈색으로 반짝거렸고, 속의 것이 다 비칠 것처럼 피부는 뽀얗고 투명했다. 곱게 빗어 내린 머리 위에는 왕관 모양의 머리핀을 꽂고 있었는데, 입고 있는 원피스도 레이스가 풍성한 공주님 드레스다.

오후 3시를 훌쩍 넘긴 시간. 부모가 맞벌이를 한다면 지금쯤 유치원에 있어야 할 텐데, 아무래도 그건 아닌 것 같았다. 이 시간에 피아노학원에 나와 있는 걸 보면 말이다.

"그래. 아줌마라고 해. 그런데 아줌마는 연습해야 하니까 이제 좀 나가줄래?"

아줌마라고 인정하고 싶지 않았지만 아이를 내보내려면 순순히 인정하고 져줘야 했다.

"아줌마, 나 그거 다 칠 줄 알아."

그래, 초보자용 교본이니 당연히 칠 수 있겠지!

뒷덜미가 뻐근해졌다. 아무리 예쁜 아이라 해도 당돌함에 저절로 주먹이 쥐어졌다. 그렇다고 아이와 실랑이를 벌일 수는 없는 일, 은희는 아이를 돌려보내기 위해 필사적으로 달래기 시작했다.

"우리 예쁜 어린이는 피아노를 아주 잘 치는구나? 아줌마도 너처럼 피아노를 아주 잘 치고 싶거든. 그러려면 연습을 해야 하지 않겠니? 아줌마 연습하게 좀 나가줄래?"

은희는 최대한 친절하게 웃으며 아이 뒤의 문을 가리켰다. 그러고 보니 문을 열고 아이가 들어오는 것도 몰랐다.

"흥."

새침하게 쳐다보던 아이가 턱을 들고 콧바람을 내뿜더니 쌩하니 연습실을 나갔다. 은희는 황당함에 입을 반쯤 벌리고 닫힌 문을 쳐다보았다.

"어휴!"

은희는 두 주먹을 불끈 쥐고 부르르 떨었다.

이놈의 '손꾸락', 오늘은 기필코 길들이고 말겠어!

"아줌마, 가?"

건반과 싸우다 패배하고 축 늘어진 채로 연습실을 나서는데 맹랑한 목소리가 톡 튀어나왔다. 복도 구석에 마련된 작은 책상에 연습실을 침략했던 아이가 크레파스를 들고 앉아 있었다.

벌써 두 시간이나 지났는데 아이는 아직도 학원에 있었다. 연습을 하고 있는 것도 아닌 걸 보면 그냥 놀러 온 아이인 모양인데, 집에도 가지 않고 있는 아이의 정체가 궁금해졌다. 그러나 궁금해하고 싶지 않아!

은희는 못 들은 척 연습실 복도를 지나갔다.

"아줌마."

학원 입구의 로비로 향하는데 아이가 잽싸게 따라오며 그녀를 불러 세웠다. 아줌마 소리에 발끈한 은희가 아이를 향해 휙 돌아섰다.

"네 친구 엄마가 나랑 동갑이라면서? 넌 친구 엄마한테도 막 반말하니?"

결국 아이에게 다다다 핀잔을 주고 말았다. 웃고 있던 아이의 얼굴이 시무룩해졌다. 유치하게 아이를 이겨 먹었다. 아무리 이기는 것이 좋아도 이번에는 기분이 영 유쾌하지 않았다.

"민채영."

피아노 소리가 소음처럼 울리는 내부를 지그시 누르듯 중저음의 목소리가 끼어들었다. 아이가 깜짝 놀란 얼굴로 뒤를 돌아보았다.

아이의 시선 끝에는 장신의 남자가 서 있었다. TV 광고에서나 들을 법한 목소리의 남자는 하얀 셔츠의 소매를 돌돌 말아 올렸고 손에는 연필을 들고 있었다. 은희는 깔끔하게 정리된 머리카락과 반듯한 얼굴을 넋이 나간 듯 보고 있었다.

아…… 심하게 잘생겼다.

"사과 드려."

소음 속에서도 또렷하게 들리는 부드러운 울림에 정신을 차린 은희는 뒤늦게 남자의 정체를 기억해 냈다.

그는 이 학원의 피아노 선생님으로 수강 등록을 하려고 원장님과 상담을 하고 있을 때 복도를 지나는 것을 얼핏 보았다. 그때도 꽤 잘생겼다고 생각했는데 정면으로 제대로 보니 심장이 벌렁거릴 정도였다.

"어서."

선생님이 재촉하듯 한 마디 더 꺼내자 아이가 주춤거리더니 은희를 향해 돌아섰다. 시선을 아래로 떨어뜨린 아이는 울먹이는 목소리로 말했다.

"죄송합니다."

"고개도 숙여야지."

"……흑."

훌쩍거리던 아이가 '앙!' 소리를 내며 밖으로 뛰쳐나갔다.

요란한 피아노 소리처럼 갑자기 머릿속이 뒤죽박죽이 되었다. 아이를 울린 것이 자신인지 선생님인지 헷갈렸다.

'난 화만 냈는데…… 화만…….'

화를 낸 것이 잘했다는 것도, 억울하다고 따지자는 것도 아니지만 입장이 곤란해진 것만은 분명했다.

"죄송합니다."

아이가 사라진 출입구를 멍하니 보고 있던 은희에게 선생님이 사과를 했다. 은희는 오히려 자신이 사과를 해야 할 것만 같았다.

"아닙니다. 수고하세요."

꾸벅 인사를 한 은희는 학원을 부랴부랴 나왔다. 교본을 껴안은 채 뒤도 돌아보지 않고 아파트 숲을 지나가던 은희는 이젠 보이지도 않는 학원을 힐긋 돌아보았다.

아이가 울며 뛰쳐나갔으니 극성스러운 부모라면 당장 달려와서 항의를 할지도 모른다. 아무리 선생님이라 해도 고작 피아노 선생이 애를 왜 울리냐며 버럭버럭 소리를 지를 수도 있었다. 학교까지 쫓아가서 선생님을 패는 세상인데 학원 선생님은 오죽하겠나.

은희는 자신이 원인 제공을 한 것 같아 마음이 불편했다.

'별일 없어야 할 텐데…….'

그나저나 아이는 어디를 간 걸까? 아까 그림을 그리고 있던데, 부모님을 기다리거나 레슨을 기다리던 아이는 아니었을까? 그렇다면 학원으로 돌아가야 하는 거 아닌가? 많아야 일곱 살 정도로밖에 보이지 않던 아인데, 이젠 아이까지 걱정되었다.

은희는 무심결에 우뚝 솟은 아파트를 올려다보았다. 평상시에는 별 관심도 없던 아파트 단지가 갑자기 밀림처럼 느껴지기 시작했다. 사자, 호랑이 같은 맹수가 어슬렁거리고 팔뚝보다 굵은 뱀들이 징그러운 혀를 날름거리며 기어다니는 무시무시한 정글 숲이 그려지자 정신이 번쩍 들었다.

"안 되겠다."

은희는 아이를 찾기로 했다.

지은 지 좀 된 아파트지만 단지가 꽤 커서 아이를 찾을 수 있을지 의문이었다. 아이는 학원만 이곳으로 다닐 뿐 이 아파트에 살지 않을 수도 있었다. 그래도 단지의 놀이터부터 찾아보기로 했다. 만약 이대로 집에 간다면 악몽에 시달릴지도 몰랐다. 애를 울리고, 학원을 뛰쳐나가게 했다는 죄책감으로 말이다.

아는 것이라고는 '민채영'이라는 이름뿐이고 얼굴은 벌써 가물가물했다. 잘 기억나지 않는 아이를 찾을 수 있을까 걱정하며 총총걸음으로 아파트 단지를 뒤지기 시작했다. 학원과 멀지 않은 곳에 있는 놀이터에 들렀다가 다른 놀이터로 걸음을 옮겼다.

그렇게 아파트 다섯 동쯤 지났을 때 몇몇 아이들이 놀고 있는 놀이터 한구석에서 고개를 푹 숙이고 앉아 있는 아이를 발견했다.

얼굴은 잘 보이지 않았지만 왕관 머리핀과 레이스 드레스로 채영이라고 확신할 수 있었다. 아이를 찾은 것까지는 좋은데 그다음은 어떻게 하면 되는지 불현듯 막막해졌다. 아이를 달래서 학원에 데려다 줘야 하는지, 아니면 이대로 놔둬도 되는지 말이다.

단지 놀이터에 있는 걸 보면 그리 멀지 않은 곳에 아이의 집이 있을 확률이 높았다. 그렇다면 이대로 두고 가도 괜찮지 않을까, 잠시 물러터진 생각을 하다가 일단 아이에게 말을 걸어보기로 하고 조심스럽게 다가갔다.

"여기서 뭐 해?"

채영이가 천천히 고개를 들었다. 다행히 울고 있지는 않았지만 많이 시무룩해 있었다.

"학원 다시 가야 하지 않아?"

"안 가."

채영이는 단호한 목소리로 거부했다.

"아…… 그래."

은희는 한심할 정도로 어정쩡한 대꾸를 하고는 마냥 채영이를 굽어보았다. 침묵이 이어지는 가운데 고개를 푹 숙인 채영이는 달랑 들린 발을 앞뒤로 흔들었다. 어떻게 할까 망설이던 은희는 모르는 척 옆에 엉덩이를 살짝 걸치고 앉았다.

"저기……. 아줌마가 과자 사줄까?"

"할무니가 모르는 사람이 사주는 과자는 먹지 말랬어."

남의 성의를 어떻게 보고!

순간적으로 발끈했으나 교육은 잘 받았다는 생각을 했다. 그렇게 배웠다고 순순히 고백하는 게 조금은 웃기지만.

"아까 학원에서 봤잖아. 그러니까 아줌마는 모르는 사람이 아니야."

고개를 든 채영이는 빤히 쳐다보기만 할 뿐 대꾸를 하지 않았다. 은희는 어색하게 웃으며 말을 이었다.

"그럼 아줌마랑 학원 같이 가서 선생님한테 검사받고 과자 사러 가자."

허락도 아니고 무슨 검사를 받겠다는 건지, 말하고 보니 웃겼다. 신원 보증이라도 받겠다는 소린가?

"가면 혼나."

잔뜩 풀이 죽은 목소리로 아이가 웅얼거렸다.

"그럼 집에 데려다 줄게."

"……."

"조금 있으면 여기 깜깜해진단 말이야. 깜깜해지면 어린이들한테 위험해."

채영이는 어울리지 않게 침울한 표정을 지으며 아랫입술을 잔뜩 내밀었다. 고민이라도 하는 듯 생각에 잠겨 있던 채영이가 조금 누그러진 얼굴로 말했다.

"학원 갈래."

"그럴래? 아줌마가 데려다 줄게."

"응."

채영이가 순순히 고개를 끄덕이더니 작은 손을 내밀었다. 은희는 웃으며 자리에서 일어나 아이의 손을 잡았다. 생각과 달리 앞장을 서던 아이는 학원이 가까워지자 걸음이 차차 느려져 나중엔 은희가 끌고 가는 형색이 되었다.

"들어가자."

몸을 잔뜩 뒤로 빼고 있는 아이를 돌아보며 은희는 최대한 다정한 목소리로 달래듯 말했다.

걱정이 가득한 얼굴로 쳐다보던 아이는 이내 포기한 듯 실내화를 갈아 신고 학원 안으로 들어갔다. 은희도 아이의 뒤를 따라 안으로 들어갔다.

"채영이 어디 다녀왔어?"

원장님이 채영이를 보더니 살가운 목소리로 물었다. 은희는 혹시 혼이라도 날까 싶어 얼른 먼저 대답했다.

"놀이터에서 놀고 있었어요. 시간이 너무 늦어서 제가 데리고 왔어요."

"그랬군요. 고마워요."

원장님의 다정한 인사에 은희는 쑥스러운 웃음을 흘렸다.

은희는 뒤늦게 원장님과 남자 선생님이 꽤 젊다는 걸 깨달았다. 부부인가 싶다가, 남매인가 싶다가, 그냥 일로 만난 사람인가 싶다가, 혼자 별의별 관계도를 다 그리고 있을 때 연습실 쪽 복도에서 인기척이 느껴졌다. 그걸 느낀 아이가 화들짝 놀라 얼른 은희 뒤로 숨었다.

"민 선생님, 채영이 왔어요."

민 선생님은 은희 뒤에 숨은 아이를 빤히 쳐다보았다. 아까도 그랬지만 그의 표정은 진지하고 심각했다.

"채영이는 아까 그리던 그림 마저 그려."

은희의 옷깃을 붙잡은 채영이는 아예 몸을 숨겨버렸다.

원장님은 그저 호호호 웃었고 민 선생님은 엄한 표정을 풀지 않은 채 가려서 보이지도 않는 채영이를 뚫어져라 쳐다보고 있었다.

은희는 이 난감한 대치 상황을 끝내기 위해 채영이를 향해 몸을 낮추고 앉았다. 고개를 숙인 채영이는 시무룩한 얼굴로 제 손가락만 꼼지락거리고 있었다.

"채영이가 아까 어디 간다고 말을 안 하고 나가서 그래. 걱정을 많이 하셨을 거야. 그러니까 죄송합니다, 하고 가서 그림 마저 그려."

"우웅."

아이가 싫다는 표정으로 몸을 흔들었다. 이만한 아이들과 지내본 적이 없는 은희는 세상에서 가장 어려운 협상 대상을 만난 것처럼 난감했다.

"민채영."

기다리다 화가 난 민 선생님이 아까보다 훨씬 더 무서워진 목소리로 채영이를 불렀다. 놀란 은희는 다급하게 아이와 다시 대화를 시도했다.

"아줌마가 내일 과자 두 봉지 사줄게."

결국 과자로 아이를 꼬드기기로 했다.

"아줌마 내일도 와?"

"아까 아줌마 틀리는 거 봤지? 내일도 와서 열심히 연습해야 해."

"알았어."

방긋 웃음을 보인 채영이는 아무 일도 없었다는 듯 뽀로롱 안으로 사라져버렸다. 아까는 건반이랑 싸우고 지금은 꼬마랑 씨름하고. 밤에 잠은 아주 잘 올 것 같다.

"죄송합니다."

채영이가 사라지고 은희가 자리에서 일어나자 민 선생님이 정중하게 사과를 했다.

"아니에요, 아니에요. 저, 저는 그럼 이만…… 내일 올게요."

당황해서 말까지 더듬으며 인사를 하는데 연습실 쪽에서 아이가 얼굴을 빠끔 내밀었다. 눈이 마주친 아이가 작은 손을 흔들자 은희도 어설프게 웃으며 손을 흔들었다. 이후 은희는 허둥지둥 두 선생님께 인사를 하고는 꽁무니가 빠져라 도망을 쳤다.

바깥은 어느덧 어둠이 내려앉아 있었다.

♣

밤샘 작업으로 의자에서 좀처럼 엉덩이를 뗄 시간이 없어 이틀 동안 학원에 가지 못했다. 새벽에 완성된 파일을 송고하고 잠깐 눈을 붙였던 은희는 초췌한 몰골로 학원으로 향했다.

"그동안 왜 안 왔어요?"

학원에 도착해 막 실내화를 갈아 신는데 원장님이 물었다.

"일이 좀 바빠서요."

"그러셨구나. 오늘 레슨이죠?"

"아…… 그랬나요?"

은희가 잠시 날짜를 더듬는 사이 미소를 지어 보이던 원장님이 단호한 목소리로 말했다.

"네. 맞아요. 30분 정도 연습하고 레슨할게요."

윽, 큰일이다!

학원에 나오지 않아 전혀 연습을 못했는데 레슨이란다. 다른 날 왔어야 했는데 잘못했다.

벽시계를 확인한 은희는 빈 연습실로 향하면서 채영이를 찾아보았다. 내일 온다고 했으면서 내일에 내일에 내일이나 되어서야 왔으니 단단히 뿔이 났을 것이다. 안 그래도 까칠한 민채영 공주님이 보자마자 '틀렸어!' 라고 심술이라도 부릴 것만 같았다.

연습실 문마다 나있는 창문을 훔쳐보며 복도를 걷던 은희의 걸음이 멈추었다. 진지한 얼굴로 연주하는 학생의 모습을 지켜보고 있는 민 선생님이 있었다.

'아무리 봐도 심하게 잘생겼단 말이지.'

은희는 저도 모르게 유리창에 눈만 내놓은 채 민 선생님을 훔쳐보고 있었다. 그녀가 바라던 남자들은 모두 TV에서나 볼 수 있었는데, 이리 가까운 곳에서 실제로 보게 되니 가슴이 콩닥콩닥 뛰었다.

진지하게 지켜보던 민 선생님이 연습을 중단시키며 몸을 움직이자 은희는 흠칫 놀라 머리를 숨겼다. 문에 찰싹 달라붙어 있는 제 모습이 얼마나 웃길지 뻔히 알기에 은희는 재빨리 주변을 살폈다. 다행히 복도에는 아무도 없었다. 은희는 다시 창에 눈을 내밀고 안을 훔쳐보았다. 민 선생님은 연필로 악보에 뭔가를 표시하며 열심히 설명을 하고 있었다.

'어, 채영이네?'

뒤늦게 피아노 의자에 앉아 있는 학생이 채영이라는 걸 알았다. 그런데 채영이는 불만이 가득한 얼굴로 삐딱하게 앉아 듣는 둥 마는 둥 하고 있었다. 선생님의 지적이 꽤 싫은 모양이다.

설명을 끝낸 선생님이 무어라 지시를 하자 시큰둥하니 앉아 있던 채영이가 허리를 꼿꼿하게 펴고 손가락을 놀리기 시작했다.

'세상에……. 저 손가락으로 피아노를 치는 거야?'

은희는 속으로 감탄했다. 정확하게 어느 수준인지는 알 수 없었지만 단조롭기 짝이 없는 자신의 교본과는 비교도 되지 않았다. 그녀에게 훈수를 두는 이유가 다 있었다.

선생님이 움직이는가 싶더니 연습이 또 중단되었다. 채영이가 뚱한 얼굴로 쳐다보자 민 선생님이 연필을 놓고 시범을 보였다. 그 모습이 어찌나 멋있는지 저도 모르게 침을 한 번 꿀꺽 삼키던 은희는 부랴부랴 연습실로 향했다.

"어휴."

은희는 손으로 부채질을 부지런히 했다. 피아노와 단둘만 있는 공간이었지만 선생님을 훔쳐보았다는 부끄러움에 붉어진 얼굴이 쉽게 가라앉질 않았다.

고등학생 때, 노래나 성악에 남다른 재주가 있었던 것도 아니면서 중창단 활동을 했었다. 그때 한 중창대회에 참가한 적이 있었는데 거기서 남자 반주자를 처음 보았다.

남자 반주자가 여럿 있었음에도 한 명의 외모가 어찌나 뛰어난지 참가한 여학생들이 모두 술렁거릴 정도였다. 그때부터 피아노 치는 남자가 로망이 되었다. 민 선생님을 보고 있노라니 어렸을 적의 기억이 새록새록 떠오르면서 심장이 두근두근댔다.

똑똑.

연습을 하는 둥 마는 둥 하고 있는데 노크 소리가 들렸다. 벌써 레슨 시간이 된 것이다.

"레슨할까요?"

엄마야. 무심코 문으로 고개를 돌렸던 은희는 놀라서 어깨를 움찔거렸다.

문을 열고 들어온 사람은 원장님이 아니라 민 선생님이었다.

"원장님이 잠깐 외출을 하셨어요. 오늘은 제가 레슨해 드릴게요. 괜찮죠?"

그렇게 말하는 민 선생님은 웃고 있었다.

며칠 전에 보았던 그는 무뚝뚝해 보였고, 조금 전의 그는 엄해 보였는데 지금은 전혀 딴판이었다. 웃으니까 더욱 멋있었다. 게다가 좋아하는 중저음 목소리를 가까이에서 듣게 되니 심장이 녹아버릴 것 같았다.

"네. 괜찮아요."

사실 연습을 제대로 못해서 하나도 괜찮지 않았다. 그러나 쉽게 만날 수 없는 남자에게 레슨을 받는 일인데 당연히 괜찮다고 해야 한다. 손가락이 부러졌어도 레슨을 받아야 한다!

"어디예요?"

보조 의자에 앉은 민 선생님이 악보를 들추었다. 은희는 덜덜 떨리는 손으로 악보를 몇 장 넘겼다. 그리고 시작된 레슨. 이틀이나 연습을 못 했고, 30분가량의 연습 시간도 엉뚱한 생각을 하느라 허비했으니 당연히 엉망이었다.

"다시 해보세요."

어렵게 곡 하나가 끝났는데 민 선생님은 다시 하라고 지시했다. 그렇게 같은 곡을 다섯 번 이상씩 치면서 레슨이 이어졌고, 통과한 곡은 달랑 하나였다. 설레는 마음으로 민 선생님의 레슨을 받았으나 결과는 참담했다.

"통과 못한 세 곡은 다음 레슨 때 한 번 더 보도록 하죠. 진도는 두 곡만 나갈게요. 잘 보세요."

민 선생님이 한 옥타브 아래에서 새로운 곡을 연주했다. 악보
는 복잡해 보였지만 민 선생님이 연주를 해서인지 쉬울 것만 같
았다.

민 선생님의 긴 손가락이 건반 위를 활보했다. 오늘도 둘둘
말린 셔츠 밑으로 쭉 뻗은 팔뚝은 건반을 누를 때마다 살아서 꿈
틀거리는 것 같았다. 손가락은 또 어찌나 길고 고운지, 덥석 잡
아보고 싶은 충동이 밀려왔다.

지금까지 남자를 눈여겨본 적이 없는데, 피아노 치는 그는 해
머가 현을 두드리듯 마음을 미친 듯이 두드려댔다.

"자, 할 수 있겠죠?"

멍한 눈으로 구경하다가 어느새 연주가 끝나버렸다. 생각 같
아서는 한 번 더 보여달라 하고 싶었지만 차마 입이 떨어지지 않
아 은희는 고개만 끄덕였다.

민 선생님은 연필로 주의해야 하는 부분에 동그라미를 그리
며 다정하게 설명해 주었다. 보면대 위의 책을 붙잡고 있는 민
선생님과 거리가 가까워 심장이 떨어질 것 같았다.

오늘, 잠은 다 잤다.

"그럼, 연습 많이 하세요."

자리에서 일어난 민 선생님이 다정하게 당부하고 연습실을
나갔다. 가지 말라고 붙잡고 싶었지만 은희는 기어들어가는 목
소리로 '고맙습니다.'라고 인사했다.

잘 몰랐는데 그가 나가고 조용해진 연습실에 생소한 향기가

가득 퍼져 있었다. 은희는 제 옷에서 나는 냄새인가 싶어 코를 대고 킁킁거렸다. 그러나 아무 냄새도 나지 않았다. 향수를 사용하지 않으니 당연한 일이었다. 아마도 그가 남기고 간 향기인 것 같았다. 할 수만 있다면 향기를 통에 담고 싶었다.

"아줌마!"

"엄마야."

아쉬운 대로 눈을 감고 코를 킁킁거리고 있던 은희는 화들짝 놀라 의자에서 펄쩍 뛰어올랐다. 벌컥 열린 문 앞에 채영이가 있었다.

"아…… 깜짝이야."

은희는 사납게 뛰는 가슴을 부여잡으며 몸을 바로하고 앉았다.

"아줌마 나빠."

"왜에?"

은희는 심드렁한 목소리로 대꾸했다. 채영이가 심술이 가득한 눈으로 은희를 '노려' 보았다. 유치원생이 무섭긴 처음이다.

"학원에 안 왔잖아."

"미안해. 아줌마가 일이 정말 바빠서 학원에 올 수가 없었어."

은희는 '정말' 을 길게 늘어뜨리며 미치도록 바빴다는 걸 강조했다. 유치원생처럼 두 손으로 커다랗게 원까지 그리면서 지키지 못한 약속에 대한 변명을 했다.

"과자 사줘."

그래, 사줘야지. 어른이 약속을 어기면 안 되잖아?

"알았어. 그런데 아줌마 연습해야 하는데 기다릴 수 있지?"

"응!"

우렁찬 목소리로 대답을 하자마자 채영이는 문을 시원하게 닫고 사라졌다.

은희는 한숨을 쉬고는 연습을 시작했다. 한 시간가량 연습을 끝내고 밖으로 나갔을 때 채영이는 지난번처럼 작은 책상에 앉아 그림을 그리고 있었다. 오늘은 또래 아이들도 함께 있었다.

"채영아."

부르는 소리에 책상에 옹기종기 모여 있던 아이들이 고개를 번쩍 들고 은희를 쳐다보았다. 채영이가 신난 얼굴로 의자에서 폴짝 뛰어내리더니 은희의 손을 덥석 잡았다. 단순히 손만 잡았을 뿐인데, 자그맣고 따뜻하고 보드라운 감촉에 기분이 좋았다.

"내가 과자 사올게."

채영이가 아이들에게 의기양양한 목소리로 말했다.

저기요. 과자는 내 돈으로 사는 거거등요?

금방까지 느꼈던 포근함은 잊고 속으로 구시렁거렸다.

"채영이 어디 가는 거야?"

막 신발을 신으려고 하는데 뒤에서 민 선생님의 목소리가 들렸다. 채영이는 대꾸도 하지 않고 신발을 신더니 휭하니 먼저 나가버렸다.

은희는 채영이가 나가버린 문을 원망스럽게 바라보았다. 안 그래도 그를 보기만 해도 심장이 떨어질 것 같은데, 마치 적지에 홀로 남겨진 것 같았다. 뻣뻣하게 굳어버린 몸을 일으킨 은희는 머뭇머뭇 민 선생님을 바라보았다.

"채영이랑 잠깐 슈퍼 좀 가려고요. 금방 들여보낼게요."

"죄송합니다."

선생님이 미안한 표정으로 사과를 했다. 이쯤 되니 채영이와 민 선생님의 관계가 궁금해졌다. 처음엔 채영이를 직접 지도하는 선생님이라고 생각했는데, 매번 사과를 하는 것이 단순히 선생님은 아닌 것 같았다. 성씨가 같으니 어쩌면 아빠일지도 몰랐다.

하늘도 무심하시지. 드디어 만난 로망의 남자가 애 아빠라니! 기운이 다 빠져버렸다.

"안녕히 계세요."

은희는 착한 초등생처럼 선생님에게 인사를 하고 서둘러 학원을 나섰다. 채영이는 학원 밖에서 발로 땅바닥을 차고 있었다.

"채영아."

고개를 든 채영이가 총총 뛰어와 손을 잡았다.

아이들에게 과자를 사오겠다고 큰 소리를 쳤던 채영이는 슈퍼에서 과자를 딱 두 개만 골랐다. 아까는 슈퍼에 있는 과자는 다 쓸어 모을 것처럼 말하더니, 손이 두 개라 과자도 두 갠가?

"친구들이랑 같이 먹을 거 아니야? 몇 개 더 골라."

"아니야. 아줌마가 두 봉지 사준다고 했으니까 두 개만 사면 돼."

아, 이 상큼한 공주님.

하는 말이 하도 예뻐서 채영이를 끌어안고 뽀뽀를 할 뻔했다. 새침하던 첫인상과 달리 의외의 모습에 감동한 은희는 학원에 있는 친구들과 나눠 먹으라고 과자를 두 개 더 골라서 품에 안겨주었다. 그러나 채영이는 싫다고 고개를 저었다.

"이거는 아줌마가 약속을 지키지 못한 것이 미안해서 사주는 거야."

채영이는 정말 괜찮은데, 하는 표정으로 쳐다보다가 '고맙습니다.' 라고 예쁘게 인사를 했다. 은희는 흐뭇한 마음으로 계산을 하고 채영이와 함께 슈퍼를 나왔다.

"아줌마. 나 그네 타고 싶어."

과자를 기다리는 친구들이 있다는 것을 알면서 채영이는 놀이터를 손가락으로 가리켰다. 혹시 민 선생님 때문에 가기 싫어서 그런가 싶어 은희는 순순히 놀이터로 함께 갔다.

그네에 냉큼 올라간 채영이가 밀어달라는 표정으로 쳐다보았다. 은희는 과자를 담은 까만 봉지를 손목에 걸고 그네를 밀기 시작했다.

"채영이는 언제부터 피아노 쳤어?"

"몰라."

기억이 안 난다고 해석했다.

그네를 몇 번 타더니 그것도 싫증이 났는지 채영이는 벤치로 가서 앉았다. 그리고 아까부터 손에 꼭 쥐고 있던 과자봉지를 뜯으려고 부스럭거렸다. 은희는 옆에 앉아 봉지를 대신 뜯어주었다.

아삭아삭.

채영이 입속으로 들어간 과자가 맛있는 소리를 내며 부서졌다.

"채영이는 민 선생님한테 레슨 받나 봐?"

미안하게도 은희는 채영이보다는 민 선생님에게 관심이 있었다. 아빠일 확률이 거의 100%에 가까웠지만 어찌어찌해 보겠다는 것이 아니라, 순수하게 궁금한 것이었다. 고등학생 시절 잘생긴 유부남 선생님을 좋아하듯이 그렇게…….

"무서워."

"음?"

뜬금없는 대답에 은희는 채영이를 의아한 눈으로 쳐다보았다. 미간을 잔뜩 구긴 채영이는 심각한 얼굴로 과자를 먹고 있었다.

"조금만 틀려도 혼내. 연습도 맨날 맨날 시켜. 나는 놀고 싶은데."

"혹시…… 민 선생님이 채영이 아-."

"싫어. 흥."

호구조사 하려다가 시원한 콧바람과 함께 거절당했다. 괜한 관심 갖지 말라는 경고 같았다.

은희는 목소리를 가다듬고 다시 물었다.

"집엔 언제 가?"

"깜깜해지면."

깜깜해질 때까지 학원에 있어야 한다니, 민 선생님이 아빠일 확률은 높아졌다. 이제 그는 진정한 관상용이 되어버렸다.

"피아노 치는 거 싫어?"

"아니. 좋아. 근데 연습은 싫어."

"하하하. 그래. 아줌마도 연습은 싫어."

피아노는 좋은데 연습은 싫은 아줌마와 꼬마는 아무도 없는 놀이터를 지키다가 자리에서 일어났다.

"학원까지 데려다 줄게."

"아줌마는 내일도 와?"

학원으로 향하며 채영이가 물었다.

"응. 오늘 진도 제대로 못 나가서 연습해야 돼."

"꼭 와."

"왜? 틀렸다고 또 잔소리하려고?"

"내가 가르쳐줄게."

됐어요, 아가씨.

은희는 겉으로는 웃으며 속으로 단호하게 거절했다.

학원으로 들어갔을 때 민 선생님은 레슨 중인지 보이지 않았다. 은희는 들고 있던 검은 봉지를 채영이에게 건넸다.

"내일 또 보자."

"응. 안녕."

작은 손을 힘껏 흔들어 보인 채영이가 폴짝폴짝 뛰어 아이들이 모여 있는 곳으로 갔다. 채영이가 피아노의 소음 속으로 완전히 사라지자 은희는 입구에 대충 놓여 있던 채영이의 신발을 신발장에 넣고 학원을 나섰다.

02. 한밤의 소동

"아줌마!"

피아노 앞에 앉은 지 30분 정도 됐을까? 연습실 문이 벌컥 열리면서 들리는 채영이의 우렁찬 목소리에 은희는 어깨를 움찔거렸다. 요 근래 매일 겪는 일인데도 매번 깜짝 놀란다.

들어올 때는 못 봤는데, 채영이는 은희가 학원에 온 걸 귀신같이 알았다. 어떻게 하면 그리되는지 요즘 그것이 가장 궁금했다.

"왜에?"

은희는 어서 나가주길 바라는 마음을 잔뜩 담아, 악보에 시선을 고정한 채 건성으로 대꾸했다.

"오늘은 뭐 연습해?"

"저는 요즘 '키쿠지로의 여름' 이라는 곡을 연습하고 있어요."

은희는 순순히 연습 중인 곡을 알려주었다. 비밀도 아닌데 '안 알랴줌' 을 하는 것도 우습고, 빨리 대답해주고 내보내는 것이

상책이기 때문이다.

"나 그거 칠 줄 알아."

그래, 칠 수 있지. 넌 이것보다 훨씬 복잡하고 어려운 걸 배우지 않니.

은희는 입술을 삐죽이며 말했다.

"네, 네. 그런데 전 모르니까 연습을 해야 해요."

대답하랴 악보 보랴, 이내 손가락은 엉뚱한 건반을 눌러버렸다. 순간 울컥했다.

원장님은 무슨 생각으로 이 악보를 주셨을까? 어렸을 때 체르니 30번까지 치기는 했으나 피아노에서 손을 뗀 지 무려 십수 년이 지났고 지금은 초등생이 좋아할 법한 디자인의 교본으로 이제야 겨우 세 음계를 동시에 치는 것이 가능해졌는데, 이건 뭐. 대혼란의 악보가 아닐 수 없다.

왼손 반주의 이음줄, 스타카토. 이음줄, 스타카토. 그래, 여기까진 좋다. 아주 천천히 치면 엇박자인 오른손까지는 얼추 칠 수 있다. 문제는 세 음계, 네 음계를 동시에, 그것도 빠르게 치기! 손가락이 안 벌어져. 박자가 꼬여. 눈이 돌아!

언젠가 씩씩거리며 더듬더듬 연습하고 있을 때 마치 들으라는 듯 누군가가 이 곡을 능숙하게 연주하는 걸 들은 적이 있었다.

'그게 혹시 너였냐?'

의심을 가득 품은 눈으로 곁눈질하는 은희를 향해 채영이 말했다.

"아줌마, 연습 언제 끝나?"

"몰라요."

그게 누구였건, 은희는 연습을 해야 했다. 오늘은 이 부분을 기필코 통과할 생각이었다. 길지도 않은 두 줄을 일주일 가까이 쳤더니 이젠 멀미를 할 것 같았다.

"아줌마."

"왜?"

처음부터 달팽이처럼 느릿느릿 건반을 누르는데 채영이는 말이 없었다. 결국 악보에서 시선을 뗀 은희가 고개를 돌렸다.

"이따가 나랑 놀자."

헉! 내가 왜?

아무리 시간이 프리한 프리랜서지만 그렇다고 미취학 아동과 놀고 있을 수는 없지 않은가. 보모가 아닌 이상은 말이다. 적잖이 당황하고 기겁한 은희의 표정을 읽었는지 채영이가 침울한 표정으로 입을 열었다.

"밖에서 놀고 싶어."

"나가서 놀면 되잖아."

"밖에서는 혼자 놀면 안 돼."

채영이 뚱한 목소리로 대답했다.

아무리 아파트 단지 내에 있는 놀이터라 해도 보호자도 없이 혼자 놀기에 채영이는 아직 어리긴 하다. 그녀가 어렸을 때만 해도 놀이터에서 친구들과 곧잘 놀았지만 요즘은 또 세상이 달라졌으니까.

'아무리 그래도 내가 왜?'

그녀야말로 우울했지만 채영이의 표정이 하도 안쓰러워 30분 정도만 놀아주자고 마음먹었다.

"알았어. 대신 아줌마 연습이 길어지면 좀 오래 기다려야 돼. 괜찮겠어?"

나름 도망갈 구멍이었는데 채영이는 큰 목소리로 '응!' 이라고 대답하더니 바람처럼 문을 닫고 사라졌다.

진정, 채영이의 부모님이 누군지 꼭 확인하고 싶어져버렸다.

연습이 끝나고 밖으로 나가니 문을 지키고 있었던 사람처럼 채영이가 총총 다가와 은희의 허벅지를 끌어안고 늘어졌다.

"아줌마, 가자."

채영이의 애교에 저도 모르게 미소가 지어졌다. 그러나 은희는 곧 정신을 차리고 채영이의 부재를 알리기 위해 움직였다.

빨리 나가자고 보채는 채영이를 매달고 연습실을 기웃거리던 은희는 레슨을 끝내고 막 나오는 원장님을 발견했다.

"선생님. 채영이가 밖에서 놀자고 하는데, 30분 정도 놀다가 들여보낼게요."

"귀찮게 해서 어떻게 해요?"

원장님이 미안한 얼굴로 채영이의 머리를 쓰다듬었다.

"괜찮아요."

"다정하시네요. 그럼 부탁드릴게요."

"감사합니다."

다정하다는 말에 감동해서 감사했는지 모르겠지만, 은희는 넙죽 인사를 하고 채영이와 함께 학원을 나섰다.

호기롭게 나오기는 했으나 막상 뭘 하고 놀아야 하는지 알 수 없었다. 다행히 채영이가 하고 싶은 것이 있었는지 그녀를 놀이터로 질질 끌고 갔다. 그러나 딱 거기까지였다. 놀이터에 도착한 채영이는 또래 아이들과 어울려 놀기 시작했고 은희는 우두커니 벤치에 앉아 채영이가 깍깍거리며 노는 걸 심심하게 지켜봐야 했다.

"채영이 어머님이세요?"

엄마가 들으면 팔짝 뛸 소리에 은희는 고개를 돌렸다. 삼십 대 초반으로 보이는 여자가 그녀를 향해 생글생글 웃고 있었다. 웃고는 있는데 이상하게 경계심이 생기는 여자였다.

은희는 대답을 하지 않았다.

"아니면 고모? 이모?"

궁금한 것이 많은 가식적인 미소의 여자는 자신의 정체는 밝히지도 않고 채영이와의 관계를 계속 물었다. 채영이를 아는 걸보니 같은 유치원의 학부모일 수도 있지만 별로 대답해 주고 싶지 않았다. 이유는 딱히 없었다. 굳이 대자면 뭔가 캐내려는 것처럼 느껴져서라고 하겠다.

"누구세요?"

은희는 경계의 시선으로 여자를 바라보았다.

"호호호. 채영이랑 같이 계시길래……."

그러니까 당신 누구냐니까? 하는 표정으로 뚫어져라 쳐다보니 여자가 머쓱한 표정으로 웃음을 멈추었다.

"그럼, 전 이만."

끝끝내 자신이 누군지 밝히지 않은 여자는 놀고 있는 아이를 부르더니 서둘러 놀이터를 떠났다. 친구가 떠나는 걸 멀뚱멀뚱 보고 있던 채영이가 남아 있는 친구들에게 인사를 하고는 은희가 있는 벤치로 왔다.

"왜?"

"이제 갈래."

혹시나 친구가 갑자기 가버린 것에 마음이 상한 건가 싶었지만 물어보지는 못했다.

"아직 30분 안 됐는데?"

놀자고 할 때는 싫었으면서 이제는 더 놀다 가라고 붙잡고 있었다. 그러나 채영이는 가만히 고개를 저었다.

"갈 거야."

"그래. 학원까지 데려다 줄게."

채영이는 얌전히 그녀의 손을 잡고 놀이터에서 걸음을 돌렸다.

"아줌마 집은 어디야?"

"저기."

때마침 그녀의 집이 있는 114동 앞을 지나고 있었다.

"몇 호?"

"504호. 왜? 놀러 오려고?"

"놀러 가도 돼?"

조금 전의 아줌마를 만나기 전이라면 안 된다고 했을 텐데 은희는 이상하게 거절을 할 수 없었다.

"아줌마는 오전에 늦게 일어나거든. 만약 놀러 오려거든 엄마한테 말씀드리고 오후에 놀러 와. 피아노 연습도 다 끝나고."

"나 아침에는 유치원에 가야 해. 바빠."

채영이가 새침한 목소리로 말했다. 졸지에 그녀만 게으른 아줌마가 되고 말았다.

"그래. 장하다."

은희는 심술 난 표정으로 대꾸하고는 채영이의 뒤통수를 온 힘을 다해 쓰다듬어주었다.

학원 앞에 도착한 채영이는 내일도 꼭 연습하러 오라는 당부를 하고는 학원 안으로 쏙 들어갔다.

집으로 향하던 은희는 학원을 다시 돌아보았다. 어쩐지 조금 전 가식적으로 웃으며 그녀의 정체를 확인하려던 아줌마가 자꾸 신경이 쓰였다.

"엄마. 아파트 동네 아줌마들 다 알아요?"

"피아노 연습이 힘드니?"

생뚱맞은 물음에 은희는 물을 마시다 말고 엄마를 쳐다보았다.

"단지에 가구 수가 얼만데 아줌마들을 어떻게 다 알아?"

모르면 그냥 모른다고 하면 되지. 은희는 식탁에서 마늘을 까고 있는 엄마를 뚱하니 쳐다보다가 말했다.

"그래도 엄마는 부녀회장이잖아."

"부녀회장은 초능력자가 아니에요."

"아니, 그래도. 그 왜 소문 같은 건 들을 거 아니야."

은희는 물을 마시던 컵을 들고 엄마 앞에 앉았다.

"진작 그렇게 물어볼 것이지, 도대체 누가 궁금한데 그래?"

"혹시 민채영이라는 꼬마에 대해 들은 얘기 없어요?"

"민채영?"

엄마는 마늘에서 시선을 떼지 않은 채 채영이의 이름을 읊었다.

"한 여섯 살에서 일곱 살 정도 되는 여자아인데, 내가 다니는 피아노학원에 다녀. 엄마는 삼십 대 초반에서 중반쯤 될 것 같고. 혹시 아시나 해서."

"채영이 엄마라……."

마늘 까기를 중단하고 잠시 기억을 더듬던 엄마가 고개를 갸웃하더니 다시 손을 움직였다.

"모르겠는데?"

기대를 하고 있던 은희는 실망감에 입술을 삐죽거렸다.

"도대체 채영이가 누군데 그렇게 궁금해 해?"

"그냥. 요즘 친해진 아이야."

"한가하면 마늘이나 좀 까."

한가하진 않지만 은희는 얌전히 과도를 들고 와서 마늘이 한가득 담겨 있는 대야에 손을 담갔다. 전투 의지를 불사르며 한참 동안 마늘을 까고 있는데 어디서 쿵쿵쿵, 하는 소리가 들렸다.

"뭐여?"

엄마가 먼저 소리가 나는 쪽을 바라보았다. 이어 다시 쿵쿵 쿵, 하는 소리가 들렸다.

"문 두드리는 소린가?"

은희는 개수대에서 손을 대충 씻고 현관으로 나갔다. 또 쿵쿵 쿵, 하는 소리가 들렸다.

"누구세요?"

대답이 없었다. 문득 무서워진 은희는 슬금슬금 게걸음으로 인터폰 앞으로 가서 화면을 켰다. 그러나 센서등이 켜진 밖에는 아무도 보이지 않았다. 귀신이 센서등도 켜고 그러나?

쿵쿵쿵.

"엄마야."

아무도 안 보이는데 다시 문 두드리는 소리가 들려 은희는 소 스라치게 놀랐다.

"누구 왔어?"

엄마가 큰 소리로 물었다. 은희는 '모르겠어.'라고 대답하고 현관 앞에 서서 겁에 질린 목소리로 물었다.

"누구세요!"

"아줌마."

희미하지만 분명 그렇게 들렸다. 은희는 의아한 얼굴로 현관 문을 열었다.

"아줌마!"

문을 열자 채영이가 깡총 한 걸음 뛰어 다가왔다. 놀란 은희는 재빨리 복도와 계단을 훑었다. 귀신은 아니니 안도했지만 다 늦은 시간에 채영이는 혼자였다.

"어떻게 된 거야?"

"놀러 왔어."

뒷짐을 진 채영이가 천진난만한 표정으로 말했다. 이제 슬슬 잠자리에 들 시간에 혼자 나타난 아이로 인해 은희는 적잖이 당황했다.

"이 시간에? 부모님께는 말씀드렸어?"

"누구야?"

엄마가 현관으로 나왔다.

"어머."

채영이를 발견한 엄마도 놀란 표정이었다.

"안녕하세요."

배꼽에 양손을 포갠 채영이가 예의 바르게 90도로 인사를 했다. 엄마는 인사를 받으면서 이게 다 무슨 일이냐는 표정으로 은희를 바라보았다. 은희야말로 궁금했다.

"일단 들어와."

계속 밖에 세워둘 수 없어 채영이를 안으로 들였다. 엄마는 궁금한 표정으로 두 사람을 쳐다보다가 남은 마늘을 까기 위해 주방으로 들어갔다.

"어떻게 된 거야? 엄마 아빠한테 말씀은 드렸어?"

"응."

"진짜?"

"응."

채영이는 진지한 표정으로 고개를 끄덕였다.

"그래도 집에 전화해서 여쭤보자. 전화번호 몇 번이야?"

"몰라."

"뭐어?"

휴대전화를 가지러 방으로 들어가던 은희는 기겁해서 채영이를 바라보았다. 그러나 곧 진정했다. 아직 어려서 번호는 못 외울 수도 있으니까.

"그럼 몇 동 몇 호야? 인터폰으로 해보자."

"몰라."

"헐."

기가 차서 할 말을 잊고 말았다. 믿고 싶지 않지만, 채영이는 아무래도 가출을 한 것 같았다. 은희는 차분한 목소리로 아이를 타이르기 시작했다.

"채영아. 부모님이 걱정하시잖아. 아줌마가 집까지 데려다 줄게. 가서 안 혼나게 말씀 잘 드릴게."

"싫어."

채영이는 얄밉도록 귀여운 얼굴을 하고 단칼에 거절했다.

차라리 웃지나 말지. 어쩜 저리 생글생글 웃는지 화를 낼 수가 없다. 이럴 줄 알았으면 집을 안 알려주는 건데. 하긴 유치원생이 가출할 거라고 누가 상상이나 했겠나.

최후의 수단으로 은희는 학원에 전화를 걸어보기로 했다. 지금

쯤이면 학원이 끝났겠지만, 착신 전환을 해놓았다면 원장님이 전화를 받을지도 모르니까.

"아줌마. 졸려."

"엥?"

방까지 따라온 채영이가 바짓단을 붙잡고 눈을 비볐다.

"나 잘래. 재워줘."

"여기서 자면 안 돼. 집에 가야지."

"아앙. 싫어."

채영이는 바짓단을 꼭 쥐고는 몸을 흔들며 앙탈을 부렸다. 그래도 은희는 꿋꿋하게 책상 위에 있던 휴대전화를 들고 전화번호를 찾기 시작했다.

-딩동댕동!

때마침 방송 알림음이 들려왔다. 어떻게 되었는지 확인을 하려고 방으로 들어오던 엄마가 인터폰 위에 붙은 작은 스피커를 돌아보았다.

-아, 아. 안내 말씀드립니다.

경비 아저씨의 씩씩한 목소리가 거실을 쩌렁쩌렁 울렸다.

-에……. 아동을 찾고 있습니다. 이름은 민채영. 나이는 일곱 살. 노란색 원피스를 입고 있는 여자아이입니다. 단지 내에서 목격하시거나 보호하고 계신 분은 관리실로 연락 바랍니다. 다시 알립니다.

은희와 엄마는 이름은 민채영. 나이는 일곱 살로 보이고 노란색 원피스를 입은 '채영'이를 빤히 쳐다보았다. 여전히 그녀의

다리에 매달려 함께 방송을 듣고 있던 채영이가 '헤헤' 웃더니
말했다.

"나 채영이 아니야."

그럼 누구냐, 넌!

03. 가출 어린이

관리실로부터 연락을 받고 도착한 사람은 민 선생님이었다. 성씨가 같으니 아빠일지도 모른다고 생각은 했지만 막상 채영이의 보호자로 나타나자 은희는 제대로 실망했다.

역시나 로망의 남자는 유부남이었다!

"채영이가 자꾸 폐를 끼쳐 죄송합니다."

그녀를 알아보고 잠깐 반가운 기색을 보이던 선생님이 미안함이 가득한 표정으로 사과했다.

"괜찮아요. 들어오세요."

민 선생님은 눈인사를 한 번 하고는 은희를 따라 집 안으로 들어왔다. 그런데 현관문을 열어주는 사이 채영이가 방문을 걸어 잠그고 농성에 들어갔다. 당황한 은희는 조심스레 문을 두드렸다.

"채영아. 착하지. 문 열어봐. 아빠 오셨어."

호구조사에 실패한 터라 정말 아빠인지는 모르겠지만 성씨가 같고 채영이를 데리러 온 보호자이니 아빠가 맞을 것이다. 아무리 봐도 오빠는 아니니까.

"실례하겠습니다."

한참을 달래고 있는데 아무래도 안 되겠는지 민 선생님이 나섰다. 민 선생님은 진지한 표정으로 문을 두드렸다. 그 모습을 은희와 엄마가 나란히 서서 지켜보았다.

"채영아."

"안 가!"

금방까지만 해도 생글생글 웃던 채영이가 버럭 고함을 질렀다. 은희와 엄마는 눈을 휘둥그레 뜨고 서로를 쳐다보았다.

"아까 네가 말했던 그 민채영이지?"

엄마가 자그마한 목소리로 은희에게 물었다.

"응."

"네가 저런 꼬마랑 친하다니, 신기하네."

"채영아. 문 열어봐."

엄마와 민 선생님의 말이 뒤섞였다.

"안 갈 거야아! 여기서 놀 거야아!"

아빠가 원하는 것을 들어주지 않아서 삐치기라도 한 건지, 서운함이 가득한 목소리였다. 선생님은 짧게 한숨을 쉬고는 다시 문을 두드렸다.

"채영아. 다른 집에 폐를 끼치고 있잖아. 어서 나와."

"안 가, 안 가, 안 가!"

차분한 목소리로 협상을 시도하는 그와 달리 농성자의 거부는 격렬했다. 몇 번을 더 이름을 부르며 달래길 시도하던 민 선생님이 난처한 표정으로 돌아보았다.

"혹시 방문 열쇠가 있으면 좀……."

"오늘은 제가 데리고 있을게요."

엄마와 민 선생님이 눈을 동그랗게 뜨고 쳐다봐서 은희는 자신이 뭘 잘못했나 싶었다.

"아예 모르는 사이도 아니고, 채영이가 저를 잘 따르니까 데리고 있으면서 타일러 볼게요."

"하지만……."

"괜찮으면 그렇게 해요. 억지로 데리고 가서 혼내는 것보다는 잘 타일러서 스스로 반성하게 하는 것이 좋을 것 같아요."

엄마가 거들어주자 은희는 조금 어리둥절했다. 어렸을 때는 말 안 듣는다고 허구한 날 혼났는데. 엄마가 이리 열린 양육관을 가지고 있었다니, 갑자기 천사로 보였다.

은희는 엄마가 마음을 바꿀까 봐 얼른 고개를 끄덕이며 동의했다.

"그렇게 하세요."

"정말 죄송합니다."

선생님이 허리를 깊이 숙여 사과했다. 은희와 엄마는 호들갑스럽게 괜찮다며 손사래를 쳤다. 선생님은 죄송하다는 말을 여러 번 반복하고는 자신의 집 동호수와 휴대전화 번호를 남겨놓고 떠났다.

이젠 은희가 방의 문을 두드렸다. 엄마는 특별한 말없이 푹 젖은 마늘을 구조하기 위해 주방으로 갔다.

"채영아. 아빠 가셨어."

아이는 잠잠했다.

"채영아. 오늘은 아줌마랑 같이 있어도 돼. 괜찮으니까 문 열어."

은희는 최선을 다해 다정한 목소리로 아이를 설득했다. 잠시 후. 딸깍 소리를 내며 문이 열리고 좁은 문틈으로 채영이가 시무룩한 모습을 드러냈다. 은희는 아무 일도 없었다는 듯 밝은 목소리로 말했다.

"나는 군만두 먹을 건데, 같이 먹을 사람!"

세상에서 제일 좋아하는 야식이자 간식을 채영이에게 나눠주기로 큰 결심을 했다.

"나, 나! 채영이!"

은희는 허탈한 웃음을 흘렸다.

채영이가 아니라고 할 때는 언제고, 이제는 손까지 번쩍 들며 제자리뛰기를 한다. 그래도 문도 안 열어주고 계속 시무룩해 있으면 어쩌나 걱정했는데 천만다행이었다.

군만두를 굽는 동안 채영이는 식탁에서 엄마가 마늘을 까는 모습을 유심히 지켜보았다. 엄마와 눈이 마주칠 때면 '헤헤헤' 소리를 내며 천진난만하게 웃었다. 엄마 역시 다정하게 미소를 지으며 아이와 눈빛을 나누었다.

"자, 다 됐다."

은희는 채영이를 위해 군만두 굽기 20년의 내공을 살려 몸을 하얗게 불살랐다. 엄마는 뿌듯한 얼굴로 접시를 식탁에 올려놓는 그녀를 가소롭다는 표정으로 쳐다보더니 다 깐 마늘을 정리하기 시작했다.

"할무니 드세요."

채영이가 쓸만한 포크나 작은 젓가락을 찾고 있을 때 들려온 소리였다.

"응? 나도 먹으라고?"

엄마가 기특하다는 표정으로 채영이를 바라보았다. 가끔 당돌하기는 해도 채영이는 기본적으로 착하고 예의가 바른 아이였다.

"할머니는 괜찮아. 저 아줌마랑 맛있게 먹어."

은희는 심술이 나서 가자미눈을 했다. 엄마마저 딸을 아줌마라고 하다니, 자신이 주워온 딸은 아닐까 뒤늦은 의심이 들었다.

채영이는 발그레해진 얼굴로 엄마를 향해 '잘 먹겠습니다.' 라고 인사했다. 은희의 가자미눈이 채영이에게로 옮겨갔다.

'여보세요. 만두는 제가 구웠어요.'

은희는 채영이에게 포크와 젓가락을 보여주었다.

"어떤 걸로 먹을래? 젓가락이 작은 게 없어."

"할부지는?"

이 귀여운 아가씨. 이제는 아줌마의 아빠까지 챙긴다. 은희는 채영이가 기특했다.

"안방에 계시는데, 네가 여쭤볼래?"

"응."

낯가림이 없는지 채영이가 고개를 힘차게 끄덕였다. 은희는
아이를 데리고 안방 앞에서 노크를 하고 문을 열었다. 채영이는
처음 보는 할아버지-딸이 아줌마가 되었으니 어쩔 수 없다.-를
향해 넙죽 인사부터 했다.

"안녕하세요."

"오오, 그래. 허허허허."

작은 소란에도 꿋꿋하게 안방에서 텔레비전을 보고 있던 아
빠가 몸을 일으키며 너털웃음을 보였다.

"만두 드세요, 할부지."

"으응. 할아버지는 괜찮아. 많이 먹어."

아빠는 쑥스러운 웃음을 보이며 손을 저었다. 은희는 자신을
쳐다보는 채영이에게 괜찮다는 표시로 고개를 끄덕였다. 채영이
는 예쁜 목소리로 '안녕히 주무세요.'라고 인사했고 은희도 아
빠에게 손을 흔들어보이고는 안방 문을 닫았다.

"우리, 방에서 먹을까?"

식탁 의자에 올라가던 채영이가 좋다는 듯 헤벌쭉 웃었다.

은희는 작은 다과상에 군만두와 물을 챙겨 채영이와 함께 방
으로 들어갔다. 상 앞에 자리를 잡고 앉은 채영이가 포크를 잡더
니 만두 하나를 콕 찍어 그녀에게 내밀었다.

어웅, 예쁜 것.

은희는 기특한 마음에 채영이의 작은 머리통을 힘차게 쓰다
듬었다.

만두를 다 먹은 후 채영이를 씻기고 이제는 작아서 입을 수 없는 티셔츠를 찾아 갈아입혔다. 입히고 보니 티셔츠는 원피스가 되었다.

군만두를 잔뜩 먹어 볼록 나온 배를 흐뭇한 표정으로 쓰다듬던 채영이는 침대로 깡총 올라가 이불을 덮었다. 눈이 반쯤 감긴 것이 곧 잘 것 같았다.

은희는 걱정하고 있을 민 선생님에게 이제 잔다고 문자를 보냈다. 몇 초 지나지 않아 답장이 도착했다.

[죄송합니다. 채영이가 잠들면 문자 부탁드리겠습니다. 데리러 갈게요.]

은희는 눈을 비비는 채영이를 한 번 쳐다보고는 문자를 입력했다.

[오늘은 그냥 두시는 것이 어떨까요? 자기도 모르게 데리고 갔다고 서운해 할 것 같아요.]

"아줌마."

채영이 졸음이 가득한 목소리로 은희를 불렀다.

"응. 금방 가."

은희는 뜨끔 놀라서는 손가락을 빠르게 움직여 하려던 말을 마저 입력했다.

[제가 내일 일찍 데리고 갈게요. 걱정하지 마세요.]

[채영이가 은희 씨를 자꾸 귀찮게 하네요. 정말 죄송합니다.]

직접 지도를 하지 않으니 통성명할 기회가 없었는데 민 선생님은 그녀의 이름을 알고 있었다.

고맙지만…… 그러면 뭐해. 유부남이야! 이제야 만난 로망의 남자는 임자 있는 몸이다. 아쉬운 대로 가지라도 좀 쳐달라고 할까.

[아닙니다. 안녕히 주무세요.]

마지막 인사를 보내고 은희는 침대로 올라갔다.

옆에 눕자 채영이가 품으로 파고들었다. 이렇게 조그만 아이와 함께 자본 적이 없어서 그런지 기분이 참으로 묘했다.

"채영아."

"응?"

"아줌마 집에는 왜 오고 싶었어?"

채영이는 대답을 하지 않았다.

"얘기하기 싫구나? 그래, 그럼. 얘기하지 싫으면 안 해도 돼. 그런데 말도 없이, 그것도 깜깜한 밤에 집에서 나오면 안 돼. 아빠가 얼마나 걱정했는지 넌 모르지?"

"아빠 아니야."

아빠가 아니라니. 뿔이 나도 단단히 난 모양이다.

은희도 어렸을 때 정말 화가 나서 엄마를 엄마가 아니라고 했다가 처절하게 응징을 당했던 적이 있었다. 그때를 떠올리니 문득 등이 다시 아파오는 것 같았다.

"아빠가 들으시면 많이 서운하시겠다."

"아빤데 아빠 아니야."

그래, 나도 그랬다니까? 은희는 얼른 아이의 등을 토닥였다.

"알았어. 이제 자자."

채영이가 짧은 팔로 은희의 몸을 꼭 끌어안더니 그녀의 등을 토닥였다. 신기하게도 뻐근하던 등이 개운해지기 시작했다.

"아줌마."

잠결에 들리는 소리에 은희는 인상을 찡그리며 눈을 가늘게 떴다.

"아줌마, 일어나."

희미한 시선 너머로 채영이의 동그란 얼굴이 보였다. 아주 잠깐 채영이가 여기 왜 있나 생각했다. 의식이 흐릿한 건 아직 일어날 시간이 아니라는 소리였다.

은희는 눈을 다 뜨지도 못하고 근처를 더듬어 휴대전화를 찾았다. 시간이 무려…… 7시! 한참 자야 할 시간!

"채영아. 아줌마는 더 자야 해."

"안 돼. 나 유치원 갈 거야. 집에 데려다 줘."

베개에 얼굴을 묻은 은희는 괴로움의 한숨을 쉬었다. 그렇다. 그녀에겐 채영이를 집에 무사히 데려다 줘야 하는 사명이 있었다. 아침 일찍 일어나는 것이 괴롭긴 해도 집에 간다고 할 때 얼른 데려다 줘야 한다.

은희는 머리를 긁적이며 자리에서 일어났다. 자야 할 시간에 일어났더니 정신이 멍했다. 하품을 하고 늘어지게 기지개를 한번 편 은희는 뭉그적거리며 욕실로 향했다.

"네가 이 시간에 용케도 일어났네?"

그녀를 발견한 엄마가 신기한 장면이라도 목격한 사람처럼 물었다.

"그러게요."

은희는 잠이 뚝뚝 떨어지는 목소리로 대꾸하고는 욕실로 들어가 세수를 하고 양치질을 했다. 정신이 좀 개운해지자 곧바로 욕실 앞에 멀뚱멀뚱 서 있는 채영이를 씻겼다. 아침밥을 먹자고 했더니 채영이는 집에 가서 먹어야 한다고 했다. 대신 머리를 땋아달라는 바람에 은희는 진땀을 흘리는 중이었다.

"이상하다. 우리 그냥 풀자."

채영이가 작은 제 머리통을 움켜잡으며 도망치듯 돌아섰다.

"아니야. 괜찮아. 예뻐."

예쁘긴. 한가운데로 쪼옥 내려와야 하는 머리가 오른쪽으로 치우쳤고 잔머리도 엄청 빠졌다. 도저히 이 꼴로는 보낼 수가 없을 것 같은데 채영이는 한사코 괜찮다며 머리에 다시는 손도 대지 못하게 했다. 어쩔 수 없이 채영이 머리는 포기하고 은희는 제 얼굴에 화장품을 찍어 바르기 시작했다.

"왜?"

채영이가 고개를 잔뜩 꺾은 채 화장대 앞에 서 있는 그녀를 빤히 쳐다보고 있었다.

"아줌마, 화장 왜 해? 우리 집에 가는 거 아니야?"

"뭐?"

"학원 올 때는 화장 안 했잖아."

"이, 이게 무슨 화, 화장이라고 그러니?"

얼마나 당황했으면 은희는 말까지 더듬으며 얼굴을 붉혔다.

북 디자인을 업으로 삼고 있는 그녀는 하루의 대부분을 집에서 보내는 일명 '쌩얼'이다. 동네만 빙글빙글 돌아다니는데 화장할 필요가 없기 때문이었다. 채영이가 지적하기 전까지 그녀는 립글로스를 바르고 있다는 것도 몰랐지만, 누가 또 아나. 예쁘게 봐준 민 선생님이 괜찮은 후배나 친구나 선배나 누구라도 소개해 줄지 말이다.

꼿꼿하게 거울을 보며 머리를 한 번 매만진 은희는 음흉한 표정으로 쳐다보는 채영이에게 손을 내밀었다.

"가자."

"예뻐."

"응?"

"아줌마 예뻐."

놀릴 때는 언제고 이제는 예쁘단다.

"아…… 그래. 고마워."

아이의 순진한 미소에 은희는 홀딱 반하고 말았다.

마치 소풍이라도 가는 사람들처럼 두 사람은 맞잡은 손을 신나게 흔들며 길을 걸었다. 드디어 집 앞에 도착했을 때 은희는 채영이와 눈을 맞추고 앉았다.

"채영아."

"응?"

"집에 들어가면 아빠한테 잘못했습니다, 하고 사과하는 거야."

"……."

"가족들한테 말도 없이 집을 나가고 그러면 안 돼. 아줌마도 집을 나갈 때는 할머니한테 어디 다녀올게요, 하고 나가. 그런데 넌 아직 작잖아. 키도 작도 손도 작고 발도 작고."

채영이가 제 손과 발을 차례로 쳐다보았다.

"넌 어른들의 보살핌이 필요한 나이란 말이야. 그런 네가 말도 없이, 그것도 밤에 나가버리면 부모님은 물론이고 아줌마도 걱정하고 아줌마 엄마도 걱정하고 그래. 어른들이 다 걱정한다고. 알았지?"

"응."

"아빠한테 잘못했습니다, 하고 사과하는 거야. 약속."

새끼손가락을 내밀자 채영이는 고개를 끄덕이며 순순히 손가락을 걸었다.

"그래. 채영이 착하다."

채영이의 머리를 쓰다듬어준 은희는 심호흡을 한 번 하고 초인종을 눌렀다. 잠시 후 민 선생님이 초췌한 얼굴로 문을 열었다.

"이른 시간에 실례합니다."

"여러 가지로 폐를 끼쳐 죄송합니다."

두 사람이 인사를 주고받는 사이 채영이는 은희와의 약속을 배신하고 혼자 쪼르륵 안으로 들어가더니 외쳤다.

"아줌마! 빨리 들어와."

민 선생님이 당황한 얼굴로 뒤를 돌아보았다.

"민채영. 말버릇이 그게 뭐야?"

선생님의 나무람에 채영이는 뚱한 표정을 짓더니 어딘가로 쏙 사라져버렸다.

"버릇없이 굴어서 죄송합니다."

"아니에요. 말은 저렇게 해도 채영이는 예의 바르고 착한 아이예요."

"예쁘게 봐주셔서 감사합니다."

"그럼 전 이만."

민 선생님과 작별인사를 나누고 은희는 털레털레 아파트를 나섰다.

밤늦도록 일을 하는 습관 탓에 일찍 일어나야 오전 10신데, 아직 8시밖에 되지 않았다. 이 시간에 밖에서 이러고 있는 것도 정말 오랜만이었다. 잠을 덜 잔 기분을 떨칠 수 없지만, 어쨌든 상쾌하고 기분이 좋았다.

'아아, 나도 피아노 잘 치고 잘생긴 남자친구가 있었으면 좋겠다아!'

손을 뻗어 한참 이리저리 쭉쭉이를 하던 은희는 허벅지를 손으로 탁탁 두 번 털어내고 집으로 걸음을 옮겼다.

세현은 은희가 탄 엘리베이터가 1층에 도착하는 걸 확인하고 집 안으로 들어갔다. 주방으로 가기 전 들여다본 방에서 채영이는 옷을 갈아입고 있었다. 아까는 워낙 빨리 도망을 쳐서 몰랐는데 지금 보니 땋은 머리를 하고 있었다.

세현은 속으로 길게 한숨을 쉬었다. 어젯밤의 일을 생각하면 지금도 등골이 서늘해진다.

저녁식사가 끝난 후 설거지를 하고 있던 세현은 어떤 소리를 들었다. 처음엔 무슨 소린가 했다가 뒤늦게 현관문 소리라는 걸 깨닫고 주방을 나갔을 때는 이미 채영이가 사라진 뒤였다.

다급한 마음에 무작정 밖으로 나가 큰 소리로 부르며 찾기 시작했다. 지상 주차장과 작은 공원, 놀이터는 깜깜했고 인적도 보이지 않았다. 늦은 밤에 채영이가 갈 만한 곳이 어디일지 전혀 감이 잡히지 않았다. 말도 없이 집을 나간 이유를 알 수가 없으니 속은 답답해서 터지기 직전이었다.

실성한 사람처럼 채영이를 찾고 있을 때 경비원 아저씨가 다가와 무슨 일이냐고 물었고, 아이가 없어졌다고 하니 급히 세대로 안내방송을 해주었다. 만약 어떤 목격자도 찾을 수 없다면 곧바로 경찰서에 신고해야 하는 상황이었다.

애타는 마음으로 연락을 기다린 지 5분 정도 되었을 때 한 집으로부터 채영이를 보호하고 있다는 연락을 받았다. 세현은 경비원 아저씨에게 고맙다는 말도 못 하고 허겁지겁 그 집으로 달려갔다.

초인종을 누르고 초조한 마음으로 기다리기를 수 초. 드디어 문이 열리고 뜻밖에도 낯익은 사람이 모습을 드러냈다. 은희의 얼굴을 확인한 세현은 긴장이 확 풀려버리는 걸 느꼈다.

그녀가 같은 아파트에 거주한다는 건 원장님에게 들어서 알고 있었지만 채영이가 그곳에 있을 거라고는 상상도 하지 못했다. 처음엔 아는 사람이라 반가웠으나 곧바로 미안한 마음이 들었다.

수강생의 이름은 담당이든 아니든 모두 알고 있었지만 은희와는 제대로 통성명도 못했는데 채영이가 자꾸 폐를 끼치니 여간 미안한 것이 아니었다. 그러나 채영이는 집에 가지 않겠다고 떼를 쓰며 그를 더욱 난처하게 만들었다.

은희와 어머니의 배려로 채영이를 맡기고 돌아왔지만 잠은 한숨도 자지 못했다. 채영이를 기르는 동안 단 한 번도 없던 일이기에 더욱 그랬다.

"채영아, 밥 먹자."

팔팔 끓고 있던 찌개의 불을 끄고 세현은 큰 소리로 아이를 불렀다.

"아앙! 어똑해!"

대답도 없고, 이제는 아예 무시를 하나 생각될 때 채영이가 울먹거리며 주방으로 뛰어왔다. 채영이는 눈물이 그렁그렁한 얼굴로 그를 올려다보았다.

"왜?"

"머리, 머리 풀렸어."

채영이는 땋은 머리의 끝을 손으로 꼭 쥐고 있었다.

세현은 몸을 낮추고 앉아 채영이를 돌려세웠다. 옷을 갈아입으면서 어딘가에 걸렸는지 땋은 머리의 중간 부분이 왕창 빠져 있었다. 자세히 보니 묶은 모양도 똑바르지 않았다. 이렇게 된 거 차라리 푸는 게 나을 것 같았다.

"머리가 다 헝클어졌어. 그냥 풀자."

"안 돼!"

휙 돌아선 채영이가 그의 손을 쳐냈다. 그가 놀란 만큼 저도 놀랐는지 채영이는 커다란 눈을 두어 번 깜빡이더니 이내 발을 동동 구르며 사정 조로 말했다.

"싫어. 묶어줘."

세현은 낮게 한숨을 쉬고 머리를 다시 확인했다.

머리는 이미 엉망이 되었고 그는 땋는 방법을 몰랐다. 그가 해줄 수 있는 건 머리를 풀어서 빗기고 머리핀을 꽂아주거나 하나로 묶어주는 정도였다. 지금껏 그가 머리를 어떻게 해주든 채영이는 단 한 번도 불만을 토로하거나 이렇게 어려운 머리를 해달라고 조른 적이 없었는데 난감했다.

"머리를 땋을 줄 몰라."

"알아, 알아. 그냥 끝에 묶어줘."

이미 머리 모양이 망가졌다고 말하고 싶었지만 채영이의 눈빛이 하도 간절해 세현은 하는 수 없이 빠진 머리카락과 함께 끝을 다시 묶어주었다.

"다 됐어?"

"응."

말이 떨어지기 무섭게 채영이는 쌩하니 그의 앞에서 사라졌다. 머리를 확인하기 위해서였다.

잠시 후 유치원 가방과 모자를 들고 나온 채영이가 식탁에 앉았다. 양손에 젓가락과 숟가락을 각각 쥔 채영이가 세현을 빤히 쳐다보았다. 어서 숟가락을 들라는 무언의 강요였다. 어젯밤 저지른 일을 생각하면 무척이나 뻔뻔한 태도였다.

세현은 잔소리를 하고 싶은 걸 꾹 참고 숟가락을 들었다. 은희 어머니의 조언대로 스스로 생각할 시간을 조금 줘보는 것이 나을 것 같았다. 그리고 식탁에서는 즐거운 대화만 하고 싶기도 했다.

"먹자."

"맛있게 먹겠습니다."

어제 가출했던 사람이 맞나 싶게 채영이의 목소리는 우렁찼다. 미안하다는 나름의 표현이라는 걸 그는 알고 있었다. 조금 얄밉지만 혼내는 건 잠시 미루기로 했다. 생각할 시간은 그에게도 필요하니까.

04. 두 도망자

유치원에서 돌아온 채영이는 아무 일도 없었다는 표정으로 레슨을 받고 친구들과 놀고 있었다. 세현은 어째 자신만 꿈을 꾼 것 같은 기분이 들어 어이가 없고 황당했다.

"그래도 다행이에요. 은희 씨가 데리고 있었다니."

레슨을 하나 끝내고 사무실로 들어가니 원장님이 웃으며 말했다. 원장님도 같은 아파트에 살고 있어 어제의 소동을 방송을 통해 알고 있었다. 채영이는 찾았는지 전화를 걸어 걱정해 주기도 했다.

"이곳저곳 폐를 너무 끼쳤어요."

"아무래도 채영이가 은희 씨를 좋아하나 봐요."

"그런 것 같기는 한데……."

채영이가 또래가 아닌 어른에게 이리 정을 붙인 건 원장님 이후 은희가 처음이었다. 아니 원장님보다 훨씬 좋아했다. 그런데 문제는 너무 버릇없다는 점이었다. 처음 은희에게 실례를 범했을 때 세현은 얼마나 놀라고 당황했는지 모른다. 새침하기는 해도 그 정도로 버릇이 없지는 않았기에 어찌해야 하나 막막하기까지 했다.

"아, 은희 씨 레슨 시간이네요."

원장님이 시계를 확인하고 자리에서 일어났다. 세현도 따라 일어났다.

"제가 대신 가도 될까요?"

"그래요."

원장님은 이유를 묻지 않고 웃으며 고개를 끄덕였다. 세현은 고맙다는 인사를 하고 연필을 챙겨 사무실을 나섰다. 세현은 연습실로 가면서 책상에 앉아 책을 읽고 있는 채영이를 한 번 확인했다.

은희는 가장 구석진 연습실에 있었다. 노크를 하고 문을 열자 은희가 눈을 휘둥그레 떴다.

"오늘은 제가 레슨할게요."

"아…… 네."

은희는 시선을 내리며 고개를 끄덕였다.

20분 정도의 레슨이 끝나고 세현이 새로 연습해야 하는 곳에 표시하는 것을 물끄러미 지켜보던 은희가 입을 열었다.

"채영이 혼내셨어요?"

"채영이가 혼났다고 해요?"

"아니요. 오늘은 연습실에 안 왔어요."

"혹시 채영이가 매일 연습실에 와요?"

은희는 당황하여 고개를 마구 저었다. 무심코 한 대답에 채영이만 혼날 것 같았다.

"아니요. 딱 한 번 그랬어요. 아직 만날 기회가 없었다, 뭐 그런 얘기였어요."

거짓말이라는 것쯤은 세현도 알고 있었다. 아마도 채영이가 혼날까 봐 감싸주려는 것이겠지만, 마냥 이대로 두고 볼 수만은 없는 일이었다. 세현은 이제라도 단단히 혼을 내야겠다고 생각했다.

"어제는 고마웠어요."

세현은 책에서 손을 떼고 진지한 목소리로 말했다. 오늘 레슨을 대신하겠다고 한 것도 이 말을 하고 싶었기 때문이다.

"아……. 별로 제가 도와드린 것도 없어요."

"어머님께 죄송했다는 말씀도 좀 전해주세요. 다시는 채영이가 그러지 못하도록 주의시킬게요."

"네."

은희는 악보로 시선을 옮기며 작은 목소리로 대답했다. 애들이 다 그런 것 아니겠냐며, 그럴 필요까지 있냐는 소리를 하고 싶었지만 괜한 참견인 것 같아 속으로만 중얼거렸다.

"그럼, 연습 열심히 하세요."

"네. 감사합니다."

은희가 어색하게 웃으며 고개를 숙여 인사를 하고 세현 역시 목례를 하며 막 일어나려고 할 때였다. 갑자기 연습실의 문이 벌컥 열렸다.

"아줌마!"

호기롭게 등장한 채영이의 눈이 커다래졌다. 아주 잠깐의 정적이 흐르고 채영이가 문을 쾅, 닫았다.

그럼 그렇지! 세현은 비장한 표정으로 자리에서 벌떡 일어났다. 오늘은 기필코 잡아다가 단단히 혼을 내리라.

"죄송합니다. 연습하세요."

"저기, 선생님."

은희가 말리려고 불러봤지만 세현은 어느새 연습실을 나가버렸다. 은희는 부랴부랴 문을 열고 복도를 빠끔 내다보았다. 채영이를 찾으려는 그가 연습실을 기웃거리고 있었다.

"어떻게 하지."

채영이에게 혼나지 않게 해준다고 약속했는데 오히려 일을 키운 기분이 들었다. 아무리 화가 나도 한 번쯤은 눈감아 주면 안 되나 생각하다가 이내 착잡한 한숨을 흘리며 연습실의 문을 닫았다.

세현은 채영이를 찾기 위해 빈 연습실을 모두 열어보고 연습 중인 곳도 작은 유리창으로 일일이 다 확인했다. 몇몇 학생들은 그와 눈이 마주치고는 화들짝 놀라 했다. 이래저래 아주 민폐였다.

"어디로 간 거야?"

사무실이며 화장실까지 모두 뒤졌는데 머리카락도 보이질 않았다. 곧 레슨이었지만 세현은 서둘러 가장 가까운 놀이터까지 갔다. 그러나 채영이는 보이질 않았다.

"민 선생님!"

황당해서 헛웃음도 안 나오는데 멀찍이서 부르는 소리가 들렸다. 원장님이 학원 입구에서 어서 오라는 듯 손을 흔들고 있었다. 세현은 아쉬운 표정으로 주변을 한 번 더 둘러보고는 학원까지 뛰었다.

"채영이 안에 있어요."

"네?"

"혼내지 않으면 자기가 있다는 걸 알려주겠대요."

"허."

기가 막혀 어쩔 줄 몰라 하는 세현과 반대로 원장님은 재밌다는 표정이었다.

하는 짓이 앙큼해서 웃을 만도 하다. 혼내지 않으면 자기가 있다는 걸 알려주겠다니. 무슨 협상 조건이 이리도 웃기냔 말이다.

"지금 어디 있는데요?"

세현은 당장 잡아서 엉덩이를 때려줄 표정으로 무섭게 물었다.

"비밀이라고 해서 알려줄 수 없어요."

"원장님."

원장님까지 채영이의 장난에 동조하다니, 세현은 자신만 외톨이가 된 것 같았다.

"하여튼 어서 들어오세요. 레슨 시간이잖아요."

시간을 확인하니 레슨 시간이 5분이나 지나 있었다. 세현은 속이 터지려는 걸 꾹 참고 학원으로 들어갔다.

연속으로 레슨을 끝내고 나니 한 시간이 훌쩍 지나 있었다. 혹시나 하고 은희가 있던 연습실을 살짝 훔쳐보았으나 아무도 없었다. 채영이는 여전히 찾을 수 없었고 원장님은 덩달아 없었다. 정말 그만 따돌림을 당한 모양새였다.

다음 레슨까지 30분 정도의 시간이 있어서 세현은 채영이를 찾기 위해 다시 밖으로 나갔다. 아파트 단지로 이어진 계단을 막 내려가려고 할 때 멀지 않은 곳에서 손을 잡고 걸어가는 낯익은 뒷모습의 두 사람을 발견했다. 딱 봐도 은희와 채영이었다. 세현은 한달음에 계단을 내려가면서 큰 소리로 채영이를 불렀다.

"민채영!"

"꺄악!"

꺄악?

갑자기 채영이가 비명을 지르더니 두 사람은 전력 질주를 시작했다. 눈앞에서 벌어지고 있는 상황이 어리둥절했다.

"은희 씨!"

"으아악!"

이건 또 무슨 소리?

두 사람을 쫓아가던 세현은 결국 걸음을 멈추어야 했다. 은희가 채영이를 번쩍 안더니 기를 쓰고 도망쳤기 때문이다.

그는 졸지에 선량한 두 여자를 뒤쫓는 악당이 되고 말았다.

"꺄아아악!"

얼마나 정신없이 뛰었는지 이제는 현기증이 나는데, 거의 둘러메듯 안고 있는 채영이는 의미를 알 수 없는 비명을 지르며 숨이 넘어갈 것처럼 웃었다.

'아오, 잡히든 말든 이젠 좀 쉬자.'

한참을 뛰던 은희는 채영이를 바닥에 내리고 무릎을 짚고서 거칠어진 숨을 몰아쉬었다. 그러면서 힐끔 뒤를 돌아보았다. 그녀가 잘 뛴 건지 그가 포기한 건지 뒤에는 장바구니를 든 아주머니 한 분만 보였다.

"아아, 다리 아파."

더는 따라오지 않는다는 걸 확인한 은희는 안도의 한숨을 쉬며 바닥에 털썩 주저앉았다. 다리부터 허리, 팔, 어깨까지 안 아픈 곳이 없었다. 어쩌다가 도망자 신세가 되었는지 모른다고 할 수 없었다. 그녀가 모두 자초한 일이었으니까.

그가 연습실을 나간 후 부디 채영이가 크게 혼나지 않게 해달라고, 차라리 아빠가 화가 풀릴 때까지 꼭꼭 숨어서 나오지 말라고 기도를 하고 있었다.

그렇게 걱정을 한 보따리 짊어지고 연습을 하는 둥 마는 둥하고 있을 때 연습실의 문이 열리더니 채영이가 들어왔다. 어떻게 된 거냐고 물으니 숨어 있었다는 것이다. 민 선생님에게 잡히지 않은 것이 안심이 되면서도 숨어 있었다는 대답이 황당해서웃음이 절로 나왔다.

채영이는 문에 찰싹 붙어서는 은희에게 연습을 하라고 했다. 거기서 그러고 있는데 연습이 되냐고 따지려다가 이내 포기하고 은희는 연습을 시작했다. 물론 그가 다시 연습실로 와서 채영이를 찾을까 봐 불안하기는 했지만 이곳엔 아무도 없다는 듯 뻔뻔하게 연습하는 척했다.

그렇게 얼마간의 시간이 흐르고 채영이는 당연하다는 듯 집에 데려다 달라고 했다. 연습 중간 중간 시간을 물어보더니 도망칠 기회를 엿보고 있었던 것이다. 아무리 채영이가 그에게 혼나는 것이 싫어도 또 말없이 사라지면 더 혼이 날 것이기에 은희는 아빠에게 말하고 가야 한다고 했다.

그러자 채영이는 원장님께 말하고 가면 안 되겠냐며 협상을 시도했다. 예전에 놀이터에 갈 때도 그러지 않았냐고 하는데 더는 할 말이 없었다. 민채영은 나이만 어리지 아주 여우였다. 져줄 수밖에 없는 귀여운 여우. 그리하여 그녀는 공범자가 되었다.

그가 레슨 중일 때 사무실에 있는 원장님에게 행선지를 알린 두 사람은 학원 탈출을 시도했다. 채영이가 살금살금 움직이는 바람에 은희도 잔뜩 몸을 웅크린 채 학원을 나섰다. 등골이 오싹하고 심장이 벌렁거리는 것이 공포 체험이라도 하는 것 같았다. 그런데 묘하게도 누군가에게 뒷덜미가 잡힐 것 같은 공포를 이기고 밖으로 나오자 개운한 해방감이 느껴졌다. 그에게 딱 걸리기 전까지는…….

채영이가 제 이름을 듣고 비명을 지르며 뜀박질을 하지 않았다면, 선생님이 자신의 이름마저 부르지 않았다면 이런 바보 같은 탈주극은 벌어지지 않았을 것이다.

하아, 다시 생각해도 한심하고 어이가 없다.

"채영아. 지금이라도 아빠한테 전화 드리자."

투다다다!

갑자기 들리는 소리에 은희는 흠칫 놀라 어깨를 움츠렸다. 묵직한 반주에 이어 장중한 분위기의 남성합창이 울렸다.

드라마 각시탈의 삽입곡인 '심판의 날'이다. 좋아하는 곡이라 벨소리로 설정했는데 지은 잘못이 있어서 그런지 웅장한 남성 합창소리에 심장이 철렁 내려앉고 뒷목에는 소름이 쫙 돋았다. 정말 심판이라도 당하는 것 같았다.

당연하지만 그의 전화였다.

"후우."

은희는 깊게 심호흡을 한 번 하고 전화를 받았다.

"여보세요."

「은희 씨.」

"네, 선생님."

단단히 혼이라도 날 것 같은 분위기에 긴장하고 있는데 그는 한숨만 쉬었다. 어이가 없어서 할 말이 없는 모양이었다. 그래서 그녀가 말했다.

"채영이가 집에 데려다 달라고 해서요. 선생님은 레슨 중이시길래 원장님께 말씀드렸고, 집에 도착하면 문자 드리려고 했었어요."

반은 맞고 반은 틀리지만 뻔뻔하게 다 맞는 척했다. 그는 또 한숨을 쉬었다. 은희는 축 늘어진 목소리로 말을 덧붙였다.

"저기, 도망치려고 했던 건 아닌데, 갑자기 놀라서……."

이게 뭐야. 유치원생도 아니고 부른다고 놀라서 도망가는 꼴이라니.

「미안하지만 학원으로 데리고 와 주겠어요? 아니, 제가 데리러 갈게요. 어디예요?」

"아니에요. 제가 데려다 주−, 채영아!"

갑자기 채영이가 냅다 뛰기 시작했다.

으아아아, 앙큼한 밤톨이!

은희는 울상을 한 번 짓고는 휴대전화를 귀에 댄 채 뛰기 시작했다.

"선생님. 지금 채영이가 도망을 가고 있어요."

은희는 숨을 헐떡거리며 현재 벌어지고 있는 사태를 설명했다. 선생님이 놀란 목소리로 물었다.

「어디로요?」

"후우, 후우. 아무래도, 집으로 가는 것 같은데요?"

「하아…….」

민 선생님의 지친 한숨 소리가 휴대전화를 가득 채웠다.

채영이가 혼나는 것이 안쓰러워서 도와주려고 했을 뿐인데, 어째 일이 점점 꼬여가는 기분이 들었다. 생각해보면 매번 그랬던 것 같기도 했다.

"제가 금방 잡아서 데리고 갈게요."

은희는 맨몸으로 쏜살같이 달려가는 일곱 살 꼬마를 교본이 세 권이나 든 가방을 들고 통화를 하며 힘겹게 따라가고 있었다.

「은희 씨, 정말 미안해요.」

자기가 자초한 일이라 은희는 딱히 불만이 없었다.

"괜찮아요. 운동도 되고 좋네요. 하하하."

정말 무슨 극기훈련이라도 하는 것처럼 숨이 턱까지 차올랐다.

「혹시 채영이랑 집에 도착하면 연락 좀 다시 주세요.」

"네, 네. 그럴게요. 끊겠습니다."

은희는 대답도 듣지 않고 전화를 끊고는 온 힘을 다해 달리기 시작했다.

정말이지, 채영이 덕분에 오늘 운동은 제대로 한다.

"잡았다!"

이를 악물고 달린 덕에 드디어 채영이를 잡았다. 은희는 당장이라도 쓰러질 것 같고 정신이 하나도 없는데 채영이는 목소리를 높이며 까르륵 웃었다. 온 세상을 다 가진 것 같은 표정에 은희는 화를 낼 수 없었다.

"아빠가 집에 가서 연락하랬어. 가자."

"정말?"

"그래. 어서 가자. 아줌마 쓰러질 것 같아."

"응!"

힘차게 대답하는 채영이가 조금 얄미웠다. 은희는 패자의 표정으로 고개를 설레설레 저으며 총총 걷는 채영이의 뒤를 따랐다. 한참을 신이 나서 촐랑이며 앞서 걷던 채영이가 문득 걸음을 멈추고 돌아섰다.

기다려주는 건가.

"그런데 아줌마."

그녀가 다가가자 채영이가 진지한 목소리로 말했다.

"왜?"

"우리 아빠가 아니야."

"뭐?"

"아줌마가 아빠라고 하는 사람, 우리 아빠가 아니야."

은희는 난데없이 무슨 소린가 싶어 눈만 깜빡거렸다.

"삼촌이야. 우리 삼촌."

그러더니 채영이는 냉큼 몸을 돌려서는 다시 촐랑촐랑 앞서
간다.

고뤠? 아빠가 아니라고?

은희는 허겁지겁 채영이를 따라가기 시작했다.

"채영아. 같이 가자아."

저기, 결혼했는지도 알려줘야지!

엘리베이터에서 내린 채영이는 능숙한 솜씨로 전자도어의 비
밀번호를 눌러 문을 열었다.

"삼촌이랑 둘이 살아?"

"응."

으흐흐흐. 그렇다면 민 선생님은 미혼? 막간을 이용해 한 번
실패했던 호구조사를 끝낸 은희는 몰래 음흉한 미소를 지었다.

"아줌마, 여기."

좋아하는 남자 연예인의 집에라도 온 것처럼 넋이 나가려는

그녀를 채영이가 어떤 방 앞에서 불렀다. 얼른 정신을 차리고 방으로 가니 채영이가 자랑스러운 목소리로 말했다.

"여기가 내 방이야."

"오오. 예쁜데?"

정말 예쁘게 꾸며진 방이었다. 누가 계집아이 아니라고 할까봐 침대는 레이스가 풍성한 시트가 깔려 있었고, 커튼 역시 선녀의 옷깃처럼 작은 바람에도 하늘거렸다. 정말 사랑을 듬뿍 담아 공들여 꾸며준 방이었다. 은희도 어렸을 때는 이런 방을 갖는 것이 꿈이었는데 문득 채영이가 부러웠다. 잘생긴 삼촌이랑 살고 있으니 두 번 부러웠다.

낮은 책꽂이에는 동화책이 가득했고 앉은뱅이책상에는 스케치북과 크레파스가 놓여 있었다. 그리고 방 한구석에는 장난감들이 깔끔하게 정리되어 있었다. 그중에는 그녀가 어렸을 적에 무척 좋아했던 바비인형도 있었다.

지금도 여전히 탐나는 바비인형을 만지작거리다가 방 안을 둘러보던 은희는 침대 머리맡에 있는 작은 액자에 시선을 고정시켰다. 지금보다 훨씬 어렸던 채영이가 부모님과 함께 찍은 사진 같았다.

"채영이 엄마 아빠구나?"

은희는 웃으며 침대에 걸터앉아 액자를 손에 들었다. 채영이도 옆에 앉으며 '응.' 이라고 대답했다.

"우리 엄마랑 아빠야."

"엄마 아빠는 여기 안 계시는 거야?"

"응. 아주 멀리 계셔서 지금은 못 만나."

"그럼 언제 만날 수 있는데?"

"나중에 내가 훨씬 나이가 들면 그때 만날 수 있어."

발랄한 목소리로 대답하는 채영이의 표정에는 언젠가는 엄마 아빠를 만날 수 있다는 기대가 가득했다. 얼마나 멀리 계시기에 지금은 못 만난다고 하는 걸까 궁금해 하고 있을 때 휴대전화가 울기 시작했다. 은희는 액자를 내려놓고 가방에서 휴대전화를 꺼냈다. 민 선생님이었다.

"여보세요."

「집에 도착했어요?」

"네. 막 도착했어요."

「저기 은희 씨. 정말 미안한데요.」

"네."

「남은 레슨을 원장님께 부탁드리기는 했는데 하나는 꼭 직접 해야 하는 레슨이라서요. 혹시 한 시간만 채영이 좀 봐줄 수 있어요?」

은희는 방글방글 웃고 있는 채영이를 한 번 보고는 그가 앞에 있기라도 한 것처럼 고개를 끄덕였다.

한 번이 아니라 두 번도 봐줄 수 있어요!

"네. 그럴게요."

「바쁠 텐데 시간 빼앗아서 정말 미안해요.」

"아니요. 집에서 일하는 사람이라 시간은 프리해요."

「고마워요. 레슨 끝내고 바로 갈게요.」

"알겠습니다."

은희는 채영이만큼이나 상큼한 목소리로 대답하고 개운한 표정으로 전화를 끊었다.

그가 채영이의 아빠가 아니라는 걸 알게 되니 기분은 날아갈 것 같고 온 세상은 핑크색으로 보였다. 고등학생 때 품었던 로망의 남자가 가까운 곳에 있다고 생각하니 그녀야말로 세상을 다 가진 것처럼 마음이 들떴다.

'애들한테 자랑해야지.'

은희는 히죽 웃었다.

"아줌마."

"어응?"

친구들에게 자랑할 생각에 뿌듯해하고 있는데 채영이가 문가에서 그녀를 불렀다.

"우리 피아노 치자."

"피아노?"

"응."

"그래."

피아노 선생님의 집이니 피아노는 당연히 있을 것이라 생각하고 채영이가 이끄는 방으로 들어간 은희는 놀라서 입을 쩍 벌렸다. 그랜드피아노가 떡, 하니 자리를 잡고 있었다. 게다가 벽과 천장 등에 방음장치까지 되어 있었다.

"헐."

아무리 그래도 가정집에 방음장치에 그랜드피아노까지 있을

거라고는 상상도 못했다. 놀라는 그녀를 보며 어깨가 잔뜩 올라
간 채영이가 피아노 앞에 앉아서 연주를 시작했다. 아주 익숙한
음악이었다.

키쿠지로의 여름!

'너구나. 나 들으라는 듯 피아노가 부서져라 쳐대던 사람이!'

은희는 슬쩍 채영이를 흘겨보았다. 그러거나 말거나 채영이
는 열심히 그 곡을 연주했다. 비록 손가락이 짧아 음 사이가 매
끄럽지 않고 두 음계를 함께 치는 것이 한계이긴 했지만 악보도
보지 않고 잘 쳤다. 아무래도 피아노 재능은 삼촌을 닮은 모양이
었다.

"그런데 채영아."

연주가 끝났을 때 은희는 슬쩍 운을 뗐다.

"응?"

"아줌마가 아빠라고 할 때 왜 삼촌이라고 안 했어?"

아빠가 아니라는 사실에 들떠서 잠시 잊고 있던 것을 뒤늦게
물어보았다. 채영이는 왜 삼촌이라고 하지 않았을까?

"아빠 아니라고 했는데?"

은희는 심술이 나서 눈을 가늘게 떴다. 채영이가 가출했던 날
이 떠올랐다.

'삼촌이라고도 안 했잖아!'

마구 따지고 싶은 걸 은희는 용케 참았다. 유치원생이랑 그런
걸로 말씨름을 할 수는 없었다.

"계속 피아노 치세요."

은희는 손을 휘휘 저으며 건성으로 말했다. 채영이는 곧바로 다른 곡을 연주하기 시작했고 은희는 심통 난 얼굴로 방을 둘러보았다.

방 한쪽에 있는 책꽂이에는 음악과 관련된 것들로 가득 채워져 있었다. 체계적으로 배우는 피아노 교본을 비롯해 보기만 해도 어지러운 악보들이 가득했다. 얼마나 연습을 많이 했으면 악보들은 많이 낡아 있었다. 한쪽에는 트로피와 상장들이 진열되어 있었는데 거기서 민 선생님의 이름을 알 수 있었다.

민세현. 그의 이름은 민세현이었다. 잘생긴 선생님이 이름도 멋있었다.

"어…… 이건……."

히죽 웃으며 책꽂이를 훑던 은희는 졸업앨범을 발견했다. 초등학교부터 대학교까지 있으니 당연히 그의 것이었다. 영문으로 된 앨범이 있는 것으로 보아 그는 유학파인 모양이었다.

학교 이름을 차근차근 읽어가던 은희는 고등학교 앨범에서 고개를 갸웃거렸다. 낯이 익은 학교였다.

"어디더라……."

턱을 쓰다듬으며 생각에 잠겼던 은희가 '아!' 하며 손뼉을 한 번 쳤다.

남성 중창 동아리로 유명한 누리고등학교였다. 성악을 전공하는 학생들도 아니었는데 중창대회에서 항상 1등을 도맡아 하던 학교였다. 대대로 여학생 군단을 팬으로 거느리고 있었고 무엇보다 이 학교는 남녀공학임에도 반주자가 남자…….

"어?"

그러고 보니 그녀가 피아노 치는 남자에 대한 로망을 품게 만들었던 반주자가 다니던 학교였다. 은희는 눈을 가늘게 뜨고 의심스러운 시선으로 앨범을 쳐다보았다.

"에이, 설마."

그래, 아닐 거다. 그 학교에 피아노 치는 학생이 민 선생님만 있는 건 아니었을 테니까. 물론 그 학생이 민 선생님처럼 잘생기긴 했지만 그래도…….

"채영아!"

궁금증을 참지 못한 은희는 확인을 해보기로 했다.

"여기 있는 거 아줌마가 좀 봐도 돼?"

그녀의 목소리가 들리지 않는지 채영이는 연주에 몰두해 있었다.

"흠! 난 말했다."

뻔뻔하게 중얼거린 은희는 숨죽인 채 앨범을 슬그머니 꺼냈다.

몇 반이었는지 알 길이 없으니 반별 사진은 별 의미가 없었고 그녀가 찾고자 하는 건 뒷부분에 있는 교내 행사나 동아리 사진이었다. 학교 주체 행사 사진을 몇 장 넘기자 본격적으로 교내 동아리 사진이 쭉 나열되어 있었다.

미술, 한시, 글짓기, 영화감상 등등. 그녀의 학교에도 있는 익숙한 동아리들을 지나 드디어 음악군의 동아리 사진이 나타났다. 그룹사운드, 합주, 사물놀이패, 통기타, 팬 플루트, 만도린

등등을 지나 합창부를 이어 중창부가 있었다.

　　그리고 보았다. 시커먼 남자들이 둘러싼 피아노 앞에 앉아 있
는 민세현 선생님을!

05. 대놓고 흑심 품기

　은희는 어리벙벙한 표정으로 앨범을 얼굴 가까이에 대고 뚫어져라 쳐다보았다. 사진이 작지만 앳된 반주자의 얼굴에는 그의 현재 얼굴이 남아 있었다. 그러나 지금은 기억도 나지 않는 그날의 반주자가 그가 맞다고는 확신할 수 없었다.

　이거 원 어디 물어볼 곳도 없고…….

　"그런데 졸업 연도가…….

　앨범을 덮어 표지의 졸업 연도를 확인한 은희는 허탈한 웃음을 흘렸다. 그는 그녀보다 2년이나 일찍 졸업했다.

　로망의 남자를 본 건 고등학교 1학년 때였고 당시 참가자들은 모두 2학년이었으니 남자 반주자도 당연히 2학년일 것이다. 그녀의 학교만 해도 3학년은 대입 준비로 모든 교내외 행사에서 제외되어 있었으니까 말이다. 더욱이 3학년이 2학년들의 대회에 참가할 이유가 없으니 2년 선배인 그가 피아노 앞에 앉아 있었을 가망성은 없는 것이나 마찬가지였다.

"뭔가 아쉽네."

그런데 이 학교는 남녀공학인데 아무리 남자 중창단이어도 그렇지 반주자를 대대로 남자만, 그것도 얼굴 순으로 뽑았나 보다. 그녀가 보았던 반주자도 그렇고 민 선생님도 그렇고, 둘 다 엄청 잘생겼다.

우리 학교 중창단도 반주자가 최고의 미녀였다면 남학생들이 줄을 섰을지도 모른다.

'아아, 현주한테 한 대 맞겠다.'

은희는 정말 현주가 앞에 있기라도 한 것처럼 어깨를 한 번 떨었다.

이렇게 된 거 2학년 반주자에 대해 물어볼까 싶었다. 자신의 학교처럼 중창단 OB 모임이 있다면 지금도 그 반주자와 연락을 하며 지낼 수도 있었다. 그때 그 반주자가 아직 결혼을 안 했다면 소개를 좀 부탁드려 볼까아! 아니다. 멀리서 찾을 것도 없이 민 선생님을 콱!

"우하하하하!"

은희는 턱을 치켜들고 호탕하게 웃어재꼈다. 그러나 타이밍이 기똥차게 채영이의 연주가 뚝 끊겨버려 거리낌 없이 터져 나온 웃음소리가 방 안을 가득 채웠다.

"다 끝났어?"

엄마야.

바보처럼 실실 웃고 있던 은희는 문가에 서 있는 세현을 보고 화들짝 놀라 입을 딱 다물었다. 은희는 그대로 얼어붙었고 채영이는 의자에서 폴짝 뛰어내리더니 후다닥 그녀의 뒤로 숨었다. 은희는 채영이를 탈주시킨 죄에 허락도 없이 앨범을 본 죄가 추가되었다.

"아…… 잠깐 구경 좀 했는데, 허락도 없이 죄송해요."

"괜찮아요. 오래 기다렸죠?"

"아니요. 오래는 무슨……."

선생님이 너무 일찍 왔어요!

속으로는 억울함을 호소하면서 은희는 얌전히 앨범을 제자리에 꽂았다. 채영이는 그녀의 뒤에서 얼굴을 반만 내민 채 세현을 힐끔거리고 있었다.

"채영이는 이쪽으로 나와."

화를 내지는 않았지만 충분히 엄한 목소리였다. 은희는 팔을 뒤로 뻗어 싫다는 듯 더욱 몸을 빼는 채영이를 잡았다. 자신 때문에 채영이가 혼날까 봐 얼떨결에 학원에서 데리고 나오긴 했으나 언제까지고 편만 들어줄 수는 없었다. 그건 아이를 위한 길이 아니라는 걸 은희는 알고 있었다.

은희는 도망가지 못하도록 몸을 잡은 채 돌아서서 채영이와 눈높이를 맞추고 앉았다.

"채영아."

"응?"

신나게 도망쳤을 때와 달리 채영이는 잔뜩 풀이 죽어있었다.

"삼촌은 네가 다른 사람들의 연습을 방해하면 안 된다는 얘기를 하고 싶었던 거야."

그걸 알면서 같이 도망쳤으니 훈수 둘 입장은 아니지만 채영이가 덜 혼나게 하려면 그녀도 약간의 훈계는 해야 했다.

"대신 말이야……."

은희는 묵묵히 지켜보고 있는 세현을 힐끔 쳐다보고는 채영이의 귓가에 손을 댔다. 채영이도 궁금한 표정으로 귀를 내밀었다.

"아줌마가 자주 놀아줄게."

"정말?"

채영이가 눈을 반짝이며 목소리를 높였다. 약간의 흑심이 있긴 하지만, 은희는 웃으며 고개를 끄덕였다.

"대신, 삼촌 말씀 잘 듣기야."

"엉, 엉."

엉엉? 어디서 물개 소리가?

둘은 사이좋게 손가락까지 걸고 약속했다. 은희는 '가서 사과드려.'라고 작은 목소리로 속삭였다. 채영이는 싫어서 인상을 찌푸렸지만 이내 쭈뼛쭈뼛 삼촌에게 다가갔다.

"잘못했어."

"다시."

세현은 엄한 목소리로 말했다.

"잘못했어요."

"무엇을?"

"아줌마 연습 방해하고…… 또……."

채영이가 힐끔 은희를 돌아보았다. 은희는 심문을 앞둔 공범자의 마음으로 괜찮다는 듯 고개를 한 번 주억거렸다.

"삼촌이 부르는데 도망갔어."

"다시는 그러는 거 아니야."

"응."

손가락을 꼼지락거리며 채영이가 고개를 끄덕였다.

엄한 표정으로 채영이를 보고 있던 그가 몸을 낮추고 앉아 채영이를 품에 꼭 안았다. 채영이도 그녀에게 했던 것처럼 짧은 팔을 뻗어 몇 배나 큰 삼촌의 몸을 끌어안았다.

"이제 방으로 가."

"아줌마는?"

채영이가 걱정스러운 표정으로 은희를 돌아보았다. 채영이의 의리에 은희는 또 감동했다.

"아줌마는 괜찮아."

뭐가 괜찮다는 건지 모르겠지만, 은희는 채영이를 안심시키기 위해 웃으며 손까지 흔들었다.

"아줌마, 이따 봐."

"하하하. 그래. 이따 봐."

채영이는 한껏 풀이 죽은 얼굴로 손을 흔들고는 터벅터벅 피아노 방을 나갔다.

은희는 조금 전까지 호기롭게 웃어재끼던 것과 달리 처분만을 기다리는 죄인의 심정으로 가만히 서 있었다. 다시는 아이 일에 끼어들지 말라는 소리를 들어도 그녀는 딱히 할 말이 없는 처지였다. 왜냐면 그녀는 그저 동네 아줌마니까.

하아, 이제는 스스로 아줌마라 한다. 지금껏 나이는 잊고 살

있는데 누구 덕분에 세월을 몇 갑절이나 뛰어넘은 것 같아 문득 서글퍼졌다.

"시간 괜찮으면 차 한잔하고 가세요."

긴장했던 것과 달리 그는 친절한 목소리로 말했다.

아주 잠깐 망설였지만 언제 또 이런 기회가 올까 싶어 은희는 냉큼 '네!'라고 대답하고는 세현을 따라 피아노 방을 나갔다. 거실로 가면서 채영이 방을 훔쳐보았다. 문이 활짝 열린 방에서 채영이는 그림을 그리고 있었다. 걱정과 달리 아까처럼 시무룩해 보이진 않았다.

세현이 차를 준비하는 동안 은희는 거실에서 멀뚱멀뚱 앉아 있었다. 얼마 후 뜨거운 김이 올라오는 머그잔과 쿠키를 쟁반에 받쳐 그가 거실로 나왔다.

"드세요."

"고맙습니다."

두 사람은 소파가 아닌 카펫 위에 앉았다. 3인용 소파에 나란히 앉아 대화할 사이는 아닌 것 같아 은희는 처음부터 카펫 위에 앉아 있었다.

"아까는 도망가서 죄송해요. 저도 모르게 얼떨결에 그렇게 된 거예요."

은희는 먼저 참회의 뜻을 전했다. 그러나 세현은 엉뚱한 질문을 했다.

"채영이가 제가 삼촌이라고 얘기해요?"

"네? 아…… 네."

뭔가 엄청난 비밀을 알게 된 것 같은 기분이 들었다.

"혹시 비밀이었어요?"

은희의 진지한 물음에 세현은 웃으며 고개를 저었다.

"아니요. 비밀은 무슨."

"전 당연히 선생님이 아빠 줄 알았어요."

"다들 그렇게 생각해요."

세현은 멋쩍은 표정으로 웃으며 커피를 한 모금 마셨다.

채영이와 있으면 그는 당연하다는 듯 아빠가 된다. 어느 누구도 확인하려 하지 않았고 그는 굳이 정정하지 않았다. 자신을 아빠로 알고 있는 것이 불필요한 관심과 호기심을 막을 수 있다고 생각되었기 때문이다.

그런 그의 영향 때문인지 채영이도 사람들이 그를 아빠라고 불러도 나서서 부정하거나 정정하지 않았다. 특히 그냥 스치고 말 사람들에게는 더더욱 그랬다. 뒤집어 말하면 두 사람의 관계를 정확하게 알고 있다는 건 그만큼 가까운 사람이라는 말이 된다. 예를 들면 원장님처럼 말이다. 가끔은 삼촌이라고 하지 않는 채영이의 진짜 속내가 무엇인지 궁금하지만 들으면 마음이 아플 것 같아 겁이 나서 물어보지 못했다.

"이 아파트에서는 오래 사셨나 봐요."

"5년 됐어요."

"와아. 오래되셨네요. 저희는 3년 전에 이사 왔거든요. 아시려나 모르겠는데 저희 엄마가 부녀회장이에요. 도대체 아줌마들이랑 뭘 하면 이사한 지 1년 만에 부녀회장이 되는지 심히 궁금해요."

"은희 씨가 어머님을 닮아서 사교성이 좋은가 봐요."

"나쁘다는 소리는 안 들었어요."

은희는 멋쩍게 웃었다.

"채영이가 은희 씨를 무척 좋아하는 것 같아요."

"저도 채영이가 좋아요."

"채영이는 지금껏 스스로 제가 삼촌이라고 말한 적이 한 번도 없어요. 그런데 삼촌이라고 밝힌 걸 보면 은희 씨를 정말 좋아하는 거예요."

왜? 어째서 삼촌이라고 안 하지?

은희는 조금 의아했다. 이유가 무엇인지 물어보고 싶은데 세현의 미소가 서글퍼 보여 차마 입을 떼지 못했다. 아까 채영이에게 엄마 아빠에 대해 좀 더 자세히 물어보지 못했던 때의 기분과 비슷했다.

섣불리 물어볼 수 없는 조심스러움 같은 것······.

"선생님!"

은희는 가라앉는 분위기가 싫어 목소리에 잔뜩 힘을 주었다. 세현이 왜 그러냐는 표정으로 쳐다보았다.

"혹시 고등학생 때 중창단 반주하셨어요?"

앨범에서 보기는 했어도 정확히 확인하고 싶은 마음도 있었고, 무엇보다 은희는 분위기를 바꾸고 싶었다. 이대로 있다가는 서로 말도 없이 커피만 식히고 있을 것 같았다.

"후후. 네."

"앨범 보니까 선생님이 저보다 두 학년 위더라고요."

"그래요?"

허락도 없이 앨범을 본 것 때문에 슬슬 눈치를 보는데 그는 아무렇지 않은 얼굴로 웃었다. 가슴 떨리게.

"네. 선생님이 3학년이었을 때 2학년 반주자도 남학생이었죠?"

범인은 그녀인데 어째 그가 취조를 당하는 것 같았다. 그는 웃으며 그녀의 취조에 동조해 주었다.

"학교에 중창단이 3개나 있었어요. 남성, 여성, 혼성. 특히 남성 중창단은 반주자도 대대로 남자였어요."

"아…… 그랬구나."

"그런데 은희 씨가 저희 학교에 대해 잘 아네요?"

그가 놀랍다는 표정으로 말했다.

"제가 사실 실력은 없는데 말빨로 중창단에 들어갔었거든요. 1학년 때는 대회 참관 다녔고 2학년 때는 열심히 대회 참가했었어요. 3학년 때는 공부하라고 해서 구경도 못 갔고요."

"은희 씨도 중창단이었구나."

그가 의미심장한 표정으로 나직하게 말했다.

"알고 보니까 선생님 학교 남성 중창단이 원래부터 여학생들 사이에서 인기가 많았더라고요."

"그랬나요?"

그는 처음 듣는다는 표정으로 대꾸했다. 설마 정말 몰라서 그렇게 대꾸했겠나. 쑥스러워서 그런 거겠지. 은희는 그렇게 생각했다.

"선생님네 학교 반주자가 제 동기들 사이에서 인기 많았어요. 저도 뭐…… 약간?"

은희는 손가락으로 아주 약간을 표시해 보이며 수줍게 웃었다.

"몇 학년 반주자요? 1학년? 2학년?"

"1학년 때 참관 갔던 늘빛중창제에서 봤으니까 2학년 반주자요."

학년 따지기 시작하니까 갑자기 복잡해지는 기분이 들었다. 숫자는 무엇이든 어렵다.

"은희 씨가 1학년 때면…… 20XX년도죠?"

년도를 계산하느라 잠시 뜸을 들였던 세현이 물었다.

"네. 그때부터 제 로망은 피아노 치는 남자였어요."

어머, 나 지금 뭐라니? 너무 대놓고 침 흘리는 거 아님?

은희는 저도 모르게 튀어나온 말에 흠칫 놀랐다.

"OB모임 안 나간 지는 오래됐지만 그때 반주자 찾아줄까요?"

"아니요!"

은희는 단호하게 거부했다. 지금 눈앞에 엄청난 남자가 있는데 굳이 그럴 이유가 없었다.

"그냥 사춘기 시절에 잠시 그랬다는 거죠. 지금은 그냥 풋풋한 추억쯤?"

"신기하네요. 오래전에 그런 인연이 있었다는 것이."

"세상은 정말 좁은가 봐요."

은희는 시선을 내린 채 잔잔한 미소를 짓는 세현을 멍한 표정으로 감상했다.

그가 피아노를 연주하는 모습은 어떨까? 레슨 받을 때 감질나게 봤던 거 말고 정식으로 연미복을 입고 그랜드피아노 앞에 앉아 있는 모습 말이다. 쭉 뻗은 발로 페달을 밟고 등을 꼿꼿하게 세우고 앉아 건반을 두드리는 기다란 손가락. 그리고 연주에 몰입한 우수에 찬 눈빛.

으헉! 심장 멎을 것 같아!!

투다다다!

바보 같은 표정으로 그를 감상하고 있는데 정신 차리라는 듯 어디서 반갑지 않은 소리가 들려왔다. 잠시 후 채영이가 휴대전화를 들고 거실로 뛰어나왔다.

"아줌마, 전화!"

그와의 시간을 방해한 것은 괘씸했지만 녹기 직전의 심장을 구해줬으니 전화를 건 사람을 용서하기로 했다.

"고마워."

채영이에게 전화기를 건네받은 은희는 실례한다는 말을 하고 조금 돌아앉아 전화를 받았다. 채영이는 방으로 돌아가지 않고 그의 무릎에 앉았다.

거기 내가 앉으면 안 될까?

"여보세요?"

「차 디자이너님.」

어쭈. 오늘은 어쩐 일로 '차디'가 아니다.

해미는 친구들 중 유일하게 은희를 '차 디자이너'로 불렀다. 그런데 길고 발음이 어렵다는 이유로 지금은 별명처럼 '차디'라고 부른다. 누가 그렇게 불러달라고 한 것도 아닌데 왜 그렇게 부르는지 은희는 잘 이해가 되질 않았다.

"용건만 간단히."

「용건만 간단히는 무슨. 어디서 남자라도 낚고 있냐?」

이런 귀신같은 계집애.

평상시라면 친구와의 통화에 목소리가 한 옥타브 올라갔을 테지만 당장이라도 낚시질을 하고 싶은 그의 앞이니 은희는 조신하게 말했다.

"잠깐 다른 데 와 있어. 무슨 일인데?"

「어쭈. 이제는 목소리까지 깔고?」

은희는 심술도 부리지 못하고 작은 목소리로 채근했다.

"다른 데 와 있다니까 그러네. 무슨 일이냐니까?"

「어울리지 않게 속닥거리기는. 어쩐 일이겠니? 모임 참석 확인하려고 연락했지.」

그러고 보니 얼마 전에 중창단 동기 모임이 있다는 문자를 받았었다.

아싸, 나가서 자랑해야지.

"콜, 콜. 무조건 콜."

「콜? 허구한 날 귀찮다고 내빼더니 어쩐 일이야?」

"기대해. 아주 쇼킹한 소식을 전해줄 테니까."

은희는 그를 힐끔거리며 작은 목소리로 속삭였다.

「오올. 진짜 남자라도 낚았나 보다?」

"이만 끊어주세요."

은희는 궁금함을 참지 못한 해미가 급히 말을 잇는 걸 가뿐히 무시하고 전화를 뚝 끊었다. 통화를 끝내고 나니 이제는 채영이가 그녀의 무릎에 엉덩이를 붙이고 앉았다.

가지 말라는 소린가?

채영이를 지켜보고 있는 그의 표정엔 당혹감이 가득했다.

"채영이랑 잠깐 놀다 가도 되죠?"

"바쁘지 않아요?"

그의 속내는 모르겠으나 어째 보내려는 말 같아서 은희는 꿋꿋하게 대답했다.

"아니요! 아주 프리해요!"

목소리가 컸는지 그가 깜짝 놀라 어깨를 움찔거렸다.

"이야아아!"

채영이가 괴상한 소리를 지르며 품에 와락 안기는 바람에 은희는 뒤로 발라당 넘어질 뻔했다. 겨우 균형을 잡은 은희는 웃으며 채영이의 자그마한 등을 부드럽게 쓰다듬었다.

그를 향한 흑심을 부정할 순 없지만 은희는 채영이가 좋았다. 자그마한 몸집으로 꼭 안아주는 그 마음이 좋고, 자신을 바라보며 활짝 웃는 동그란 얼굴이 좋았다. 뭐니 뭐니 해도 삼촌이 민 선생님이라 좋았다!

"우웅!"

은희는 채영이의 얼굴에 찐하게 뽀뽀를 했다. 얼굴이 새빨

개진 채영이는 잠시 머뭇거리더니 똑같이 그녀의 볼에 뽀뽀를
했다.

　그래, 네가 가장 좋다!

06. 움직이는 마음들

"삼촌."

채영이가 우울한 표정으로 레슨을 끝내고 밖으로 나온 세현에게 매달렸다. 이유는 간단했다. 은희가 학원에 오지 않았기 때문이다.

레슨이 3시에 있는 은희는 보통 2시 30분쯤 와서 4시 정도에 집으로 돌아갔다. 레슨이 없는 날도 역시 비슷한 시간에 와서 연습을 하고 가는데 오늘은 아직까지 학원에 오지 않았다.

시간은 어느새 오후 4시. 가끔 이삼일 정도는 학원에 빠지는 날도 있었기 때문에 세현은 오늘이 그 '가끔'이 아닐까 생각하던 중이었다.

"아줌마 왜 안 와?"

채영이의 기운 없는 목소리가 학생들의 피아노 소리에 파묻혔다. 세현은 가만히 채영이의 머리를 쓰다듬었다. 요즘 들어 채영이는 부쩍 은희를 찾았다.

처음 집에 왔던 날, 그녀는 채영이의 변화무쌍한 요구 사항을 열심히 들어주었다. 그림 그리기, 책 읽기, 인형놀이, 뜬금없는 피아노 연습까지 지친 기색 없이 함께 해주었다. 헤어지기 직전 그녀가 해준 건 머리를 땋아주는 것이었다. 머리를 몇 번이나 땋았다 풀었다 하며 진땀을 빼다가 겨우 완성을 하고는 그대로 뻗어버렸다. 세현은 미안하고 고마운 마음에 없는 솜씨지만 저녁식사라도 대접하고 싶었는데 은희는 집에서 찾는다며 서둘러 돌아갔다.

채영이는 아줌마가 돌아간 것을 내내 아쉬워하더니 땋은 머리가 풀어질까 노심초사하며 잠이 들었다. 잠을 자기는 했는지 다음날 머리는 온전했고 채영이는 어느 때보다 신난 표정으로 유치원에 갔다.

이후로 채영이는 은희가 학원에 오는 시간만 기다렸다. 친구나 언니 오빠들과 놀다가도 입구에 나타나 서성이는 채영이를 볼 수 있었는데, 어김없이 은희가 학원에 오는 시간이었다.

원장님은 채영이가 은희의 알람시계라며 웃지만 세현은 마냥 웃을 수 없었다. 채영이가 입구에 나타날 때면 시간을 확인하는 것이 습관이 되더니 이제는 자신이 먼저 시간을 확인하며 은희를 기다리고 있었기 때문이다.

강사가 학생을 기다리는 건 당연한 일이지만 은희는 원장님의 학생이었다. 그럼에도 핑계를 대 보자면 항상 보이던 사람이 보이지 않으니 궁금해서라고 할 수 있으려나.

"아무래도 오늘은 바빠서 안 오나 보다."

세현은 애써 담담한 얼굴로 채영이를 달랬다. 그 말은 자신에게 하는 말이기도 했다. 그러니 기다리지 말라는 그런 말.

"전화해봐."

그를 올려다보는 채영이의 눈빛은 간절했다. 그러나 세현은 전화를 걸어 왜 오지 않느냐고 물어볼 위치에 있지 않았다. 물론 채영이만큼 그녀의 결석이 궁금하긴 해도 원장님도 하지 않는 일을 하는 건 아주 이상했다.

"바쁘면 학원에 못 올 수도 있는 거야."

"왜에? 왜? 나는 맨날 맨날 오는데?"

세현은 선뜻 대꾸를 하지 못하고 아이의 머리만 쓰다듬어야 했다.

채영이도 다른 아이들처럼 그에게 레슨을 받지만 매일 학원에 있는 가장 큰 이유는 집에 봐줄 사람이 없기 때문이었다. 몇 년간 집에서 개인 레슨을 하던 그는 채영이가 유치원에 가게 되면서부터 이 학원에 나와 아이들을 가르치고 있다. 조금 더 어렸을 때부터 어린이집에 보낼 수도 있었는데 안쓰러워 그러지 않았다.

"빨리 전화해봐."

왜 전화를 하면 안 되는지, 어떻게 설명해야 하나. 그냥 모르는 척 전화해서 오늘은 안 오는지 채영이가 궁금해 한다고 물어볼까? 정말 그러고 싶다.

"채영아!"

세현이 칭얼대는 채영이 때문에 절절매고 있을 때 입구에서 숨바꼭질이라도 하는 사람처럼 은희가 고개를 빠끔 내밀었다.

"아줌마!"

은희를 발견한 채영이는 세현을 내팽개치고는 곧장 달려가 안겼다. 그는 요즘 채영이에게 종종 버림받고 있었다.

"왜 이제 와."

"아줌마 기다렸어?"

"응! 기다렸어!"

두 사람은 이산가족이라도 만나 사람들처럼 서로를 얼싸안고 기뻐했다. 세현도 기분이 좋았다.

"오늘 약속 있나 봐요?"

세현은 자신도 모르게 불쑥 그렇게 물었다. 그도 그럴 것이 은희는 평상시와 다르게 곱게 치장을 했다. 언제나 편한 복장으로 학원에 오는 그녀를 남달리 생각하진 않았지만 오늘은 조금 남달라 보였다.

"네. 중창단 동기들 만나기로 했어요."

감격의 상봉을 끝낸 은희가 몸을 일으키며 대답했다. 채영이는 떨어지기 싫다는 듯 그녀의 다리에 대롱대롱 매달렸다.

"아아, 중창단."

"오늘은 레슨이 없는 날이라서 나가기 전에 연습만 잠깐 하고 가려고 조금 늦게 왔어요. 빈 연습실 있나요?"

"나도 갈래!"

뭐라 대꾸도 하기 전에 채영이가 끼어들었다. 은희는 웃었지만 점점 심해지는 채영이의 응석이 세현은 마냥 미안했다.

"오늘은 아줌마가 친구들을 만나러 가는 거라 안 되고, 나중에 채영이랑 아줌마랑 둘이 데이트하자."

세현의 마음을 읽은 은희가 재빨리 말을 이었으나 그런다고 그의 미안한 마음이 가시는 건 아니었다.

"정말? 정말?"

철없는 채영이는 상기된 얼굴로 좋아서 발을 동동 굴렀다. 누가 보면 삼촌이 생전 안 놀아주는 줄 알 것이다.

"빈 연습실 있어요. 연습해요."

세현은 채영이를 말리고 싶은 마음에 둘의 대화에 끼어들었다. 그러나 슬쩍 눈치를 보는 것 같던 은희가 채영이에게로 양손을 뻗으며 말했다.

"그냥 채영이랑 놀다 갈래요."

"에?"

무슨 말을 들었나, 정신을 차릴 새도 없이 은희는 좋아서 꺅꺅거리는 채영이를 번쩍 안고는 지난번처럼 꽁무니를 빼듯 사라졌다.

그는 그렇게 두 번씩이나 악당이 되고 말았다.

[이따가 마카롱 사간다고 전해주세요!]

순식간에 날아든 답신에 세현은 눈살을 살짝 찡그렸다.

"뭐래?"

팔에 매달린 채영이가 궁금증이 가득한 얼굴로 휴대전화를 힐끔거렸다. 세현은 휴대전화를 얼른 치우며 짧게 헛기침을 한 번 했다.

"많이 늦을 것 같다고 오늘은 잘 자고 내일 보재."

"정말?"

"응."

"진짜로?"

"그렇다니까."

그는 진지한 얼굴로 거짓말을 했다.

저녁 내내 아줌마에게 문자를 보내달라는 걸 안 된다고 계속 거절하다가 결국 채영이의 부탁을 들어주고야 말았다. 그녀의 전화번호는 언제 외웠는지 문자를 안 보내주면 전화를 걸 거라고, 집 전화를 들고 협박을 하는 통에 문자로 합의를 보았던 것이다. 그런데 정말 번호를 알고 있긴 했을까? 어째 속은 기분이 들었다.

오랜만에 만난 아줌마와 헤어지는 것을 서운해 하는 아이에게 그녀는 일찍 오겠다는 약속을 했다. 아줌마의 말이라면 철석같이 믿는 아이에게 어쩌자고 그런 약속을 했는지 세현은 잘 이해가 되질 않았다. 더군다나 일찍 오나 안 오나 그녀는 이곳으로 올 사람도 아닌데 말이다. 그 덕에 세현은 종일 채영이에게 시달리다가 문자를 보내야 했다.

채영이가 보내달라고 했던 문자는 이랬다.

'아줌마 언제 와?'

물론 그는 그렇게 보내지 않고 몇 마디를 더 붙였다.

[방해해서 미안해요. 은희 씨가 언제 오는지 채영이가 궁금해

해서요.]

채영이가 문자를 꼼꼼하게 읽어본 후 보내라고 했다. 그러나 세현은 곧바로 추가 문자를 보냈다.

[채영이한테는 바빠서 연락 없다고 할 테니까 답장은 안 보내도 돼요. 그럼 내일 학원에서 봐요.]

눈치가 빠른 채영이는 추가로 보내는 문자가 무엇인지 꼬치꼬치 캐물었고 세현은 낮에 온 문자에 답장을 보내는 거라고 둘러댔었다. 문자를 확인하겠다고 덤비지는 않았으나 채영이는 의심의 눈초리를 거두지 않았다.

문자를 전송한 뒤 아줌마는 바빠서 연락을 못 하는 것 같으니 이제 자자고 막 일어나려고 할 때 문자가 도착을 했고, 아줌마냐고 묻는 걸 얼떨결에 그렇다고 했다. 후회해도 늦은 일, 세현은 그냥 거짓말을 하기로 한 것이다.

"보여줘."

속아주면 얼마나 좋아. 채영이는 심각한 표정으로 문자를 보여달라고 손을 내밀었다.

요즘 아이들은 왜 학교에 가기 전에 한글을 배우는지, 교육부 장관, 아니 세종대왕님이라도 원망하고 싶어졌다.

"민채영. 이미 잘 시간 지났어."

드디어 세현은 심각한 표정을 지으며 채영이의 응석에 브레이크를 걸었다.

채영이는 이미 위험 수위를 넘어서고 있었고, 그녀의 문자를 보게 되면 잠을 안 자고 기다릴 것이 뻔했다. '이따가'라는 말만 없었으면 보여줬을 텐데 어쩔 수 없었다.

뚱한 표정으로 그와 눈씨름을 하던 채영이는 입을 쭉 내밀고는 휙 돌아섰다. 물론 불만이 가득한 '흥'도 빼먹지 않았다.

잠옷으로 갈아입은 채영이는 침대에 올라가 머리맡에 있는 액자를 손에 들었다.

"엄마 아빠, 안녕히 주무세요."

밝은 목소리로 인사를 마친 채영이는 액자에 뽀뽀를 하고는 침대에 누웠다. 그 모습을 쭉 지켜보고 있던 세현이 이불을 어깨까지 덮어주었다.

"잘 자."

세현은 이마의 머리카락을 쓸어 넘기고 짧게 입을 맞췄다.

"응. 잘 잘 거야."

심술을 나무라듯 슬쩍 눈을 흘기는 세현을 잠시 못 본 척하던 채영이는 금세 '헤헤' 웃더니 팔을 활짝 벌렸다.

"장난꾸러기."

세현은 채영이의 코끝을 한 번 잡았다 놓고는 품에 꼭 안았다. 채영이는 낮게 '까르륵' 웃으며 그의 목을 꽉 끌어안았다.

"삼촌 잘 자요."

"네. 잘 잘 거예요."

"헤헤헤헤."

삼촌이 저랑 똑같이 응수하자 채영이의 웃음보가 터졌다. 세현은 그 기세를 몰아 여기저기 간지럼을 태우기 시작했고, 채영이는 얼굴을 새빨갛게 물들이며 숨이 넘어갈 것처럼 웃었다.

그의 손을 피해 바동거려보지만 좁은 침대에서 도망칠 곳은 없었다.

"꺄아아. 그만. 아하하하. 그마안."

채영이는 죽겠다고 몸부림을 쳤고 세현은 심술부린 것에 대한 복수라며 한참을 괴롭혔다.

몇 분을 그렇게 장난을 치다가 드디어 채영이가 잠이 들었다. 곤하게 잠든 채영이의 얼굴을 한동안 지켜보던 그의 시선이 머리맡에 있는 액자에 머물렀다. 돌 때의 채영이를 안고 있는 형과 형수의 사진이었다.

며칠 전 말도 없이 채영이가 집을 나갔을 때, 얼마나 심장이 철렁했는지 모른다. 화가 나기보다는 아이를 제대로 보살피지 못했다는 죄책감과 후회가 더 크게 다가왔다.

안 그래도 못난 삼촌 때문에 엄마 아빠를 모두 잃은 가여운 아이를 이젠 자신이 잃어버렸다고 생각하니 형 부부에게 죄스러워 하늘이 무너지는 것 같았다.

아직 죽음이라는 것이 피부에 와 닿지 않을 나이에 채영이는 부모님을 잃었다. 몇 날 며칠 보이지 않는 엄마 아빠가 궁금하고 보고 싶을 텐데도 어떤 일이 벌어졌는지 이미 다 알고 있는 사람처럼 채영이는 장례 기간 내내 얌전하기만 했다. 그 모습이 애처로워 그는 물론이고 외가 친가 할 것 없이 온 가족이 많이 울었다.

그러던 채영이가 울음을 터뜨린 건 엄마 아빠가 세상과 완전한 작별을 고하던 즈음이었다. 화장터까지 데려가진 않았지만 비슷한 시간에 채영이가 서럽게 울기 시작하더라고, 사촌을 통해 전해 들었다.

아무리 달래도 소용이 없었다더니, 형과 형수를 안치한 후 채영이를 데리러 갔을 때는 목이 잔뜩 쉬어 있었다. 채영이는 그에게 안기자마자 안 나오는 목소리를 높여 다시 울기 시작했다. 엄마와 아빠를 부르며, 서럽고 슬프게…….

이후 채영이는 그에게서 떨어지지 않으려 했다. 할머니 할아버지를 그토록 좋아했음에도 무조건 삼촌이랑 살겠다며 그에게 매달렸다. 그의 부모님은 물론이고 사돈댁에서조차 고집을 꺾지 못해 결국 채영이는 그와 살게 되었다.

미안하고 미안한, 사랑하는 조카. 이토록 어여쁘고 소중한 아이를 두고 떠나는 마음이 어땠을지 생각하면 지금도 가슴이 미어질 듯 아팠다.

그때였다. 피아노에 거부감이 생긴 것이…….

당시 다른 사람들은 연주 활동이 점점 늘어날 시기에 세현은 오히려 연주회를 줄이고 있었다. 사랑하는 가족을 잃었고 홀로 남은 채영이를 생각하면 연주에 몰입할 수 없었고 심지어 피아노가 싫어지기까지 했기 때문이다.

어느 날. 대학 동기이자 연인이던 주경이 그를 찾아왔다. 공식적으로 활동 중단을 선언한 건 아니었지만 예정되어 있던 스케줄도 제대로 소화하지 못하는 것을 보고 눈치챘다고 했다.

주경은 가족을 잃은 슬픔이 있다지만 연주자의 삶을 포기하고 채영이를 책임지려 하는 그를 이해하지 못했다. 그때부터 주경과 조금씩 소원해졌다. 어느 쪽이 먼저였는지 모를 정도로 서서히 그렇게 되었다.

이별을 고하러 온 주경은 꼭 다시 시작하라는 말을 남기고 돌아갔지만 세현은 그러고 싶은 마음이 지금도 없다. 십 년 후, 이십 년 후에는 마음이 바뀔 수 있으려나? 그건 모르겠다. 그때쯤이면 그나마 가지고 있던 실력이 연주자 생활을 할 수준이 되지 못할 것이다.

그래도 상관없다. 형과 형수의 소중한 분신이자 사랑하는 채영이가 있으니까…….

방에서 나와 무심코 확인한 시계는 밤 10시를 가리키고 있었다. 세현은 은희에게 문자를 보내기 위해 소파에 있던 휴대전화를 손에 들었다. 그런데 이미 그녀에게 답장이 와 있었다.

[잠깐 들를게요.]

[채영이는 자요. 신경 쓰지 말고 친구들과 즐거운 시간]

세현은 문자를 입력하다 말고 소파에 털썩 앉았다. 다음 글자 입력을 위해 깜빡이는 커서를 멍하니 보고 있다가 화살표를 눌러 모두 지웠다.

[채영이는 잠들었으니 일부러 오지 않아도 될 것 같아요.]

글자 입력은 끝났고 이제 전송만 누르면 된다. 누르면 되는데…….

어째서 이리 망설이는 걸까. 이해 안 되는 일이 이것만은 아니었다. 학원에 오지 않는 은희를 기다리던 채영이만큼이나 그도 그녀를 기다렸고, 심지어 마카롱을 가지고 온다는 그녀를 기다리고 싶은 마음도 있었다.

세현은 답답한 한숨을 흘리며 전송 버튼 위에서 배회하던 손가락에 힘을 주어 터치패드를 눌렀다. 그녀에게 이 이상 부담을 주면 안 되는 것도 그렇고, 이유를 알 수 없는 망설임도 이만 끝내고 싶었다.

"우차."

세현은 낮게 기합을 넣으며 소파에서 일어났다. 이제는 그도 자야 할 시간이었다. 그런데 거실의 불을 끄기 위해 스위치가 있는 현관 쪽으로 걸어가던 때였다.

똑똑똑.

문을 두드리는 소리가 들렸다. 놀라서 현관 쪽을 바라보는 데 이어서 '선생님' 하는 소리가 들렸다. 그리고 다시 똑똑똑, 노크 소리가 이어졌다.

세현은 설마, 하는 마음으로 얼른 현관문을 열었다. 문밖에는 해사하게 웃는 그녀가 서 있었다. 금방까지만 해도 오지 말라는 문자를 보냈는데 막상 얼굴을 보게 되자 가슴이 뭉클하고 기분이 좋아졌다.

"너무 늦었죠?"

밤 10시가 넘었으니 늦은 시간이 맞는데 세현은 반가움에 큰 목소리로 '아니요.' 라고 대답할 뻔했다.

"채영이 자는데. 문자 못 본 거예요?"

문자를 너무 늦게 보내는 바람에 헛걸음을 한 건 아닐까 하는 걱정이 반가움을 강하게 밀어냈다. 그러나 은희는 생글생글 웃으며 말했다.

"봤어요."

"그런데 왜 이 시간에……."

세현은 뭐라 해야 할지 몰라 말끝을 흐렸다.

"오지 않아도 될 것 같다고 했지 오지 말라고는 하지 않았잖아요."

"아……."

도대체 무슨 대답을 원했던 건지, 기분이 무척 복잡해졌다. 세현은 이런 자신이 무척 낯설었다.

"여기요."

은희가 들고 있던 종이 쇼핑백을 내밀었다. 겉에는 유명 제과점의 로고가 인쇄되어 있었다.

"마카롱이에요. 내일 채영이랑 함께 드세요."

"여러 가지로 번거롭게 했네요. 고마워요. 잘 먹을게요."

"그럼 전 이만 갈게요."

예쁜 미소를 보이던 은희가 주춤주춤 엘리베이터로 향하자 세현은 손잡이를 잡은 손에 힘을 주었다. 이대로 보내는 것이 못내 아쉬운데 잡을 핑계가 없었다. 집까지 데려다 줄까 싶었지만 그럴 만한 사이도 아닌데 이상하게 생각할까 봐 입 밖에 꺼내지도 못했다.

"늦었는데 조심히 들어가요."

그가 할 수 있는 최선이라고는 이런 인사뿐이었다.

"네. 쉬세요."

하행 버튼을 누르자 기다렸다는 듯 엘리베이터의 문이 열렸다. 은희는 곧 엘리베이터에 올랐고 닫히는 문틈으로 두 사람은 마지막 인사를 주고받았다.

엘리베이터가 1층에 도착했을 즈음, 복도의 센서등이 꺼졌다. 세현은 서둘러 안으로 들어가 그녀가 지나는 주차장 쪽의 베란다로 향했다. 밖으로 나온 그녀가 두 팔을 휘휘 돌리며 지나고 있는 것이 보였다.

어둑한 길을 홀로 걸어가는 것이 마음 쓰여 지켜보고 있는데 그녀가 우뚝 걸음을 멈추었다. 세현은 무슨 일이라도 생긴 건가 싶어 난간 쪽으로 몸을 기울였다.

"우하하하하하!"

어깨너비만큼 다리를 벌리고 선 그녀가 허리춤에 양손을 올린 채 하늘을 올려다보며 큰 소리로 웃음을 터뜨렸다. 그러다가 이내 웃음을 뚝 멈추고는 주변을 두리번거리더니 집을 향해 뛰기 시작했다.

금방 뭘 본 거지?

그녀가 이미 사라지고 없는 길목을 어리벙벙한 얼굴로 보고 있던 세현이 갑자기 웃음을 터뜨렸다. 한 번 터진 웃음은 쉽게 가라앉지 않았고 그는 꽤 긴 시간을 베란다에 머물러야 했다.

♣

앞에는 사랑하는 치느님이 계시고 손에는 시원한 맥주잔을 들었다. 오랜만에 만난 고등학교 동창들의 수다는 풋풋하던 고등학생 시절을 떠올리게 했다.

"이제 그만 뜸 들이고 쇼킹한 소식이 뭔지 빨리 말해봐."

분위기가 무르익자 더는 못 참겠다는 듯 해미가 운을 뗐다. 다른 친구들 역시 해미에게 귀띔이라도 받았는지 호기심 어린 시선으로 은희를 바라보았다. 은희는 우쭐거리는 표정으로 들고 있던 닭다리를 내려놓고 물티슈로 손을 닦았다.

"짜슥들."

궁금해서 엉덩이를 들썩거리는 친구들을 약 올리듯 쭉 훑어본 은희가 본격적으로 이야기를 시작했다.

"너네. 우리 1학년 때 선배들 참가하는 중창대회 구경 갔던 거 기억나?"

"중창대회가 한두 개였냐."

"그중에 대형 교회에서 했던 늘빛중창대회 있잖아."

그녀들의 학교는 기독교 사립 고등학교였다.

"아아, 기억나."

역시 단장이라 그런지 해미가 가장 먼저 기억해 냈다.

"그때 왜 우리가 잘생겼다고 했던 남자 반주자 있었잖아."

"어, 어. 기억날 것 같아."

"학교가 아마…… 누리고등학교!"

다른 친구들도 하나 둘 그날의 반주자를 기억해 냈다.

남자 반주자가 그 학생만 있었던 것도 아닌데 워낙 외모가 출중해 여학생들의 관심이 한쪽으로 치우쳐져 있었다. 가장 절정은 그 남학생이 피아노 앞에 앉아 반주를 할 때였다. 그녀들은 기도 손까지 하고 그의 피아노 치는 모습에 영혼을 내맡겼었다.

"내가 요즘 다니는 피아노학원에 남자 선생님이 계시는데 키도 크고 엄청 잘생겼어."

"그 학교 반주자구나!"

알토장이 목소리를 높이며 선수를 쳤다. 은희는 선수를 빼앗긴 것에 심술이 나서 입을 삐죽거리는데 친구들은 떠들썩하니 난리가 났다. 친구들은 정말이냐며 무척 놀라워했다. 기가 막히는 반전을 듣게 되면 반응은 전혀 달라지겠지만.

"맞냐니까?"

반주자였던 현주가 은희의 손을 잡아당기며 어서 대답하라고 재촉했다.

"아니. 그 학교 중창단은 맞는데 선생님은 그때 3학년이었어."

은희는 아주 담백한 목소리와 표정으로 딱 잘라 말했다.

"야아, 그게 뭐야."

"이놈의 계집애가 진짜."

현주는 어깨를 흔들며 성질을 부렸고 해미는 기다란 감자튀김을 휘두르며 항의했다. 다른 친구들도 구시렁거리며 맥주를 마시거나 안줏거리를 입에 넣고 질겅질겅 씹었다.

"워, 워."

은희는 친구들의 분노를 잠재우기 위해 차분한 표정으로 손을 들어 보였다.

"워워 같은 소리 하고 있네."

은희는 결국 해미에게 감자튀김으로 맞았다.

"나는 또 얼마나 쇼킹한 일인가 했는데, 그 반주자를 다시 만난 것도 아니고 선배? 에라이."

"으악, 켁켁. 살려줘어."

해미가 목을 잡고 흔들자 은희는 죽겠다는 표정으로 한껏 엄살을 부렸다. 부단장이자 악장이던 경신이 선심 쓰듯 놔주라고 해서 은희는 해미의 손에서 벗어날 수 있었다.

"그렇긴 해도 신기하다. 만난 적은 없어도 어쨌든 인연이 있는 학교 사람과 한동네에서 그것도 같은 학원에서 만나고 말이야."

경신이 추억을 되살리는 표정으로 말했다. 은희는 괜히 어깨를 으쓱거리며 말했다.

"이게 다 앙증맞은 민채영 덕분이지."

"채영이가 누군데?"

은희는 채영이를 어떻게 알게 되었는지 간단하지만 임팩트 있게 설명해 주었다. 물론 아줌마라고 불리고 있다는 말도 곁들여서.

"정말 채영이가 한몫을 톡톡히 했네."

경신의 말에 친구들이 모두 공감한다는 표정으로 고개를 끄덕였다.

"처음엔 버릇없다고 생각했는데 참 착하고 예뻐. 애교도 많고."

"그런데 채영이는 삼촌이랑 단둘이 사는 거래?"

어느새 심술은 거두고 해미가 조금 진지한 얼굴로 물었다.

"응."

"왜?"

"정확히는 모르겠는데 부모님이 아주 먼 곳에 있다는 거 보면 돌아가신 게 아닌가 싶어."

"잉?"

"정말?"

분위기가 순식간에 침울해졌다.

"물어봤어?"

"다 크면 엄마 아빠를 만날 수 있다고 해맑게 이야기하는 데 더는 못 묻겠더라고."

"민 선생님은 뭐래?"

"이야기할 거였으면 삼촌이라는 거 알았을 때 먼저 말했겠지. 굳이 먼저 말하지 않는데 물어보기도 그렇고, 들으면 슬플 것 같아서 그냥 모르는 척했어."

그랬다. 자신의 추측이 틀렸길 바라지만, 먼저 이야기를 꺼내지 않는 건 평범한 사연이 아니기 때문일 것이라고 은희는 생각했다. 채영이야 어려서 그렇다지만 그는 충분히 어른이니까 먼저 말하지 않는 어떤 이유가 있을 것이라고 말이다. 그런 걸 내가 궁금하다는 이유로 들추거나 캐묻는 건 예의가 아니라고 생각했다.

사랑스러운 채영이가 가엽지 않으려면 부모님이 어딘가에 살아

계시는 것이 가장 좋지만, 그렇지 않더라도 채영이를 어떤 편견 없이 예뻐해 주면 된다고 은희는 생각했다. 채영이는 존재만으로도 사랑스럽고 어여쁜 아이니까 말이다.

"민 선생님한테 2학년 반주자는 뭐하고 사는지 안 물어봤어?"

심란한 분위기를 환기시키듯 소프라노장이 물었다.

"뭐하러?"

"뭐하러는. 네가 엄청 좋아했잖아."

"그러게. 현주한테 연락처 좀 알아봐 달라고 방방 거릴 땐 언제고?"

현주와 경신이 장난기 다분한 목소리로 말했다.

"이 님들이 지금까지 무슨 얘기를 들은 거야. 민 선생님이 있는데 내가 왜 2학년 반주자를 찾아."

"15년 만에 버림받은 2학년 반주자에게 심심한 위로의 말을 전하고 싶다."

같은 반주자라고 현주가 숙연한 얼굴로 뇌까렸다. 반대로 해미는 음흉한 미소를 지으며 은희의 옆구리를 쿡 찔렀다.

"민 선생님이랑 잘해봐."

해미의 선창에 다른 친구들이 '그래, 그래.' 추임새를 넣었다. 은희는 남은 맥주를 홀라당 마셔버리고 잔을 테이블에 요란하게 내려놓았다.

"좋아, 까짓것! 이것도 인연인데 제대로 작업해 보겠어."

"자기 입으로 인연이라니, 얼굴이 간지럽지도 않냐?"

"언제는 잘해 보라면서."

은희가 입을 삐죽거리자 해미가 어깨에 무거운 팔을 올렸다.

"꼭 잘해서 가지 쳐라."

"그래, 네 사명은 민 선생님이랑 잘되어서 아름다운 가지를 뻗어주시는 거야."

공교롭게도 은희를 비롯한 친구들은 현재 모두 솔로다. 얼마 전까지만 해도 사랑을 뜨겁게 태우던 친구들이 마치 짠 것처럼 재를 남기며 이별을 하더니 졸지에 솔로부대가 된 것이다.

"그래. 작업할 때마다 열심히 읽은 책이 있으니 이 언니가 너희보다 좀 낫겠지."

프리랜서로 북 디자인을 하고 있는 은희는 표지 의뢰를 받으면 해당 도서의 원고를 틈틈이 읽어보고 작업하는데 덕분에 로맨스소설도 꽤 읽었다.

"기다려. 기다리면 복이 있도다."

은희는 교주처럼 손을 쭉 뻗으며 진지한 얼굴로 말했다.

"네, 제발 그래 주세요. 꼭 잘돼서 저희 좀 구원해 주세요."

"오냐."

은희가 근엄한 태도로 고개를 끄덕이자 가소롭다는 듯 친구들이 웃음을 터뜨렸다. 그 속에서도 은희는 채영이에 대한 안타까움에 마음 한구석이 쓰리고 아팠다.

동기들 중 반은 귀가를 했고 반은 2차로 노래방을 택했다. 한참 친구들과 목이 쉬어라 노래를 부르고 있을 때 민 선생님으로

부터 문자를 받았다.

열창하는 친구의 노래를 끊은 은희는 휴대전화를 들어 보이며 친구들에게 어서 모이라고 손짓을 했다.

[방해해서 미안해요. 은희 씨가 언제 오는지 채영이가 궁금해해서요.]

문자를 보자마자 경신이 외쳤다.

"선생님이 궁금한가 보다!"

당황한 은희는 순식간에 얼굴을 붉혔고, 노래방에 남아 있던 친구들 중 가장 이성적인 현주가 도리질을 했다.

"아니야. 정말 단순히 채영이가 궁금해서 심부름만 한 걸 수도 있어."

"그치?"

은희는 현주의 말이 훨씬 가능성이 높아 동조하듯 되물었다. 곧바로 [채영이한테는 바빠서 연락 없다고 할 테니까 답장은 안 보내도 돼요. 그럼 내일 학원에서 봐요.]라는 문자가 들어왔기 때문이다.

"이런 바보들. 이건 차디가 신경 쓸까 봐 그냥 하는 소리야."

해미가 딱 잘라 말했다.

"그래서. 난 어떻게 해야 하는 건데?"

은희가 조바심을 내며 발을 동동 굴렀다. 현주가 답을 내주었다.

"아까 채영이 준다고 마카롱 샀잖아. 그거 갖다 준다고 해."

"오오, 그래. 그래야겠다."

그녀들은 노래방에서 노래는 안 부르고 자그마한 휴대전화에 머리를 맞대고 은희가 문자를 입력하는 걸 지켜보았다.

"잠깐 들른다는 말도 써야지."

덜덜 떨리는 손으로 문자를 전송했는데 현주가 답답하다는 목소리로 말했다.

"이 정도면 알지 않을까?"

"아까 민 선생님이 내일 보자고 했잖아. 넌 오늘 보겠다고 쐐기를 박아야지."

현주가 더 흥분해서는 손을 휘두르며 강한 어조로 말했다.

은희는 심각한 표정으로 잠깐 들른다는 문자를 입력해서 전송했다. 숨죽인 채 문자 보내는 걸 지켜보고 있던 친구들이 그제야 긴장을 풀며 한숨을 쉬었다.

"너는 이제 가."

"어?"

해미가 주섬주섬 은희의 짐을 챙겼다.

"지금 시간이 몇 시냐. 아무리 들른다고 했어도 오밤중에 갈 순 없잖아."

"그래, 넌 가라."

경신도 어서 가라고 은희의 팔을 잡아끌었다. 뭐라 대꾸도 못하고 노래방 밖으로 나온 은희는 제 손에 들려 있는 제과점 쇼핑백을 쳐다보았다.

채영이를 통해 그를 보겠다는 흑심이야 있었지만 마카롱은 순수하게 채영이가 생각나서 산 거였다. 그런데 아무렴 어떠랴.

이러나저러나 흑심이 있는 건 사실인데.

은희는 싸우러 가는 것도 아닌데 두 주먹을 불끈 쥐고는 전의를 다지며 씩씩하게 집으로 향했다.

그런데 막상 집 앞에 도착해서는 자신감이 훅 떨어졌다. 심장이 벌렁거리고 현기증까지 밀려왔다. 시간도 늦었으니 그냥 갈까 한참 고민을 하는데 그에게서 문자가 도착을 했다.

[채영이는 잠들었으니 일부러 오지 않아도 될 것 같아요.]

정말 돌아가야 하나 침울해하던 은희는 여기까지 온 거 과감하게 노크를 했다. 채영이가 잠들었다고 했으니 초인종은 피하는 것이 나을 것 같았다.

"선생님."

혹시나 노크 소리를 못 들었으면 어쩌나 하고 불렀는데 어째 목소리가 노크 소리보다 작았다. 은희는 다시 노크를 했다. 잠시후 현관문이 열리고 놀란 표정의 그가 모습을 드러냈다. 순간 은희는 숨을 그대로 멈추고 말았다.

으아아아아, 심장 떨려!

그와 헤어지고 1층에서 엘리베이터를 내리자마자 은희는 바닥에 쪼그리고 앉았다. 항상 채영이와 함께 보다가 이렇게 단둘이 그것도 오밤중에 보려니 떨려서 심장이 쪼그라들려고 했다.

아주 어렸을 때, 같은 반에 좋아하는 남학생이 있었다. 누가 아는 것도 아니고 친구니까 아무렇지 않게 행동하면 되는데 뭐가 부끄럽다고 그 친구만 보이면 도망을 쳤었다. 덕분에 반 친구들은 그녀가 누굴 좋아하는지 다 알아버렸다.

아까도 민 선생님이 문을 열었을 때 도망치고 싶은 걸 얼마나 참았는지 모른다. 대견하게 잘 참은 덕에 비록 어둡고 잠깐이지만 그의 얼굴을 가까이서 볼 수 있었다. 그것뿐인가. 오지 말라는 말은 없었다며 뻔뻔하게 말도 잘했다.

"잘했어, 잘했어."

은희는 제 어깨를 도닥이고는 후들거리는 몸을 일으켜 밖으로 향했다.

쪼그라들었던 근육을 풀어주기 위해 팔을 휘휘 돌리며 걸어가는데 히죽히죽 자꾸 웃음이 나왔다. 문이 열리기 전까지만 해도 심장이 터질 것 같았는데 막상 얼굴을 보고 나니 하늘을 날아갈 것처럼 기분이 좋았다. 은희는 들뜨고 기쁜 마음을 웃음으로 표현했다.

"우하하하하!"

우렁찬 웃음소리가 아파트 단지 전체를 쩌렁쩌렁 울렸다. 화들짝 놀란 은희는 얼른 입을 막고 주변을 두리번거렸다. 누가 봤다면 실성한 여잔 줄 알 것이다.

은희는 채영이를 안고 도망쳤던 것보다 더 빠르게 집까지 달렸다. 그의 집이 있는 110동에서 114동까지 가려면 언덕을 넘어야 하는데, 집 앞 주차장에 도착하니 숨이 턱까지 차올랐다.

"휴우."

엘리베이터 안에서 거칠어진 숨을 몰아쉬는데 가방에서 진동음이 울렸다. 그와 어떻게 됐는지 연락하라고 했던 친구들 중 한 명일 것이다. 열심히 훈수를 두던 현주일 가망성이 가장 높았다. 그런데…….

[시간도 늦었는데 데려다 주지 못해서 미안해요. 집엔 잘 들어갔어요?]

은희는 휘둥그레진 눈으로 발신자 이름을 확인했다. 자신이 입력한 '민세현 선생님'이라는 발신자 명이 또렷하게 보였다.

땡!

갑자기 엘리베이터의 도착 벨소리가 들려 은희는 흠칫 놀랐다. 벌렁거리는 심장을 진정시키며 엘리베이터에서 내린 은희는 화면이 어두워지는 걸 터치해서 밝히고는 한 번 더 문자를 읽어 보았다.

[시간도 늦었는데 데려다 주지 못해서 미안해요. 집엔 잘 들어갔어요?]

사라지지 않는 걸 보니 꿈이 아니었다.

"으아아아, 어쩜 좋아."

은희는 좋아서 낮게 중얼거리며 문 앞을 종종 돌아다니다가 서둘러 집 안으로 들어갔다. 부모님은 잠자리에 들었는지 거실의 불이 꺼져 있었다.

방으로 들어와 가방을 바닥에 내려놓고 은희는 그대로 침대에 뛰어들었다. 천장을 보고 누워 민 선생님이 보낸 문자를 읽고 읽고 또 읽었다.

누가 보면 주책이라고 하겠지만 이렇게 걱정을 해주니 조금은 그와 가까워진 것 같아 가슴이 설레었다.

"우웅!"

은희는 그의 문자에 찐하게 **뽀뽀**를 했다.

주책이든 김칫국이든 상관없다. 어렸을 적의 설렘을 다시 느낄 수 있어서 좋고, 그 대상이 민 선생님이라서 좋다. 동경하던 남자 선생님이 머리를 쓰다듬어줄 때 느꼈던 감정과 비슷하지만 이쪽이 훨씬 더 좋다.

그렇게 은희에게 설레는 짝사랑이 다시 찾아왔다.

07. 실망이 되어버린 기대

"네가 이 시간에 어쩐 일이야?"

방을 나서니 오전의 가장 중요한 일과인 빨래를 걷으며 엄마가 의아한 목소리로 물었다. 지금 시각이 9시. 요즘 부쩍 늦잠을 자니 엄마가 놀랄 만도 했다. 그래도 필요하다면 일찍 일어나기도 한다. 오늘처럼.

어젯밤에 그로부터 문자를 받고 침대 위에서 하이킥을 한참하다가 덜덜 떨리는 손으로 답신을 보냈다.

[걱정해 주셔서 감사합니다. 잘 들어왔어요. 안녕히 주무세요.]

은희는 문자를 보내자마자 후회했다. 안녕히 주무시라니, 스스로 대화를 끊어버린 것이다. 침대에 엎드려 후회로 몸부림을 치고 있을 때 다시 문자가 도착했다. 잘 자라는 문자겠거니 기대감 없이 문자를 읽던 은희는 자리에서 벌떡 일어났다.

[혹시 괜찮으면 내일 채영이 유치원 갔을 때 잠깐 차 한잔해요.]

문자를 받고 얼마나 기뻤는지 웃음이 다 뭔가, 소리라도 지르고 싶었다. 무려 차를 마시자고 한 것이다. 민세현 님이!

"잠깐 요 앞에 좀 다녀올게요."

"요 앞에 간다는 애가 화장까지 했어?"

엄마가 그녀를 스윽 훑었다. 은희는 바보처럼 웃어 보이고는 허둥대며 집을 나섰다.

설레는 가슴을 안고 세현의 집으로 향하는 은희의 입가에는 웃음이 가득했다. 하늘은 높고 바람이 깨끗해 어딘가에서 꽃냄새가 날아드는 것 같았다.

"으흥."

은희는 가다 말고 서서 수줍은 소녀처럼 입을 가리고 어깨를 들썩거리며 기쁨의 소리를 냈다. 그러나 곧 정신을 차리기 위해 얼굴을 두 번 가볍게 두드리고는 가던 길을 재촉했다.

"어서 와요."

현관문을 연 세현이 반가운 목소리로 인사했다. 은희도 웃으며 인사를 하고 그를 따라 집안으로 들어갔다.

지난번에도 느꼈지만 집이 무척 깔끔했다. 내 방 하나 청소하는 것도 귀찮아서 일주일에 한 번 치울까 말까인 자신과 달리 그는 청소를 꽤 사랑하는 것 같았다. 게다가 혼자서 조카까지 키우고 있지 않나. 은희는 이분이야말로 슈퍼맨이라고 생각했다.

"사실은 은희 씨에게 부탁이 좀 있어서요."

차를 마시며 통상적인 대화를 이어가던 세현은 밤새 고민했던 이야기를 조심스럽게 꺼냈다.

"미안하지만 혹시 레슨 시간을 좀 바꿔줄 수 있어요?"

전혀 예상치 못한 말에 은희는 적잖이 당황했다.

"그건 왜……."

"채영이가 은희 씨를 좋아하는 건 알겠는데, 뭐랄까. 요즘 부쩍 과하게 의지하는 것 같아서 조금 걱정이 돼요. 그리고 이런 말씀 죄송하지만, 은희 씨만 믿고 채영이가 점점 제멋대로 행동을 하려고 해서요."

세현은 표정이 굳어지는 은희에게서 시선을 돌렸다. 밤새 고민한 결과치고는 좋지 못했지만 그녀에게로 향하는 마음을 막을 수 있는 최선의 방어선이었다.

채영이에게 다정하고 친절한 그녀를 볼 때면 자꾸 마음이 흔들렸다. 그녀라면 채영이에게 좋은 버팀목이 되어줄 수 있지 않을까, 나에게 큰 위로가 되어주지 않을까 하는 부질없는 바람이 들었다. 그러나 선뜻 제 마음을 인정하기도 드러내기도 힘들었다. 아니 이렇게까지 하는 건 이미 그녀에 대한 마음을 인정한 것과 진배없었다. 그러나 딱 거기까지였다.

채영이를 맡기로 했을 때 어떤 부모가 애 딸린 남자에게 딸을 주겠냐고, 영영 결혼도 못하는 거 아니냐며 어머니는 눈물로 탄식했다. 조카가 왜 딸이냐고 우겨봤지만 그 말이 꼭 틀린 건 아니라는 걸 알기까지 그리 긴 시간이 필요하지 않았다. 얼마 지나지 않아 주경이 이별을 고했기 때문이다. 그녀가 댄 이유는 달랐지만 채영이 때문이라는 걸 모를 정도로 둔하지 않았다.

세현은 이 방어선을 지키고 싶었다. 제 마음이 건너가지 않도록, 채영이의 마음이 건너가지 않도록 말이다. 세현은 자신도 그렇지만 채영이도 은희도 상처 받기를 원하지 않았다. 이 방어선이 무너졌을 때 어떤 풍랑이 생길지 세현은 알고 있었다.

"채영이랑 만나는 시간을 줄여달라는 말씀이신 거죠?"

"이상하고 무리한 부탁해서 미안해요."

"아니에요. 민 선생님은 양육하는 입장이니 이해해요."

말은 그렇게 했지만 은희는 솔직히 기분도 좋지 못하고 서운한 마음도 들었다. 채영이가 요구하는 것을 대부분 들어주었지만 그렇다고 마냥 방치한 건 아니었기 때문이다. 나름대로 가르칠 건 가르쳤다고 생각하는데 싫은 소리를 들으니 한없이 우울해졌다.

채영이는 확실히 처음과 달리 어리광이 많아졌다. 툭하면 연습실에 와서 같이 놀자며 떼를 쓰거나 삼촌의 말을 못 들은 척 무시하는 상황이 종종 있었다. 속된 말로 그녀 믿고 까부는 거였다.

채영이가 자신을 따르고 좋아하는 건 고맙지만 그로 인해 아이의 버릇이 나빠지는 건 은희도 싫었다. 솔직히 그와 거리감이 생기는 것이 가장 싫지만, 어쩔 수 없다는 생각이 들었다. 자신은 채영이의 양육자가 아니니까 말이다.

그나저나 어느 드라마에서 보암직한, 무척 낯익은 레퍼토리였다. 은희는 그동안 자신이 채영이와 금단의 사랑이라도 하고 있었던 건가 싶었다.

"다음 주부터 시간 바꿀 수 있는지 원장님과 상의해 볼게요. 그리고 채영이한테는 제가 잘 설명할 테니까 선생님이 먼저 말하지 마세요. 채영이가 선생님께 심술부릴 수도 있으니까요."

"고맙습니다."

은희는 멋쩍은 웃음을 보이고는 이제 가봐야겠다며 자리에서 일어났다. 현관까지 배웅을 나온 그가 마지막으로 마카롱은 맛있게 먹었다고 인사했다.

'그럼요. 그게 얼마짜린데 맛있어야죠.'

밖으로 나온 은희는 화창한 하늘을 올려다보며 입술을 삐죽거렸다.

어제 그런 문자를 보내지나 말지. 밤새 심장 떨리게 해놓고 오늘은 찬물을 끼얹는다. 성격 무지 좋은 선생님인 줄 알았는데 그는 나쁜 사람이었다.

으아아아아!

은희는 고함이라도 지르고 싶은 걸 꾹 참고 바닥에 굴러다니는 애꿎은 돌멩이만 툭툭 차며 집으로 향했다.

집으로 들어가자 이번에는 엄마가 놀렸다.

"신나서 나갈 땐 언제고 이제는 곧 죽을 사람처럼 들어와?"

"좀 잘게요."

"그래라."

언제는 안 그랬냐는 투로 엄마가 대꾸했다.

어깨를 축 늘어뜨린 채 방으로 들어온 은희는 화장을 한다고 걷었던 암막커튼을 치고 침대 속으로 들어갔다. 화장을 지워야 했지만 만사가 귀찮았다. 한숨 자고 일어나면 모든 것이 꿈이었으면 좋겠다는 생각만 간절했다.

그 후로 며칠이 흘렀다. 연습을 끝내고 나온 은희는 채영이를 찾았다. 오늘은 채영이에게 레슨 시간이 바뀌었다는 걸 알려야 했다. 지난 며칠간 어떻게 알리면 좋을지 고민해 봤지만 딱히 좋은 수는 생각나지 않았다.

알리는 걸 계속 미룰 수도 없었다. 레슨 시간 바꾸는 것까지 시시콜콜 알릴 필요가 있겠나 하겠지만, 둘은 나이를 떠나 서로를 친구로 여겼다. 친구가 하루아침에 말도 없이 시간을 바꾼다면 분명 서운하고 속상할 것이다. 은희는 아직 어린 채영이에게 아름답지 않은 배신감을 알게 하고 싶지 않았다.

"아줌마아."

기웃거리며 좁은 복도를 지나가는데 어딘가에서 나타난 채영이가 달려와 그녀에게 매달렸다.

"연습 끝났어?"

"응."

"집에 가는 거야?"

"응."

"나랑 놀아."

오늘따라 나랑 놀자는 말이 왜 이리 슬프게 들리는지…….

은희는 안쓰러운 마음으로 채영이의 머리를 쓰다듬었다.

"딱 30분만 노는 거야."

여느 때와 마찬가지로 은희는 30분의 놀이 시간을 허용했다. 채영이는 좋다며 고개를 힘껏 끄덕였다. 밖으로 나가기 전에 은희는 채영이의 부재를 알려야 했다. 때마침 레슨을 끝낸 세현이 연습실에서 나왔다.

"연습 끝났어요?"

"네."

은희는 세현을 쳐다보지 않은 채 대답했다.

채영이를 알기 전에는 서로 있는지도 몰랐는데, 요즘은 하루에 한 번은 꼭 마주쳤다.

지나가는 것만 봐도 가슴이 설레었고, 인사라도 하게 될 때면 수줍은 십 대 소녀처럼 기뻤는데, 며칠 전 주의 아닌 주의를 들은 이후로 계속 심술만 났다. 하여 근래는 그림자만 보여도 피했고 어쩌다 마주치게 되면 지금처럼 시선을 주지 않은 채 대충 인사만 하고 지나갔었다.

"채영이 30분만 놀다가 들여보낼게요."

"네."

세현은 조금 당황한 표정으로 대답했다.

은희는 제 목소리가 참으로 뚱하다는 걸 알고 있었다. 그렇다고 민망하거나 미안하지는 않았다. 일이 이렇게 된 거 차라리 학원을 그만둘까 싶었다.

"가자 채영아."

"응."

은희는 어른들의 분위기가 심상치 않음을 느꼈는지 약간 어리둥절해하는 채영이를 데리고 학원을 나섰다.

"아줌마 화났어?"

놀이터에 거의 도착했을 때 채영이가 조심스레 물었다. 은희는 한껏 웃는 얼굴로 고개를 저었다.

"아니. 화 안 났어."

은희는 화가 난 것이 아니라 심술이 난 것이었다. 사실 화를 내는 것도 우습고 심술을 내는 건 더 우스웠지만 세현에게 서운해서 자꾸 심술이 났다.

"우리 그네 탈까?"

"아니. 미끄럼틀."

채영이는 그녀의 제안을 상큼하게 거절하고 미끄럼틀 계단을 향해 뛰어갔다. 심술이 2단계로 상승했다.

놀이터에 있는 아이들과 미끄럼틀을 한참 타고 놀던 채영이는 멀뚱거리게 앉아 있는 그녀가 불쌍했는지 같이 시소를 타자고 했다.

아니, 그네.

그러나 은희는 얌전히 시소로 향했다.

"채영아."

시소를 탄 두 사람이 번갈아 가며 하늘로 올라갔다 땅으로 내려왔다.

"응? 왜에?"

"아줌마가 월요일부터는 아침에 레슨을 받기로 했어."

"아침에?"

하늘로 올라가는 채영이가 눈을 동그랗게 떴다. 이유가 무엇인지 궁금한 표정이었다.

"아줌마가 오후는 일 때문에 많이 바쁘거든. 원래 아침에 레슨 받으려고 했었는데 빈 시간이 없어서 오후에 받았던 거야. 이제는 오전에 레슨을 받을 수 있다고 해서 옮기기로 했어."

은희는 거짓말까지 보태며 주절주절 핑계를 댔다.

아파트 단지를 끼고 있는 학원은 오전이 제일 한가해서 은희 외에 세 명의 일반인 수강생은 모두 오전에 레슨을 받고 있었다. 처음엔 그녀도 한가한 오전에 레슨을 받을까 했지만 아침에 일어나는 것에 자신이 없어서 오후 중에서도 그나마 학생이 적은 시간을 택했던 것인데 그 덕에 채영이를 만나게 되었다.

그나저나 채영이가 말을 제대로 이해했을까?

"그럼 이제 안 오는 거야?"

역시 말이 어려웠던 모양이다.

"피아노는 계속 배우는데 시간이 달라서 채영이랑 학원에서는 못 만나."

이후로 채영이는 마치 생각에 잠긴 사람처럼 한참을 말없이 시소만 탔다.

"내릴래."

위로 올라간 채영이가 발을 바동거렸다. 시소에서 먼저 내린 은희는 천천히 채영이를 아래로 내려주었다.

"그네 타자."

채영이가 비어 있는 그네를 가리켰다. 은희는 먼저 뛰어가는 채영이를 따라 그네로 갔다. 그네를 밀어주려고 하는데 채영이가 옆에 있는 그네를 가리켰다.

"아줌마도 타."

은희는 웃으며 채영이 옆에 앉았다. 둘은 흔들흔들 그네를 타기 시작했다.

"그럼 나랑 이제 못 놀아?"

채영이가 물었다.

은희는 채영이를 친구처럼 생각해도 함께 놀아주는 또래 친구는 아니었다. 그녀는 성인이고 해야 하는 일이 있다. 이제는 그 경계를 명확하게 알려줘야 했다.

"응. 앞으로는 채영이랑 같이 못 놀아줄 것 같아."

"그렇구나."

채영이는 실망한 목소리로 대꾸하고는 바닥으로 시선을 돌렸다. 떼를 쓰면 어쩌나 걱정했는데 채영이는 지금의 상황을 나름의 방법으로 잘 이해하고 받아들인 것 같았다.

"이제 돌아가자."

어느새 약속한 30분이 지났다. 채영이는 그네에서 폴짝 뛰어내리더니 얼른 그녀의 손을 잡았다.

"내가 집으로 놀러갈게."

헉! 그 생각을 하느라 조용했던 거야? 채영이 때문에 이사를 갈 수도 없고. 에라, 모르겠다.

은희는 진중한 표정과 목소리로 말했다.

"대신 아무 때나 마음대로 놀러 오면 안 돼. 삼촌한테 말씀드리고 허락 받고 오는 거야."

"응."

삼촌이 허락할 일이 없다는 걸 모르는 채영이는 천진하게 웃으며 고개를 끄덕였다. 마치 명쾌한 해답이라도 찾은 표정이었다. 채영이가 집으로 놀러 오는 건 정말 능력 밖의 일이다. 만약 그것도 문제 삼으면 그때는 확 들이받아 버릴 생각이었다.

"채영아."

맞잡은 손을 흔들며 학원으로 걸어가는데 뒤에서 부르는 소리가 들렸다. 돌아보니 어여쁜 여인이 정문 입구의 107동 1층 주차장에서 나오고 있었다.

107동의 1층 주차장은 지대가 높은 114동 지하주차장과 연결되어 있었다. 그 주차장은 114동으로 가는 지름길이기도 해서 사람들이 자주 이용했다.

여자는 몸매도 좋고 옷차림이 세련됐다. 헤어스타일과 화장 역시 완벽한 여자의 미소에서 은희는 약간의 가식을 느껴졌다. 아마도 입은 웃는데 눈이 웃지 않아서 그렇게 보이는지도 모르겠다. 쌍꺼풀 수술이라도 잘못한 건가?

그런데 반갑게 말을 거는 여자와 다르게 채영이는 심히 불편해 보였다. 채영이의 경계심에 여자에 대한 호기심이 더욱 커졌다.

"못 본 사이에 많이 컸네?"

채영이의 표정을 못 읽는 건지 외면하는 건지, 여자는 바로 앞까지 다가와 머리를 쓰다듬을 듯 팔을 뻗었다. 그러자 채영이가 냉큼 한 걸음 뒤로 물러났다. 채영이의 반응이 은희는 낯설었다.

"주경 이모잖아. 서운하게 이모 얼굴 벌써 잊은 거야?"

이모? 채영이랑 친척이라는 소린가?

그런데 채영이의 반응은 전혀 모르는 사람을 대하는 것 같았다. 자신도 모든 친척과 사이가 좋은 건 아니었지만, 채영이는 벌써부터 싫은 사람이 있는 모양이었다.

"그래, 얼굴 못 본 지 오래되기는 했다."

채영이는 아무런 대꾸가 없었고, 그런 채영이의 기분은 관심도 없다는 듯 여자가 말했다.

"학원에 삼촌 계시지?"

이모라고 주장하는 여자는 민 선생님을 찾았다.

"가자."

여자에게 시선을 붙박은 채영이가 은희의 손을 잡아끌며 뒷걸음질을 쳤다. 그런데 방향이 학원이 아니다.

"어딜?"

은희는 의아한 목소리로 물었다.

"집에."

"집?"

얼른 여자의 표정을 살피니 그제야 그녀의 존재를 알아챈 사람처럼 은희를 바라보았다. 채영이가 다시 은희의 손을 잡아당겼다.

"빨리 집에 가자."

"어…… 그래."

채영이에게 이끌려 왔던 길을 되돌아가려는데 여자가 말했다.

"누구세요?"

"우리 엄마야!"

잉?

갑자기 들려온 소리에 은희는 깜짝 놀랐다. 그 목소리가 어찌나 떳떳하고 단호한지 정말 자신이 엄마라고 해야 할 것 같은 기분에 사로잡혔다. 잠시 당황하여 여자를 쳐다보는데 그녀의 팔을 꼭 끌어안은 채영이가 단단히 뿔이 난 목소리로 한 번 더 외쳤다.

"나랑 같이 살아!"

헉! 아버지. 제 호적은 언제 옮기셨나요!

08. 좋은 사람, 싫은 사람

"빨리 가자."

폭탄 발언을 연달아 터뜨린 채영이는 짜증이 가득한 얼굴로 은희의 손을 잡아당겼다. 여자는 채영이의 말을 정말 믿는지 놀라움이 가득한 얼굴로 은희를 쳐다보고 있었다.

엄마가 아닌데 엄마가 아니라고 하면 안 될 것 같은 묘한 분위기에 은희는 정말 엄마라도 되는 사람처럼 조신한 태도로 여자에게 인사를 하고 채영이와 함께 돌아섰다. 한 발 앞에서 은희를 끌고 가는 채영이의 뒷모습에서 심술을 읽을 수 있었다.

'주경 이모가 누구지?'

채영이에게 끌려가면서 은희는 여자에 대해 생각했다. 채영이 태도로 보아 친척은 아니고 아마도 민 선생님의 친구나 후배나 선배나 그 어디쯤 되는 것 같은데, 싫어도 엄청 싫은 모양이었다. 아는 척을 하지 않는 것도 모자라 엉뚱한 사람을 엄마로 만들기까지 한 걸 보면 말이다.

주경 이모의 정체가 무척이나 궁금했지만 물어보지 않았다. 아무리 궁금해도 자신을 엄마로 둔갑시키면서까지 피하고 싶은 사람에 대해 억지로 말하게 하고 싶지 않았다. 필요하다면 언젠간 말을 할 테고 만약 계속 말을 안 한다면 자신은 주경 이모를 못 본 사람이 되어주면 된다고 생각했다. 어차피 그 여자는 자신과는 아무런 상관도 없는 사람이니까 말이다.

그나저나 아줌마에서 졸지에 채영이의 엄마가 되어버렸다. 엄마가 이 사실을 알게 되면 하늘이 무너진 것 같은 표정을 짓겠지만 은희는 그로 인해 안타까운 사실을 확인하게 되었다. 제 예상이 틀렸길 그토록 바랐건만, 채영이의 부모님은 정말 저 멀리 하늘나라에 있을지도 모르겠다는 사실이었다.

아파트 단지 한복판, 지나가는 사람들 앞에서 애 엄마가 되어버렸지만, 그녀를 엄마라고 하던 채영이의 슬픈 표정에 마음이 서걱거렸다. 사람들이 아빠라고 할 때 잠자코 있었던 민 선생님의 마음이 아주 조금은 이해가 되는 것 같았다. 하여 집에 가겠다는 아이를 말리지 못하고 함께 집에 오고야 말았다.

"우리 손 씻을까?"

어색한 분위기를 함께 씻어 볼 요량으로 은희가 말했다. 채영이는 고개를 끄덕이고는 소매를 걷어올리며 화장실로 향했다. 은희는 소매가 젖지 않도록 잘 말아주고 채영이와 함께 손을 씻었다. 부드러운 비누에 미끄러지는 채영이의 자그마한 손이 유독 더 작게 느껴졌다. 말없이 제 손을 맡기는 채영이가 안쓰러워 목이 메어왔다.

욕실에서 나와 채영이가 옷을 갈아입는 걸 지켜보며 은희는 세현에게 문자를 보냈다.

[선생님. 채영이 집으로 왔어요. 제가 문단속 잘 시키고 갈게요.]

전송은 그렇게 했지만 채영이를 혼자 두고 바로 돌아갈 생각은 없었다. 여자를 만나지 않았다면 또 모르겠지만 지금은 채영이의 기분을 풀어주는 것이 먼저라고 생각했다. 안 그러면 두고두고 후회할 것 같았다.

"이제 뭐 할 거야?"

착 가라앉은 분위기를 바꾸고 싶어 은희는 일부러 목소리를 더 높였다.

"인형놀이!"

채영이도 그녀의 마음을 읽었는지 목소리를 높이며 깡충거렸다.

인형놀이라면 자신이 있었다. 그녀도 한때는 인형놀이에 푹 빠져 있었으니까. 채영이가 장난감 상자에서 인형과 옷들을 꺼내고 있을 때 전화벨이 울렸다. 발신자를 확인한 은희는 목소리를 가다듬은 후 전화를 받았다.

"여보세요?"

「아, 미안해요. 내가 다시 걸게요.」

뭐시라? 급한 일이라도 생긴 것 같은 분위긴데, 주경 이모님이라도 만나셨나.

"알겠습니다."

「미안해요.」

민 선생님은 한 번 더 사과하고 먼저 전화를 끊었다.

"누구야?"

어느새 인형과 옷을 잔뜩 늘어놓은 채영이가 궁금한 표정으로 물었다. 은희는 가장 먼저 눈에 띈 인형을 덥석 손에 쥐었다.

"으응, 성격 고약한 아저씨."

"누군데?"

"아줌마 괴롭히는 사람."

고맙게도 채영이가 눈살을 찡그리며 싫다는 표정을 지었다. 채영이가 편을 들어주는 것만 같아 기분이 좋아진 은희는 흐뭇하게 웃으며 레이스가 가득한 드레스를 들어 보였다.

"우리 파티할까?"

"응."

성격 고약한 아저씨가 주경 이모를 만나든 주경 엄마를 만나든 난 상관없다. 난 상관없다!

휴대전화를 귀에서 뗀 세현은 의아한 눈길로 의자에서 일어나는 주경을 바라보았다. 주경이 먼저 인사를 했다.

"잘 지냈어?"

"네가 연락도 없이 여기까지 어쩐 일이야?"

주경이 새침한 표정을 지었다.

"안부 인사는 생략하는 거야?"

"미안. 잘 지냈어?"

"나야 예나 지금이나 잘 지내지."

"오늘은 어쩐 일로 온 거야?"

"하여튼, 틈을 안 줘요."

주경이 고운 눈매로 얄밉다는 듯 흘겨보았다. 세현은 멋쩍은 웃음을 보였다.

2년 만에 보게 된 주경은 여전히 세련되고 예뻤다. 이별을 고하던 주경은 다시 연주자 생활을 했으면 좋겠다고 했었다. 유능한 연주자로 이름을 알리고 실력 있는 제자도 길러내는 교수가 되는 것도 괜찮겠다는 말도 덧붙였다. 어쩌면 오늘도 그와 비슷한 이야기를 하러 왔을지도 몰랐다. 연락도 없이 지낸 지 벌써 2년이 지났음에도 굳이 그런 말을 하러 온 이유는 알 수 없지만 말이다.

"곧 정기 연주회가 있어."

주경은 핸드백에서 꺼낸 봉투를 내밀었다.

"초대장은 넉넉하게 넣었으니까 학원 학생들과 함께 와."

"고맙다."

세현은 사양하지 않고 봉투를 받았다. 연주회 티켓은 주경이 아니더라도 학원으로 종종 들어오는지라 사양할 것도 아니었다.

"잠깐 시간 내기 어려울까? 차 한잔했으면 하는데."

주경이 손가락으로 바깥을 가리키며 물었다. 세현은 벽시계를 확인했다.

"30분 정도 시간 나는데, 커피숍은 좀 머니까 괜찮으면 놀이터라도 가자."

"어쩔 수 없네. 대신 음료수는 네가 사."

"그래."

세현은 웃으며 대꾸했다.

슈퍼에서 캔 커피를 두 개 사고 가장 가까운 놀이터로 주경과 함께 이동했다. 놀이터에는 엄마와 함께 온 아이들이 놀고 있었다. 그중 그와 눈이 마주친 한 어머니가 가볍게 목례를 했다. 원장님이 맡고 있는 학생이었지만 오가며 몇 번 인사를 나눈 적이 있었다. 그 역시 목례를 하고는 주경과 함께 벤치에 앉았다.

"그런데 혹시 결혼했어?"

"결혼?"

주경의 뜬금없는 소리에 세현이 눈을 동그랗게 떴다. 결혼 생각이 없다는 걸 누구보다 잘 아는 사람이 무슨 소린가 싶었다.

"아니야?"

주경은 의미심장한 미소를 지으며 재차 물었다.

"갑자기 무슨 소리야. 어디서 내가 결혼했다고 해?"

"아니……."

주경은 커피를 한 모금 마시고는 미끄럼틀 위에서 놀고 있는 아이를 바라보았다.

"아까 어떤 여자랑 같이 있는 채영이를 만났는데 엄마라고 하길래."

"엄마?"

세현이 놀란 목소리로 되물었다. 주경이 말하는 사람은 은희가 분명했다. 그런데 엄마라고?

"응. 그래서 난 또 네가 결혼이라도 한 줄 알았지. 채영이가 좀 더 어렸을 때는 너를 아빠라고 불렀었잖아."

주경이 옛일을 떠올리며 아득한 목소리로 중얼거리듯 말했다. 그러고 보니 정말 그랬다. 채영이는 '삼촌'이나 '작은아빠'라는 발음을 어려워해 '아빠'라고 불렀었다. 그래서였는지 채영이는 사람들이 그를 아빠라고 할 때도 맞다 아니다 말을 하지 않던 아인데 주경에게는 말도 안 되는 거짓말을 스스로 한 것이다. 세현은 당황했다.

"같이 산다고까지 하던데?"

주경이 곁눈질을 하며 짓궂게 말했다.

세현은 아주 잠깐 채영이의 거짓말에 맞장구를 쳐야 하는지 고민했다. 그러나 주경이 전혀 모르는 사람이면 모를까, 그건 안 될 말이었다. 그리고 은희 때문에라도 채영이의 거짓말에 맞장구를 칠 수 없었다. 집에 가면 채영이에게 단단히 주의를 줘야 할 것 같았다.

"채영이가 아무래도 장난을 쳤나 보다."

"훗. 채영이는 정말 심술쟁이구나. 그런 말도 안 되는 거짓말을 다 하고."

느닷없는 방문에 놀라기는 했으나 반가운 마음도 조금은 있었는데, 지금은 영 기분이 좋지 못했다. 채영이가 하지 말아야 하는 거짓말을 했어도 무조건 심술쟁이라고 단정 지어 버리는 것이 싫었다. 별 의미 없이 한 소리였겠지만 채영이는 세현에게 아픈 손가락 같은 아이이기에 가볍게 넘겨지지가 않았다.

물론 채영이의 마음을 모든 사람들이 인정하고 이해해 줘야 한다고 생각하는 건 아니다. 또한 채영이는 무조건 사람들의 이해를 받아야 한다고 생각하는 것도 아니고 말이다. 그러나 채영이에 대해 알고 있는 주경은 조금 다를 거라고 생각했는데, 아무래도 욕심이 과했던 것 같았다.

"오늘은 티켓 주려고 온 거야?"

세현은 화제를 바꾸었다.

"티켓도 주고 네 얼굴도 보고. 겸사겸사 들른 거지."

"요즘 근황은 어때?"

"뻔하지 뭐. 연주회 다니고 애들 가르치고."

"레슨도 하는구나?"

"응. 학생 몇 명 개인 레슨하고 있어. 얼마 전부터는 교수로 오라는 학교가 있어서 지금 어쩔까 고민 중이야."

"많이 바쁘네."

세현은 저도 모르게 한숨과 같은 소리로 중얼거렸다.

"너도 이제는 진로를 바꿔 보는 것이 어때?"

"내가 수험생도 아니고 진로는 무슨."

"난 네 재능이 아까워."

2년 전에도 재경은 그렇게 말했었다.

세현은 과연 자신에게 재능이 있기는 했는지 의심스러웠다. 그저 남보다 피아노를 더 좋아했고, 남보다 빨리 피아노와 친해졌을 뿐, 한 번도 특별한 재능이 있다고 생각해 보지 않았다. 주경이 주장하는 재능은 형과 부모님의 희생과 배려로 만들어졌기 때문이다.

"재능이라고 할 것도 없지만, 돌아가기엔 너무 늦었어."

세현은 담담한 표정으로 제 손을 바라보았다.

형과 형수가 죽고 피아노에서 아예 손을 놓은 건 아니었다. 지금도 하루에 많은 시간을 개인 연습에 쏟아붓고 있지만 그건 어디까지나 채영이와 아이들을 가르치기 위함이지 복귀를 위한 건 아니었다.

"언제까지 죄책감과 책임감으로 네 삶을 희생시킬 거야? 채영이도 이제 많이 컸으니 너도 네 길을 다시 찾아야지."

주경의 말대로 형 가족에게 죄책감과 책임감을 느끼고 있는지도 몰랐다. 그렇다고 희생한다고 생각하지는 않았다. 학원에서 아이들을 가르치는 일 역시 잠깐의 도피가 아닌 '내 길'이라고 생각한다는 걸 주경은 전혀 알지 못했다. 아니, 가족의 전폭적인 지지에 힘입어 엘리트 코스를 순탄하게 밟아온 주경이 이해는 할 수 있을까?

"이제 들어가야겠다."

세현이 제 손에서 캔을 가져가자 주경이 어색하게 웃었다.

"아예 가라고 등을 떠미는구나?"

"빈 캔을 그리 사랑하는지 몰랐네? 그렇게 원하면 들고 가던가."

세현이 장난기 다분한 목소리로 캔을 다시 내밀었다. 주경은 실없다는 표정으로 피식 웃더니 자리에서 일어났다.

"채영이 데리고 와도 되니까 동문회라도 나와."

고집을 부리듯 주경이 덧붙였다.

세현은 채영이와 살게 되면서 개인적인 외출을 하지 않았다. 개인 레슨은 언제나 집에서 했고 지금은 아파트 단지에 있는 학원에서 레슨을 하니 이 동네를 벗어날 일이 없었다. 그렇다고 별로 답답하지도 않은 걸 보면 이 동네가 지상낙원이고 지금 하는 일이 천직인 것 같았다.

세현은 주경과 함께 주차장까지 갔다.

"연락할게."

"잘 가."

"하여튼 빈말이라도 먼저 연락한다는 말은 안 해."

운전석에서 불만이 가득한 표정으로 투덜거리는 주경에게 세현은 웃음만 지어 보였다. 주경은 포기했다는 듯 금세 표정을 풀고는 한때는 가슴 설레었던 미소를 지어 보이며 천천히 그의 앞에서 멀어졌다.

주경이 떠나고 세현은 학원으로 향하며 휴대전화를 살폈다.

'해도 되려나.'

다시 걸겠다며 전화를 끊었는데, 막상 다시 하려니 망설이게 되었다. 전화를 걸어서 무슨 이야기를 할까 잠시 고민해 보았다. 채영이에 대해 먼저 물을 것이 뻔해서 세현은 한숨을 낮게 쉬었다. 그녀가 애를 봐주는 사람도 아닌데 언제나 채영이 얘기만 하고 있으니 마음이 불편하고 미안했다. 그런데 어쩌나. 그 핑계를 대서라도 그녀의 목소리가 듣고 싶은 것을.

「여보세요?」

은희는 일이라도 하고 있었던 사람처럼 한참만에야 전화를
받았다.

"많이 늦었죠? 미안해요."

「괜찮아요. 채영이는 집에 잘 데려다 줬어요. 아무리 밖에서
초인종을 눌러도 절대 문 열어주면 안 된다고 단단히 일렀어요.
집에서 꼼짝도 하지 말라고 했고요. 채영이가 자기는 걱정하지
말라고 꼭 전해 달라고 했어요.」

숨도 쉬지 않고 이어지는 말에 세현은 선뜻 끼어들지 못했다.

「그리고 일 다 끝나고 오라는 말도 전해 달랬어요.」

일을 다 끝내고 가는 건 둘째 치고 저녁식사 때문에 한 번은
집에 가야 한다. 그걸 채영이가 모르지 않을 텐데 무슨 소리를
하는 건지, 세현은 잘 이해가 되질 않았다.

"그래요. 알았어요. 고마워요, 은희 씨."

「아닙니다. 그럼 전 이만 바빠서 끊을게요.」

"네."

통화를 끝낸 세현은 휴대전화를 한참 들여다보았다.

무언가 폭풍이 지나간 것 같은 기분이 드는 건, 정말 기분 탓
이겠지?

휴대전화에서 시선을 뗀 세현은 집 쪽으로 이어지는 도로를
바라보았다. 그녀의 목소리를 듣기는 했는데 알 수 없는 아쉬움
이 짙게 내려앉았다.

세현은 자신이 무척 이기적이라는 생각이 들었다. 더는 가까
워지지 말라며 선을 그을 땐 언제고 정작 그녀가 외면하자 속상

하고 아쉽고 서운하니 말이다. 정말 종잡을 수 없는 제 마음이 세현은 원망스러웠다.

"정신 차려. 그걸로 된 거야."

낮게 중얼거리던 세현은 학원으로 걸음을 옮겼다.

비밀번호를 누르고 집 안으로 들어간 세현은 채영이 신발 옆에 나란히 놓인 낯선 신발을 발견했다. 사이즈나 디자인으로 봤을 때 성인 여자 신발이었다.

설마!

세현은 얼른 안으로 들어갔다. 집 안은 아무도 없는 것처럼 고요한데 희미하게 음식 냄새가 났다. 매콤한 냄새에 코를 킁킁거리며 채영의 방에 먼저 들른 세현의 눈이 휘둥그레졌다. 당황스럽게도 자그마한 침대에 채영과 은희가 얼싸안은 채 잠들어 있었다.

잠시 의아하게 두 사람을 바라보던 세현은 냄새가 풍기는 주방으로 가 보았다. 주방은 서로 얼싸안은 채 잠든 두 사람을 발견했을 때보다 더 당혹스러웠다. 도대체 뭘 해 먹었는지 거짓말을 조금 보태 난장판이었다. 개수대는 냄비며 프라이팬, 그릇들이 가득했고, 양념 통들도 모두 싱크대에 나와 있었다.

"이게 다 뭐야."

이마를 짚으며 헛웃음을 흘리던 세현은 식탁에 얌전히 놓여 있는 그릇을 발견했다. 뚜껑으로 덮어 놓은 그릇을 들어 보니 떡볶이였다. 아까는 집에 돌아간 것처럼 말하더니, 떡볶이를 하느라 바빠서 전화를 그리 급하게 끊었던 모양이다.

조금은 허무하다 싶은 웃음을 흘리던 세현은 다시 채영의 방으로 향했다. 방바닥은 장난감이며 책들이 어지럽게 널려 있었다. 바닥에 쪼그리고 앉아 대충 정리를 하던 세현은 침대에 누워 있는 두 사람에게로 시선을 돌렸다.

안쪽에는 은희가 누워 있었고 채영이는 등진 상태로 그녀의 품에 안겨 있었다. 조용한 가운데 잠들어 있는 두 사람의 모습은 무척 평화로웠다.

세현은 앉은 채로 침대에 조금 더 다가갔다. 채영이의 머리를 한 번 쓰다듬어주고는 은희의 잠든 얼굴을 가만히 바라보았다.

매번 느끼지만, 그녀는 타인의 마음을 배려할 줄 아는 선한 사람이다. 무엇보다 자신들에 대해 이것저것 궁금한 것이 많을 텐데도 먼저 물어보는 법이 없었다. 상대방의 마음을 기다려줄 줄 아는 그녀는 당사자의 기분 따위는 무시하고 제 궁금증만 풀려고 드는 사람들과는 전혀 달랐다.

그뿐일까. 채영이가 귀찮게 하는 것이 분명한데도 싫은 내색을 하는 법이 없었다. 제 조카도 아닌 동네 아이에게 그만한 정을 쏟기가 쉽지 않다는 걸 세현은 알고 있었다. 채영이는 은희의 그런 면을 본능적으로 읽었을지도 모른다. 자기를 좋아해 줄 사람이라고 말이다.

투다다다다!

헛!

고요를 깨우는 소리에 화들짝 놀란 세현이 소리가 나는 쪽을 돌아보았다. 요란한 드럼을 따라 이어지는 남성 합창 소리는 은희의 전화 벨소리였다.

왜 그래야 하는지 이유는 모르겠지만 세현은 당장 자리를 피해야 할 것 같았다. 그러나 다급하게 일어나던 세현은 그대로 '동작 그만'이 되고 말았다. 잠에서 깬 은희가 눈을 동그랗게 뜨고 그를 보고 있었기 때문이다.

세현은 앉지도 일어나지도 못하는 상태로 놀란 토끼처럼 자신을 쳐다보는 은희를 숨죽인 채 바라보아야 했다. 요란한 벨소리 속에서 숨 막히는 정적이 이어지는 가운데 남성 합창을 이어받은 남자가 시원한 샤우팅을 시작했다. 잠시 후 채영이가 눈을 비비며 몸을 꼼지락거리더니 패잔병의 퇴로를 막듯 냉큼 뒤를 돌아보았다.

"삼촌."

잠에서 완전히 깬 채영이가 양팔을 벌리며 침대에서 그에게로 점프를 했다.

"어, 그래."

그제야 생각과 시선에서 자유로워진 세현은 품에 안긴 채영이를 바라보며 어색하게 웃었다.

"떡볶이 해놨어. 봤어?"

"응. 봤어."

"그거 삼촌 건데. 먹었어?"

"아직. 이제 막 왔어."

세현은 자는 모습을 그리 오래 훔쳐보고 있었던 건 아니라는 뜻을 담아 힘주어 말했으나 은희는 귀담아듣지 않고 있었다. 은희는 오로지 어서 이 자리를 벗어나야 한다는 생각만 하고 있었다.

은희는 채영이가 삼촌을 붙잡고 있는 사이 주섬주섬 침대에서 내려왔다. 마치 내 집 안방처럼 자고 있었던 것이 민망하여 세현의 얼굴을 차마 볼 수 없었다. 떡볶이를 한다고 진을 다 빼서 잠시 쉰다는 것이 이 지경이 되어버렸다.

"가는 거예요?"

벽을 타고 두 사람을 막 지나치려는데 그가 물었다. 은희는 흠칫 놀라 그대로 얼음이 되었다.

"아니요. 설거지가 쌓여서……."

"괜찮아요."

"그냥 가면 꼭 먹튀 같잖아요."

하고는 은희는 재빨리 방에서 튀어나갔다. 세현도 서둘러 자리에서 일어나려는데 안겨 있던 채영이가 그의 얼굴을 양손으로 붙잡더니 말했다.

"삼촌이 넘 일찍 왔어."

"일찍 오다니?"

"내가 일 다 끝나고 오랬잖아."

"밥 먹으러 온 건데. 그럼 삼촌은 저녁도 먹지 마?"

"그래서 떡볶이 해놨잖아. 나중에 와서 먹으라고."

곧 학교에 들어가는 애들은 원래 제 생각을 이리도 또박또박

말로 잘하는 걸까? 어쨌거나 그는 제 집에 왔을 뿐인데 또 악당
이 되고 말았다.

"민채영."

"응?"

어떤 꾸중도 듣지 않겠다는 듯 채영이는 천진난만한 표정으
로 대답했다. 이럴 때마다 세현은 모질게 혼내지 못하고 포기하
고 만다.

"주방에 가보자."

세현은 채영이를 놓아주고 주방으로 향했다. 그의 뒤를 채영
이가 졸졸 따라갔다. 은희는 개수대에서 열심히 설거지를 하고
있었다. 세현이 소매를 걷으며 개수대로 다가갔다.

"그냥 둬요. 내가 할게요."

그가 수세미를 가져가려고 하자 은희는 손에 거품을 잔뜩 묻
힌 채로 성큼 옆으로 물러났다.

"제가 할 거예요."

"떡볶이 하느라 힘들었을 거잖아요. 설거지는 내가 할게요."

"안 힘들었어요. 그냥 제가 할 거예요."

은희는 싫다고 고집을 부리면서도 그의 얼굴을 쳐다보지 않
았다. 자다 깼을 때 그와 눈이 마주친 것이 민망한 것도 있었지
만 여전히 그에게 심술이 나서였다. 그가 무슨 의도로 그런 말을
했는지 이해한다고 생각하는데도 서운함과 심술은 좀처럼 가시
질 않았다.

"그럼 장갑이라도 껴요."

"장갑은 불편해요."

냉랭한 목소리로 대꾸하고는 다시 설거지를 시작하는 은희를, 세현은 난감한 표정으로 바라보았다.

아무래도 레슨 시간을 바꿔달라고 했던 것 때문이 아닐까 그는 지레짐작해 보았다. 그런데 왜 자기를 이리 냉담하게 대하는지 세현은 잘 이해가 되지 않았다. 서로 모르는 사람처럼 데면데면하자는 말이 아니었는데 말이다.

이것 역시 이기심이고 욕심일지도 모른다는 생각이 문득 들었다. 거리를 두겠다고 한 말이면서 막상 멀어지는 것 같으니 마음 한구석이 욱신거리는 것이 딱 그랬다. 진심이 품고 있는 이중성.

이제는 은희가 힐끔힐끔 쳐다보며 노골적으로 눈치까지 주자 세현은 하는 수 없이 뒤로 물러나야 했다.

"저것 좀 주세요."

은희가 고개로 가리킨 곳에 머그컵이 두 개 있었다. 세현은 재빠르게 움직여 컵을 개수대에 넣어주었다. 은희는 거의 들리지 않는 목소리로 고맙다고 말했다. 대꾸할 타이밍을 놓친 세현은 다시 한 걸음 떨어져 서서 다음 명령을 기다렸다.

드르륵.

한동안 설거지 소리만 들리던 주방에 의자 끌리는 소리가 추가되었다. 의자에서 내려온 채영이가 주방을 나가고 있었다.

검은 기운을 내뿜으며 설거지를 하고 있는 은희를 한 번 쳐다본 세현은 살금살금 주방을 나가 채영이의 방으로 향했다.

채영이가 어질러 놓았던 물건들을 정리하는 걸 보고 주방으로 돌아온 세현은 은희 곁에서 헛기침을 한 번 했다.

"아까 채영이가 엄마라고 했다면서요?"

"어떻게 아셨어요?"

은희는 뚱한 목소리로 되물었다.

"채영이랑 같이 본 사람이 대학 동기예요."

"아…… 네."

그녀의 시큰둥한 대꾸에 세현은 어쩔 줄 몰라 쩔쩔맸다.

"채영이가 엉뚱한 소리를 했어요. 미안해요."

"그럴 수도 있죠, 뭐. 괜찮아요."

은희는 여전히 그를 쳐다보지 않은 채로 열심히 설거지만 했다. 그녀의 외면과 냉대로 세현은 불안해지기 시작했다. 아무래도 실수를 한 건 채영이가 아니라 자신인 것 같았다.

말도 못 걸고 멀뚱멀뚱 옆에 서 있다 보니 어느덧 설거지가 끝나버렸다. 은희는 끝까지 세현에게 시선을 주지 않은 채 손까지 야무지게 닦고는 휙 돌아섰다.

"저기, 은희 씨."

이대로 보내면 큰일 날 것 같은 마음에 세현은 주방을 나가려는 은희를 다짜고짜 불러 세웠다. 걸음을 우뚝 멈춘 은희는 마치 그를 외면하려는 사람처럼 몸을 반쯤 돌려 벽을 보고 섰다. 세현은 마른침을 한 번 삼키고는 용기를 내어 물었다.

"혹시 나한테 화났어요?"

갑자기 고개를 휙 돌린 은희가 세현을 뚫어져라 쳐다보았다.

눈빛이 하도 무서워서 세현은 기가 죽고 말았다.

"화 안 났어요."

목소리도 눈빛도 차가운데 화가 안 났다고 한다.

"그럼 왜……."

"삐쳤어요."

"에?"

"흥!"

흥?

세현이 당황하고 있는 사이 은희는 쿵쿵거리며 멀어졌고, 잠시 후 현관문을 여닫는 소리가 들렸다. 덩그러니 남은 세현은 은희가 떠나면서 남긴 서늘한 바람을 맞으며 서 있었다.

"삼촌?"

문소리를 듣고 거실로 나온 채영이가 놀란 표정으로 그를 쳐다보았다.

"아줌마는? 갔어?"

"어…… 그런가 봐."

"힝."

인사도 없이 가버린 은희에게 실망한 채영이가 어깨를 축 늘어뜨렸다. 세현은 멍하니 은희가 서 있던 개수대를 돌아보았다.

화난 것과 삐친 것의 차이가 도대체 뭐지?

"맛있어?"

떡볶이를 입에 넣으니 채영이가 궁금한 표정으로 물었다.

솔직히 맛있다고 평하기는 어려웠다. 채영이의 입맛에 맞췄는지 가끔 먹던 매운 떡볶이의 맛은 아니었다.

"괜찮아."

"정말?"

하나 더 입에 넣는데 채영이가 상체를 잔뜩 기울이며 되물었다.

"응. 왜? 채영이는 맛없었어?"

"솔직히 맛없어."

"뭐?"

"아줌마가 넘 열심히 만들어줘서 냠냠 많이 먹었는데 맛은 없어."

세현은 기가 차서 입을 다물지 못했다. 그런 그의 표정을 읽은 채영이가 헤헤 웃으며 말을 이었다.

"그런데 아줌마가 만들어준 거라 맛있어."

"아, 네. 그러세요."

뒤늦게 뒷수습을 하려는 모양새가 웃겨서 세현은 건성으로 대꾸하고 떡볶이를 하나 더 입에 넣었다.

"삼촌이 한 것도 맛없다 뭐."

채영이가 한 번 더 시도하는 뒷수습에 맵지도 않은 떡볶이가 목에 탁 걸리려고 했다. 기껏 힘들게 밥 먹여 키웠더니 맛없다는 소리나 하고. 내일 아침부터 당장 굶겨버리고 싶다.

"채영아."

"응?"

채영이 식탁에 턱을 괴고 대꾸했다. 세현은 최대한 담담한 목소리로 말했다.

"엄마 아빠 보고 싶지?"

"아니."

엄마 아빠가 보고 싶으냐고 물어보면 채영이는 언제나 두 번도 생각 안 하고 '아니'라고 대답했다. 그러나 세현은 알고 있다. 보고 싶다는 말을 차마 할 수 없어서 아니라고 한다는 걸. 삼촌이 속상할까 봐, 할머니 할아버지가 슬퍼할까 봐 그렇게 대답한다는 걸 말이다.

"보고 싶다고 해도 돼. 괜찮아."

"엄마랑 아빠는 나중에 다시 볼 수 있는 걸? 지금은 삼촌이 있으니까 괜찮아."

채영이는 눈동자를 빛내며 또랑또랑한 목소리로 대답했다. 세현은 질문을 조금 바꿔보기로 했다.

"그럼 주경 이모가 싫었어?"

"……."

"왜 아줌마를 엄마라고 했어?"

"이모가 아닌데 자꾸 이모라고 하잖아."

잠시 고민을 하는 것 같던 채영이가 꺼낸 대답이었다. 사실은 주경 이모가 싫었기 때문이지만 말하지 않았다.

"이모라고 하는 게 싫은 거야?"

"응. 이모 아니야. 아줌마야."

"훗. 그래. 은희 아줌마가 아줌마면 주경 이모도 이모가 아니라 아줌마네."

주경이 그와 동갑이니 굳이 따지자면 둘 다 아줌마이거나 이모여야 했다. 세현은 그렇게 채영의 주장에 설득 당했다.

"근데, 아줌마 이름이 은희야?"

"응. 차은희가 아줌마 이름이야."

"아줌마는 이름도 예뻐."

"그치? 후후."

예쁘다는 소리에 세현은 괜히 자기가 우쭐해서는 히죽 웃었다.

"그런데 삼촌."

"응?"

"삼촌은 은희 아줌마 싫어?"

풋!

기습 질문에 세현은 먹고 있던 떡볶이를 뿜을 뻔했다. 기침까지는 막지 못해 세현은 급하게 냉장고에서 물을 꺼내 마셨다. 막혀 있던 건 내려간 것 같은데도 목구멍에 거대한 덩어리가 남아 있는 것처럼 뻐근하고 아팠다.

"채영이는 아줌마가 좋아. 삼촌은 싫어?"

세현은 저도 모르게 얼굴을 붉혔다. 어쩐지 채영이에게 꼭꼭 숨겨두었던 걸 들킨 기분이 들었다.

세현은 꺼냈던 물통을 냉장고에 넣으며 어떻게 대답하면 좋을지 마음을 가다듬고 식탁에 다시 앉았다. 채영이처럼 단순하게 좋다, 아니다만 고를 수 있다면 얼마나 좋을까.

"삼촌도 은희 아줌마 좋아하지."

"정말?"

"응. 은희 아줌마는 좋은 사람이야."

"히히."

채영이가 입을 가리고 수줍게 웃었다.

세현은 채영이의 단순한 공식에 맞춰 '좋다'고 대답했다. '좋다'는 감정이 풀어야 하는 문제들에 대해 아직 모를 테니까 말이다. 그러나 그는 간과했다. 채영이에게 '좋다'의 의미는 단순하면서 파격적이라는 것을.

"그럼 우리 엄마 하자."

"뭐?"

두 번째 펀치가 그를 가격했다. 채영이의 공식으로 '좋다=엄마'였던 것이다.

"작은엄마."

"자, 작은엄마."

"응. 삼촌도 아줌마가 좋다면서. 그러니까 우리 엄마 하자."

"잠깐, 채영아."

세현은 다급하게 손을 뻗으며 채영이의 말을 막았다.

"저기 그러니까. 그건 꽤 복잡하고 어려운 일이야."

"왜에?"

턱을 괴고 있던 채영이가 상체를 바로 하고는 반항기 다분한 목소리로 되물었다.

세현은 채영이를 기르게 되면서 사귀던 주경과 헤어졌고 이후로 결혼은 그의 관심사가 될 수 없었다. 자신의 결혼보다 채영이의 양육이 최우선이었기 때문이다. 그러나 이러한 것들을 이해하기에 채영이는 어리다.

"아…… 그건."

세현은 말을 흐리며 적당한 핑계를 생각해 내려고 애썼다.

"왜냐니까?"

"우선…… 아줌마는 삼촌을 좋아하지 않을 수도 있고."

"아줌마는 삼촌 좋아해. 삼촌도 아줌마 좋아하잖아. 좋아하는 사람들끼리는 결혼하는 거라고 했잖아."

갑자기 숨이 턱, 하고 막혀 세현은 말을 잇지 못한 채 입만 벙긋거렸다.

'은희 씨가 날 좋아한다고?'

어린아이의 터무니없는 상상과 추측이라는 걸 아는데 이상하게 심장이 요동을 치기 시작했다. 채영이를 살뜰히 보살펴 주고 다정한 은희에게 호감이 생긴 건 맞지만 정작 그녀가 자신에겐 어떤 마음일지 생각해보지 않았다. 그런 생각을 하는 것 자체가 사치라고 여겼기 때문이다. 그런데 채영이의 말 한마디로 최선이라고 여겼던 방어선이 흔들리기 시작했다.

"저기…… 채영아."

눈을 한 번 감았다 뜬 세현은 차분한 목소리로 말했다.

"아줌마 마음은 잘 모르겠지만, 삼촌은 아직 결혼하고 싶은 마음이 없어."

"왜에!"

채영이가 이제는 눈까지 부릅뜨고 목소리를 높였다.

"결혼해! 그래야 나한테 엄마가 생기지!"

채영이의 단호한 외침에 세현은 심장이 철렁 내려앉았다. 한 번도 엄마 아빠를 찾지 않는 채영이로 인해 잊고 있었던 것이다. 채영이에게 자신이 아빠는 되어줄 수 있어도 엄마는 되어줄 수 없다는 사실을. 그리고 일곱 살의 채영이에게 엄마가 꼭 필요하다는 사실을 말이다.

삼촌의 당혹감과 난처함, 혹은 혼란스러움은 아랑곳하지 않고 채영이는 팔짱까지 끼고서는 세현을 무섭게 쏘아보았다. 세현은 처음으로 채영이가 무섭다고 느꼈다.

09. 다가갈 수 없는 거리

갈까? 말까?

일단 가자.

아니야. 가지 말자.

그래도 가야 해!

휴일이 지나고 레슨을 오전으로 바꾼 첫날. 은희는 학원에 가지도 못하고 아파트 입구에서 10분 넘도록 서성이고 있었다. 괜히 혼자 삐쳐서는 툴툴거린 것도 모자라 대놓고 콧방귀까지 뀐 덕에 학원에 갈 용기가 나질 않았다.

어쩌자고 그런 짓을 했을까? 집에 와서 얼마나 후회를 했는지 잠이 다 안 왔다. 이렇게 된 거 표지 의뢰가 들어온 원고나 읽어 볼까 했지만 똑같은 페이지만 계속 반복해서 읽고 있을 뿐 진전이 없었다.

얼마 전에 하나는 마감을 했기에 망정이지 작업 중이었다면 아마 머리를 쥐어뜯었을 것이다. 아니다. 차라리 마감 기간이면 좋았을 것이다. 그 핑계로 학원에 안 가면 되니까!

"아아, 어쩌지?"

은희는 침울한 얼굴로 쾌청한 하늘을 원망스럽게 올려다보았다.

하필 오늘부터 오전에 학원에 가야 하는 바람에 그와 마주칠 가망성이 훨씬 높아졌다. 아니지. 오전엔 수강생도 얼마 없으니 그는 오후에 나올지도 모른다. 이렇게 된 거, 도박이다!

"후우, 아자!"

길게 심호흡을 한 은희는 주먹을 야무지게 쥐고 기합을 넣었다.

지은 죄도 없는데, 도망가거나 피할 이유가 전혀 없었다. 면전에 대고 콧방귀를 뀌기는 했으나 어디까지나 자신이 할 수 있는 소심한 반항이었을 뿐이다. 그러게 왜 채영이랑 만나지 말라는 소리를 해서 서운하게 하냔 말이다. 차라리 따끔하게 혼을 내라고 할 것이지. 흥, 흥.

은희는 씩씩거리며 학원에 도착했다. 10시에 문을 여는 학원은 아무도 없는 것처럼 조용했다. 그녀가 첫 레슨이니 어쩌면 당연했다. 은희는 학원에 바로 들어가지 못하고 빠끔 안을 훔쳐보았다. 그랜드피아노가 있는 아담한 로비는 사람의 그림자도 보이지 않았다. 문이 열려 있으니 누군가 오기는 왔다는 건데, 원장님일까?

'원장님일 거야. 그래, 원장님이어야 해!'

은희는 교본을 가슴에 꼭 껴안고는 살금살금 안으로 들어가

실내화로 갈아 신었다. 신발을 신발장에 넣고 막 돌아서려고 하는데 어디서 콩쾅쿵쾅, 건반을 무차별적으로 누르는 소리가 들렸다.

"하아, 깜짝이야. 무슨 소리야?"

정말 심장이 떨어져 나가는 줄 알았다. 은희는 소리가 들렸던 쪽으로 고개를 쭉 빼고 동정을 살피다가 발뒤꿈치를 들고 쏜살같이 달려 제일 구석진 연습실로 들어갔다.

안도의 한숨을 쉬며 의자에 앉아 책을 펼치던 그때, 뒤늦게 깨달은 것이 있었다. 이렇게 조용한 상태에서 연습하면 누구라도 그녀가 온 줄 알 것이다. 오후에는 연습하는 학생들이 많아서 몰래 와서 파묻혀 있기 좋았는데 오전은 내 의사와 상관없이 학원에 왔다는 걸 광고해야 할 판이었다.

"히잉. 그만둘까 봐."

절망감에 얼굴을 잔뜩 찡그리며 은희는 보면대에 엎드렸다. 괜한 짓을 해가지고 이래저래 고달프다. 그런데 그를 보면 자꾸 심술이 나는 걸 어찌 막을 도리가 없었다.

어렸을 때 좋아했던 남자 선생님이 있었다. 그 선생님은 유부남이었음에도 여학생들에게 인기가 많았는데 그중 은희도 있었다. 이제 와서 말이지만, 잘생긴 것으로 치자면 민 선생님이 갑이고 그 선생님은 딱히 잘생긴 외모는 아니었다. 그럼에도 인기가 있었던 건 남자 선생님들 중에 가장 젊었기 때문인지도 몰랐다.

어느 날 학교 운동장에서 쌍둥이 자녀들과 함께 있는 선생님을 발견했다. 여름방학의 보충수업을 끝내고 친구들과 학교를 막 빠져나가던 참이었다. 은희는 선생님이 결혼했다는 걸 뻔히 알고 있었음에도 쌍둥이들을 보고 충격을 받았었다. 좋아하던 연예인에게 애인이 있다는 사실을 알게 된 충격과 비슷했을 것이다.

쌍둥이들은 대략 네, 다섯 살 정도 되었는데 친구들은 예쁘다고 했지만 솔직히 작고 어리니까 귀여워 보일 뿐 예쁘진 않았다. 학교를 빠져나올 때 친구들도 예쁘진 않았다고 했다.

하여튼, 은희는 지금도 잘 설명되지 않는 심술이 나서는 쌍둥이들에게 대놓고 못생겼다고 했다. 친구들은 조용히 하라고 옆구리를 찔렀고 선생님은 당황하여 웃지도 울지도 못하는 모호한 표정을 지었다. 은희는 굴하지 않고 선생님에게 인사까지 하고 돌아섰고, 이후로 좋아하던 마음을 깨끗하게 지웠다.

이제 와서 생각해 보면 참으로 못난 심술인데 그때는 나름 아주 심각했었다. 지금 심정이 그때와 아주 흡사한 것 같았다. 심술 낼 일이 아닌데 이상하게 심술이 나는, 그 심술을 주체할 수 없어 면전에 대고 콧방귀까지 뀌는 만행을 저지르고야 만 것이 아주 닮았다.

"아직 덜 컸나 봐."

은희는 고개를 푹 숙인 채 중얼거렸다. '삼십이 살'이나 먹은 그녀는 철은커녕 크다 말았다.

계속 연습을 안 하고 숨어 있을 수도 없고, 은희는 영혼 없는 얼굴로 책을 펼쳤다. 기분이 울적해 배운 부분을 처음부터

싹 쳐볼 생각이었다.

한창 로봇 태권브이를 결연한 태도로 연주하고 있을 때였다. 똑똑, 하고 노크 소리가 들려 흠칫 놀라 돌아보니 작은 유리창으로 원장님이 보였다. 원장님은 웃으며 걸레를 든 손을 흔들어 보였다. 역시 예상대로 괴상한 피아노 소리는 청소하는 소리였다. 꾸벅 인사를 하자 원장님은 환한 미소를 남겨 놓은 채 시야에서 사라졌다.

레슨 시간에 맞춰 원장님이 들어오고 30분가량 진땀을 흘리며 검사를 받았다. 재즈 소곡집의 곡들은 무난히 끝났고 반주법은 코드를 외우지 못해서 다음 레슨 때 다시 검사를 받기로 했다. 제목은 거창하게 '스리슬쩍 배워지는 저절로 반주법'인데 절대 스리슬쩍 저절로 안 배워진다. 사기라고 고발하고 싶어졌다.

"자, 연습 많이 해요."

악보와 낑낑대는 것이 안쓰러웠는지 원장님이 다정하게 그녀의 어깨를 도닥여주고는 연습실을 나갔다.

아무리 취미로 배우는 거라지만 원하는 성과가 나오질 않으니 화가 났다. 누가 이기나 보자는 심정으로 손가락 끝이 아플 때까지 연습을 했지만 이번에도 은희는 피아노에게 지고 연습실을 나섰다.

로비를 걸어가다 벽시계를 확인하니 벌써 정오였다. 어쩐지 배가 고프더라니, 빨리 가서 밥 먹고 잠 좀 자야겠다. 잘 수 있을지 잘 모르겠지만……

"은희 씨."

막 신발을 신으려던 은희는 뒤에서 들리는 소리에 그대로 얼음이 되어버렸다. 잠깐 방심한 사이에 민 선생님에게 발각되고 말았다. 은희는 일단 신발을 마저 신기로 했다. 그래야 여차하면 도망을 칠 수 있으니까.

신발을 신고 돌아서니 민 선생님이 손을 뻗으면 닿을 곳에 서 있었다. 웃고 있었지만 그 속엔 블랙홀이 한 열 개쯤 있는 것처럼 느껴졌다. 어쩐지 그중 하나는 제 것인 것 같았다.

"안녕하세요?"

"연습 다 끝났어요?"

"네. 이제 집에 가려고요."

슬금슬금 뒤로 물러나다가 냉큼 안녕히 계시라는 인사를 하고 돌아서는데 팔을 그가 덥석 붙잡았다. 화들짝 놀란 은희가 돌아보니 세현이 민망한 표정을 지으며 잡았던 팔을 놓아주었다.

"은희 씨. 나랑 잠깐 얘기 좀 해요."

"무, 무슨 얘기요?"

그에게 잡혔던 팔꿈치가 불이 난 것처럼 화끈거렸다.

"채영이에 대해 해주고 싶은 얘기가 있어서요."

웃고 있지만 그는 무척 진지했다. 지은 죄가 있어 당분간은 피하고 싶었는데 은희는 어쩔 수 없이 함께 학원을 나섰다.

피아노학원은 아파트 정문 옆 상가의 3층에 있었다. 말이 3층이지 정문 입구가 언덕으로 되어 있어 단지 안에서 보면 1층이기도 했다. 같은 층에 있는 태권도학원이 건물 입구 쪽에 있었고 그 옆이 피아노학원이었다. 두 학원은 외부 복도를 두고 나란히 있었다.

3층 입구에는 아파트 단지와 연결된 짧은 계단과 아파트 정문을 통과하지 않고 곧장 단지 밖으로 나갈 수 있는 긴 계단이 있었다. 긴 계단은 지름길 역할을 하고 있어서 아파트 사람들의 왕래가 꽤 많았다.

두 사람은 계단을 이용해 단지 밖으로 나가 왕복 6차선 도로를 건넜다. 소규모 아파트 단지들이 모여 있는 곳이라 차량 통행은 적었지만 주로 대형 화물차가 많이 다녔다. 가끔은 횡단보도를 건너는 것이 무서울 만큼 화물차들이 위협적으로 느껴지기도 했다.

횡단보도를 건너고도 한 5분을 더 걸어 최근에 오픈한 프랜차이즈 커피숍으로 들어갔다. 그때까지 두 사람은 아무런 말도 하지 않았다.

은희에게 원하는 음료를 물어본 세현은 주문을 위해 카운터로 갔다. 주문을 끝내고 진동벨을 받았지만 그는 픽업데스크에서 생각에 잠긴 듯 서 있었다. 다시 얼마간의 시간이 지나고 쟁반을 든 그가 자리로 돌아왔다.

"잘 마시겠습니다."

은희는 시원한 커피를 받아들고 꾸벅 인사를 했다. 웃음을 보인 세현도 커피를 몇 모금 마시더니 본격적으로 이야기를 시작했다.

"그날 채영이에 대한 이야기를 제대로 못한 것 같아서 시간 좀 달라고 했어요."

그가 말하는 '그날'은 학원 시간을 바꿔달라고 했던 그날을 말하는 것이었다. 지금부터 시작될 이야기는 그날의 연장선이라는 걸 알 수 있었다. 아무리 덜 큰 '삼십이 살'이라고는 해도 그 정도 눈치는 있었다.

"이미 알고 있겠지만 채영이는 부모님이 없어요. 채영이는 제 형의 딸인데 5년 전에 교통사고로 형수님과 함께 사망했거든 요."

그의 진지하고 엄숙한 음성에 은희는 커피에서 시선을 떼고 고개를 들었다. 조금 전까지만 해도 심술이 나고 심지어 도망치고 싶은 마음이었지만 그녀 역시 진지하게 그의 말에 귀를 기울였다.

"처음에 채영이의 양육은 저희 부모님이 맡는 것으로 생각보다 쉽게 결론이 났어요. 그런데 장례가 끝났을 때 채영이가 나와 살겠다고 고집을 부리기 시작했어요."

오래전에 지나간 일을 떠올리는 건 그에게 심장을 조여 오는 고통이었다. 서럽게 울며 매달리던, 갓 두 돌이 지난 채영이의 잔상이 여전히 그의 각막에 남아 있기 때문이었다. 가둬두었던 기억이 순식간에 풀리는 걸 막기 위해 그는 눈을 질끈 감았다 떴다.

"저와 떨어뜨리려고 할 때마다 채영이는 숨이 넘어갈 것처럼 울었어요. 아무도 그 고집을 꺾지 못했고, 엄마 아빠 없는 것도 불쌍한데 저하고 싶은 대로 하게 두자고 해서 지금까지 쭉 나와 살고 있어요."

"네……."

은희는 딱히 대꾸할 말이 없어 낮게 맞장구만 쳤다.

"채영이는 저와 살게 되면서 엄마 아빠를 찾지 않았어요. 물론 엄마 아빠를 잊은 건 아니에요. 지금도 잠자리에 들고 아침에 일어날 때마다 엄마 아빠 사진에 대고 인사를 해요. 안녕히 주무세요, 안녕히 주무셨어요. 이렇게요."

미세하게 떨리는 그의 목소리를 들으며 은희는 무릎에 올려놓은 두 손을 꽉 쥐었다. 예상했던 일인데도 막상 직접 듣고 보니 마음이 미어질 듯 아팠다.

엄마 아빠의 사진을 보며 나중에 나이가 더 들면 만날 수 있다던 채영이의 해맑은 얼굴이 떠올랐다. 매일 아침저녁으로 엄마 아빠에게 문안 인사를 하는 채영이를 지켜보는 그의 심정은 어떨지, 짐작도 가질 않았다.

"워낙 활발하고 저를 잘 따라서 잊고 있었어요. 채영이가 엄마 아빠를 얼마나 그리워하는지, 얼마나 보고 싶고 필요로 하는지 말이에요."

울컥 치미는 감정을 가까스로 누른 세현은 착잡한 목소리로 말을 이었다.

"아마도 그래서 은희 씨에게 엄마라는 소리를 한 것 같아요. 게다가 무슨 이유인지 채영이가 주경이를 별로 안 좋아해요."

"지난번에 본 동기라는 분이요?"

"네. 주경이 앞이라 더 그런 소리를 한 것 같아요."

두 사람은 어떤 사이일까?

이 와중에 그런 걸 궁금해 하는 꼴이라니, 은희는 속으로 자신을 나무랐다.

"은희 씨가 삐쳤다고 한 말을 곰곰이 생각해 보았어요."

은희는 얼굴을 붉혔다. 까맣게 잊고 있었는데 후딱 지워버리고 싶은 기억을 그가 차분한 목소리로 되살렸다.

"그건 그냥 잠깐, 제가 농담으로 한 소리예요."

믿지도 않을 변명을 횡설수설 늘어놓는데 그는 심장이 철렁 내려앉을 만큼 설레는 미소를 지어 보였다.

"마음 상하게 했다면 미안해요. 레슨 시간을 옮겨 달라고 했던 건, 이번 같은 일이 생길 것 같아서 했던 말이에요."

"이번……이라면."

"은희 씨를 좋아하는 채영이가 밑도 끝도 없이 사람들에게 은희 씨를 엄마라고 할까 봐 걱정됐어요. 알다시피 채영이는 사람들이 나를 아빠라고 해도 부정을 안 해요. 사람들이 뭐라고 생각하든 관심이 없기도 하거니와 채영이에게 삼촌은 아빠거든요. 아마도 은희 씨를 엄마라고 한 건 그만큼 좋아한다는 의미일 거예요. 아직 어려서 무턱대고 그런 소리를 하면 안 된다는 걸 잘 몰라서 실수를 한 거죠."

"그것 때문에 채영이와 만나는 시간을 줄여달라고 하셨던 거예요?"

은희는 씁쓰름한 표정으로 물었다. 꼭 채영이 때문만은 아니었지만 세현은 다른 이야기는 하지 않은 채 고개를 끄덕였다. 제 마음은 그녀가 알 필요가 없다고 생각했고 그녀의 마음을 확인하는 건 겁이 났다.

휴일 내내 세현은 많은 생각을 했다. 우선 은희가 삐쳤다는 이유와 그녀를 엄마로 만들어 달라는 채영이의 요구. 그리고 그녀를 향한 자신의 감정까지. 결혼이라는 것이 채영이가 생각하는 것처럼 간단하고 단순하면 좋은데 세현에겐 어려운 수학문제 같은 것이었다. 하여 방어선을 만들 수밖에 없다는 걸 그녀가 알 리 없었다.

"은희 씨가 채영이를 예뻐해도 엄마라고 불리는 건 민폐잖아요. 채영이도 이제 선이라는 걸 배워야죠."

"무슨 말씀이신지 이해했어요. 그리고 민망하니까 삐쳤다고 했던 말은 너무 신경 쓰지 마세요."

은희는 웃으며 예의 발랄한 목소리로 말했다. 이제는 들떴던 마음을 다잡아야 했다. 그는 그저 십 대 소녀 때 품었던 로망의 남자에 부합했던 것뿐이라고 말이다.

은희는 옆 의자에 놓았던 교본을 챙겨 들었다.

"그럼 전 이만 가볼게요. 문구점에 좀 잠깐 들르려고요."

"그래요. 나도 이제 들어가야겠네요."

은희는 한 모금 마시다 만 컵을 손에 들었다.

"커피 잘 마시겠습니다."

"네. 잘 가요."

그에게 꾸벅 인사를 한 은희는 미련 없이 돌아서서 먼저 커피숍을 나섰다. 은희는 얼음이 꽤 녹은 커피를 빨대로 쪽쪽 빨아 마시며 문구점으로 향했다. 살 것도 없으면서, 무거운 교본을 세 권이나 들고서 말이다.

채영이 자신을 엄마라고 외치자 당혹스러워하던 주경의 얼굴이 떠올랐다. 어쩌면 그는 주경이라는 동기와 결혼할 사이일지도 모른다. 채영이 주경을 좋아하지 않는 것도 곤란한데 자신을 엄마라고 하면서까지 따르니 모두 난처했을 것이다.

그러고 보니 뒤늦게 주경이 보였던 태도도 이해가 된다. 결혼할 남자 집에서 같이 산다는 여자를 만났으니 아마도 하늘이 무너져내리는 것 같았을 것이다. 그것도 모르고 정말 엄마라도 되는 것처럼 채영이와 유유히 사라졌으니, 뒤늦게 창피함이 몰려왔다.

은희는 착잡한 얼굴로 하늘을 올려다보았다. 하늘은 여전히 화창하고 목구멍으로 넘어가는 커피는 여전히 차갑다. 속도 여전히 우중충하지만 차라리 잘됐다. 이제야말로 제대로 흑심을 쏙 뺄 수 있었으니까. 조만간 친구들을 만나 그 속을 술로 채우리라!

♣

"요즘도 채영이랑 어울려 다니냐?"

먹던 밥이 목구멍에 탁 걸려버렸다. 은희는 거실에서 빨래를 개고 있는 엄마를 의아한 표정으로 바라보았다. 도대체가 언제부터 채영이와 금단의 사랑을 하고 있었던 걸까.

"내가 앤가. 채영이랑 어울려 다니게."

"친하다니까 하는 소리지."

엄마는 태연한 척 굴지만 분위기는 무언가 할 말이 많은 사람 같았다.

"요즘은 레슨 시간이 바뀌어서 학원에서도 잘 못 봐."

"그래. 잘했어."

은희는 자신이 있는 쪽은 쳐다보지도 않고 빨래 개기에 열중인 엄마를 빤히 쳐다보았다. 잘했다는 의미가 무엇을 말하는지 알 수는 없지만 무언가 있는 건 분명했다.

은희는 숟가락을 내려놓고 개야 할 빨래가 얼마 남지 않은 엄마 앞에 양반다리를 하고 앉았다. 그리고는 엄마가 막 집으려고 하는 빨래를 손으로 탁, 눌렀다. 엄마가 이게 무슨 짓이냐는 표정으로 쳐다보았다.

"어디서 무슨 소리라도 들었어요?"

은희는 마음에 걸리는 것이 하나 있었다. 동네 소문은 다 접수하는 엄마라면 들었을 법한 사건.

"그래, 이것아!"

"아야."

팔뚝으로 매서운 손바닥이 기습적으로 날아들었다. 은희는 얼얼하게 아픈 팔뚝을 문지르며 엄마를 원망스럽게 바라보았다.

"내가 아주 동네 민망해서 살 수가 없어, 살 수가."

무슨 소리를 들으면 민망해서 살 수 없는 지경이 되는 걸까.

"뭔데 그래요?"

"듣고 싶으냐? 듣고 싶어?"

이제는 엄마가 삿대질까지 했다.

"범죄자도 변명의 기회를 주는데, 나도 줘야지."

"변명의 기회가 필요한 건 알고?"

"아이, 진짜."

점점 모를 소리에 은희가 앙탈을 부리자 엄마가 무섭게 노려보다가 한숨을 푹 쉬었다.

"네가 유부남이랑 바람이 났단다."

"유부남? 바람?"

"그래! 넌 요즘 뭘 하고 돌아다니기에 동네에 그런 소문이 나?"

어이가 없었다. 애인도 없는데 유부남과 바람이라니! 은희는 억울해서 혈압이 올랐다.

"설마, 그 유부남이 민 선생님 말하는 거예요?"

"잘 아네. 잘 알아."

은희는 하도 기가 막혀서 콧방귀를 뀌고 말았다.

"엄마. 민 선생님 애 아빠 아니야. 결혼 안 했어."

"애 아빠가 아니긴! 지난번에 우리 집에 왔을 때 아빠라고 한 건 너였어, 이것아."

엄마가 이번엔 허벅지를 눈물이 날 정도로 아프게 꼬집었다. 은희는 엄마 손을 밀쳐내고 찢어질 것처럼 아픈 허벅지를 빡빡 문질렀다.

"그때 내가 잘 몰랐을 때고. 채영이는 민 선생님 조카야."

은희가 억울함을 호소해 봤지만 엄마는 끄떡도 하지 않았다.

"그것뿐이면 내가 말을 안 해."

"또 뭔데?"

엄마가 화를 내는 만큼 은희의 짜증도 커져갔다.

"애랑 얼마나 붙어 다녔으면 시집도 안 간 것이 애 엄마 소리 나 듣고 다니고, 아주 잘한다."

엄마의 손바닥이 한 번 더 허벅지로 날아들었다. 짝, 하고 차진 소리가 거실을 울렸다.

은희는 울상을 지었다. 물론 일주일의 대부분을 채영이와 붙어 다니긴 했지만 그래도 애 엄마라니? 혹시 며칠 전 채영이가 길 한복판에서 엄마라고 했던 말 때문에 소문이 더 커진 걸까?

아무리 그래도 그렇지. 와아, 발 없는 말이 십 리를 간다지만 이건 뭐 날개가 아니라 로켓이 달렸다. 그나저나 자신이 이 동네에서 그토록 유명한 인사였다는 사실이 놀라웠다. 피아노학원이나 다니고 가끔 슈퍼에 가는 것이 다인 사람을 동네 사람들이 알아보니 말이다.

"아이랑 같이 있다고 무작정 애 엄마라고 생각하는 아줌마들이 이상한 거지! 난 죄 없어."

소문이라는 것이 한 번 퍼지면 수습이 어렵지 않나. 갑자기 뒷덜미에 소름이 쫙 돋았다.

"네가 처신을 잘했어야지!"

엄마가 소리를 꽥 질렀다.

"난 처신 잘하고 다니거든요? 그리고 사람들이 색안경을 끼고 보는 게 왜 내 잘못이야. 그 안경 내가 끼워준 것도 아니잖아요. 엄마는 도대체 딸을 안 믿고 누구를 믿는 거예요?"

엄마가 갑자기 주변을 두리번거리기 시작했다. 은희는 본능적으로 바닥에서 엉덩이를 뗐다.

"이것이 그래도 따박따박 말대꾸지!"

드디어 엄마의 레이더망에 거실 테이블 위에 있던 30센티 자가 걸려들었다. 어제 메모지를 만든다고 이면지를 자를 때 썼던 자였다. 그녀는 이렇게 쓴 물건은 제때제때 치워야 한다는 교훈을 몸으로 익히고 있었다.

"엄마!"

무차별 공격에서 도망치기 위해 자리에서 일어난 은희가 목소리를 높였다. 그러나 무려 20년이나 쉬었다는 것이 믿기지 않을 만큼 엄마의 손목 스냅은 생생하게 살아 있었고 살이 찢어질 것 같은 고통은 그녀만의 것이었다.

"으아악!"

은희는 비명을 지르며 정신없이 집을 탈출했다. 설마 집 밖까지 쫓아오겠냐마는 그래도 혹시 몰라서 계단을 이용해 1층까지 뛰었다. 건물에서 완전히 벗어난 은희는 집 베란다를 한 번 쳐다보고는 아직도 따끔거리는 팔뚝을 들여다보았다. 날도 쌀쌀한데 반팔을 입고 있다가 직사각형으로 빨간 자국이 생기고 말았다.

"으아아아파."

손으로 살짝 쓸었을 뿐인데도 통증이 말이 아니었다.

그나저나 탈출은 했는데 이제 어디로 가야 하나. 휴대전화는 커녕 지갑도 없다. 몰골은 또 어떻고? 누가 봐도 자다 말고 나온 행색이었다. 이 상태로는 학원도 못 간다. 정말 총체적 난국이었다.

"아줌마들은 무슨 소리를 하고 다니는 거야. 짜증나게."

투덜거리며 정처 없이 걷던 은희는 우뚝 걸음을 멈추었다.

민 선생님도 소문을 들은 걸까? 그래서 그런 말을 했나?

은희는 경비실 옆에 우뚝 서 있는 시계탑을 올려다보았다. 오전 9시가 갓 지난 시간이었다. 피아노학원으로 가려던 은희는 방향을 바꿔 민 선생님 집으로 걸음을 옮겼다. 학원은 10시에 문을 여니까 가봐야 아무도 없을 것이고, 그와 대화를 하려면 집으로 가야 했다.

그러나 은희는 곧 가다 말고 멈추었다. 안 그래도 유부남이랑 바람났다는 소문이 났는데 지금 시간에 그의 집에 갔다가는 또 어떤 소리가 나올지 알 수가 없었다.

"아아아! 어떻게 해."

은희는 괴로움에 몸부림을 치며 양손바닥으로 볼을 아래로 쭉 늘어뜨렸다.

이 동네, 확 떠버리고 싶다!

"은희 씨."

계단을 올라 학원 쪽으로 막 몸을 틀던 세현은 문 앞에 쪼그리고 앉아 있는 은희를 발견했다. 은희는 머쓱한 표정으로 자리에서 일어나 인사를 했다.

"안녕하세요."

"왜 이렇게 일찍 왔어요?"

세현은 얼른 가서 학원의 문부터 열었다. 그런데 은희는 아무것도 들고 있지 않았다. 그뿐인가. 아침 바람이 쌀쌀한데 반팔 차림이었다. 그의 눈짓을 읽은 은희가 뒷짐을 지었다.

"오늘은 연습하러 온 거 아니에요."

"그럼요?"

"드릴 말씀이 있어서 왔어요."

웃고 있지만 꽤 진지한 표정의 그녀로 인해 세현은 잔뜩 긴장했다.

학원으로 들어온 세현은 사무실에서 원장님이 사용하는 무릎 담요를 은희에게 내밀었다. 은희는 머쓱하게 웃으며 담요를 어깨에 둘렀다. 세현은 로비의 책상을 가리켰다.

"여기서 얘기할까요?"

"아니요. 조용히 사무실에서 얘기해요."

"그래요."

은희가 사무실로 들어가고 세현은 따뜻한 커피를 타서 건네주었다.

"무슨 일이에요?"

"제가 아까 엄마한테 좀 이상한 소리를 들었거든요. 하하하.

좀 허무맹랑하고 어이없고 한데……. 동네에 이상한 소문이 돈
다고 하더라고요."

세현은 무슨 말을 하려는지 알 것 같았다. 며칠 전 그는 아파
트 입구에서 우연히 은희의 어머니와 마주쳤다. 안 그래도 채영
이가 불쑥 찾아갔던 날에 대해 제대로 사과를 하지 못해서 세현
은 일부러 인사를 건넸다.

『그때는 채영이가 폐를 끼쳐 죄송했습니다.』

세현이 그렇게 말을 꺼냈을 때 어머니가 심각한 얼굴로 말
했다.

『애기 아빠가 조심해 줬으면 좋겠어요.』

『무슨 말씀이신지…….』

한참 동안 말을 꺼내지 못해 난처해하던 어머니가 머뭇머뭇
이야기를 꺼냈다.

『우리 애랑 애기 아빠에 대한 이상한 소문이 들려서 그래요.』

직접적인 표현은 없었으나 어떤 내용의 소문이 났다는 건지
충분히 추측이 가능했다.

『죄송합니다.』

세현은 우선 사과부터 했다. 자신은 결혼하지 않았으며 채
영이는 딸이 아닌 조카라는 것을 먼저 말하지 않은 건 책임 회
피를 위한 변명이나 항거처럼 느껴질 것 같아서였다. 진실이
무엇이든 자신으로 인해 은희에 대한 평판이 나빠지는 사태가
벌어진 건 확실하니 사과를 먼저 하는 것이 마땅하다고 생각했
다.

『제가 좀 더 세심하게 살피겠습니다.』

『애기 아빠한테 나쁜 감정은 없어요. 다만 나는 누구보다 내 딸이 중요하니까 그래요.』

『무슨 말씀이신지 충분히 이해했습니다.』

한숨을 쉬는 어머니의 표정은 복잡했다.

『은희가 애 엄마랑 먼저 친해지고 그랬다면 이상한 소리는 안 나왔을 건데…….』

어머니는 착잡한 표정으로 중얼거리며 돌아섰다. 죄인의 심정으로 양손을 모으고 서 있던 세현은 끝끝내 진실을 말하지 못하고 홀로 남겨졌다. 그때 쫓아가서 진실을 밝히지 못한 것이 두고두고 마음에 걸렸는데, 그 여파가 은희에게 미쳤다고 생각하니 세현은 미안하고 마음이 아팠다. 채영이가 아무리 좋아해도 좀 더 일찍 거리를 두었어야 한다는 후회는 당연했다.

"미안합니다."

세현의 사과에 은희는 멍한 표정을 지었다.

"그게 다 저와 채영이 때문이에요. 여기서는 제가 채영이 아빠로 알려져 있다 보니 사람들이 오해를 했던 것 같아요."

당황하던 기색을 지운 은희가 굳은 목소리로 물었다.

"알고 계셨어요?"

"얼마 전에 알았어요."

"그런데 왜 저한테 말씀 안 하셨어요?"

은희는 약간 화가 나서 물었다. 세현이 미안한 표정으로 바라보았다.

애꿎은 피해자가 된 은희에게 이러이러한 소문이 났다더라, 차마 말을 할 수 없었다. 소문의 발단은 자신에게 있었고 진실이 무엇이건 간에 적당한 거리와 선을 지켰다면 불필요한 오해와 소문은 생기지 않았을 것이기 때문이다. 잠시 흔들렸던 마음이 결국엔 그녀를 곤란하게 만들었다고 생각하니 괴로웠다.

"들어서 좋은 이야기도 아니고, 지금이라도 조심하면 된다고 생각했어요."

"그래도 얘기를 해주셨으면……. 이렇게 맞지는 않았다고요."

은희가 불쑥 팔뚝을 앞으로 내밀었다. 아까 엄마가 휘두른 자에 맞은 자리가 빨갛게 부어 있었다.

"이거 어떻게 하실 거예요?"

세현은 당황하고 미안하여 입도 벙긋하지 못했다.

"선생님이 들은 그대로 말씀을 해주셨으면 전 엄마가 오해하지 않도록 미리 이야기를 할 수 있었을 거예요. 하긴, 제가 먼저 선생님이랑 채영이가 삼촌 조카 사이라는 걸 말했어야 했는데 그것까지는 미처 생각하지 못했어요. 뭐 미리 알았더라도 이상한 소문이 났으니 엄마는 화를 냈을 테지만요."

어쩔 수 없다는 듯 어깨를 으쓱거리는 은희를 가만히 보고 있던 세현이 자리에서 일어났다. 어머니의 진노가 생각보다 크다는 걸 알았으니 지금이라도 제대로 말씀드리고 사과를 드려야 할 것 같았다.

"같이 가요."

"어딜요?"

"제가 가서 직접 해명하고 사과드릴게요. 가요."

"아아아아, 일단 앉으세요."

은희가 기겁한 얼굴로 자리에서 일어나 세현의 소매를 잡아당기며 만류했다. 미안해서 어쩔 줄 몰라 하는 세현에게 됐다는 표정으로 손을 저어보이던 은희가 말했다.

"미안해하지 않으셔도 돼요. 선생님은 선생님만의 사정이 있었을 뿐이에요. 그 사정을 잘못됐다고 할 자격이 있는 사람은 아무도 없어요. 채영이에게 삼촌은 아빠고, 선생님에게 채영이는 딸이니까요. 그 사이에 제가 끼어드는 바람에 오해가 생긴 거니까 선생님만의 책임이 아니에요."

"그렇게 얘기를 해주니 고마워요. 하지만 소문의 원인을 제공한 건 맞아요."

"지금부터라도 우리 엄마가 좋아하는 처신을 잘하면 돼요. 당장 사람들의 오해가 풀리진 않겠지만 언젠간 풀리겠죠. 그리고 풀려야 해요. 자가라서 이사도 못 간단 말이에요."

은희가 아랫입술을 쑥 내밀며 울상을 지었다.

세현은 그녀의 마음 씀씀이가 고마워 가슴이 뭉클했다. 타인을 대하는 그녀의 선한 마음이 새삼 느껴졌다. 그 따뜻한 마음을 채영이는 본능적으로 알았을 것이다.

"앞으로는 사람들이 멋대로 생각하게 두지 않을게요. 채영이도 잘 타이르고요."

"네."

이리 심각한 소문이 났음에도 온화한 미소를 지어 보이는 그녀가 오늘따라 새하얀 날개를 단 천사처럼 보였다.

"전 이만 가야겠어요."

"오늘은 연습 안 해요?"

자리에서 일어난 세현이 사무실의 문을 열며 아까 연습하러 온 것이 아니라던 말을 떠올렸다.

"온 김에 하고 가요."

막 사무실을 나서려는데 원장님의 목소리가 들렸다. 원장님은 로비의 책상에 앉아 있었다. 세현이 놀란 표정으로 말했다.

"왔다고 말씀을 하시지 왜 여기 계셨어요?"

"두 사람이 좀 진지해야지."

원장님이 의미심장한 미소를 지으며 두 사람을 번갈아 보았다.

"전 이만 갑니다아."

고개를 푹 숙인 은희는 잰걸음으로 두 사람을 지나쳐 신발을 신고 쏜살같이 도망을 쳤다.

"은희 씨 은근히 귀엽단 말이야."

원장님이 어서 인정하라는 표정으로 그를 올려다보았다. 세현은 웃으며 '네'라고 순순히 인정했다.

그간의 사정과 소문의 진상을 모두 들은 엄마는 말이 없고, 불편한 침묵은 그녀와 친구가 되었다.

뛰어봐야 벼룩이고 숨어봐야 집인데, 몰래 들어오겠다고 숨어들어오다가 거실에서 기다리고 있는 엄마와 정면으로 마주쳤다. 엄마는 그녀가 없는 동안 흥분을 가라앉혔는지 심각하고 차분한 표정으로 와서 앉으라고 했다.

변명의 기회를 주겠다는 말에 은희는 채영이와 민 선생님의 관계에 대해 아는 만큼 이야기했다. 물론 자신이 엄마가 되어야 했던 사정도 함께. 워낙 알고 있는 사실이 적어서 이야기는 금방 끝났는데 엄마의 알 수 없는 침묵은 이상하게 길어졌다.

"은희야."

이제 방으로 가도 되려나 싶어 엉덩이를 들썩이는데 엄마가 조용한 목소리로 불렀다. 은희는 도로 엄마 쪽을 바라보며 엉덩이를 붙였다.

"개인적으로 민 선생님을 좋아하니?"

마음을 들켰나 싶어 조금 당황하긴 했으나 이미 흑심을 빼버린 만큼 은희는 당당하게 '아니.' 라고 대답했다. 엄마는 약간 안도한 것 같은 표정으로 말했다.

"엄마도 채영이가 예쁘긴 한데, 그래도 너무 가깝게 지내지는 마. 아무리 민 선생님이 결혼 안 한 총각이라고 해도 조카를 직접 키우고 있으니 애 딸린 남자나 진배없어."

"그게 뭐 어때서? 그렇다고 민 선생님이 결혼을 하지 말아야 한다거나, 채영이가 엄마의 사랑을 받지 말아야 하는 이유가 되는 건 아니잖아요."

그녀의 거침없는 대답에 엄마는 찡긋 눈살을 찌푸렸다.

은희는 엄마가 무엇을 염려해서 하는 말인지 이해하지만 동의는 할 수 없었다. 아니, 애 딸린 돌싱남이라면 조금은 이해를 하려나. 그런데 이건 좀 아니지 않나.

"예쁘고 귀여운 동네 꼬마로 만나는 거랑 직접 키우는 거랑은 천지 차이야. 내 아이라도 생겨 봐라. 내가 낳은 자식이랑 남의 자식이랑 같을 것 같아? 아무리 똑같이 대하고 공평하게 키운다고 해도 그게 그렇게 말처럼 호락호락한 일이 아니라고. 그리고 내 자식 하나 키우는 것도 힘든데 남의 자식까지 어떻게 키워."

"그럴 수 있는 여자를 만나면 되겠네."

그녀의 심드렁한 대꾸에 엄마는 어처구니없다는 표정을 지었다.

"그런데 그 걱정을 엄마가 왜 하는데요?"

"뭐?"

엄마가 뜨끔한 표정을 지었다.

"그렇잖아. 떡 줄 사람은 생각도 안 하는데 엄마가 왜 먼저 김칫국을 마시는지 모르겠네?"

"얘가 지금 그걸 말이라고."

"어휴, 민 선생님은 나한테 관심도 없네요."

은희는 귀찮다는 표정으로 손까지 휘휘 내저으며 자리에서 일어났다.

"그리고 엄마 나빠."

"그건 또 무슨 소리야?"

은희의 심드렁한 태도에 화가 난 엄마가 신경질적으로 물었다. 그러거나 말거나 은희는 막힘없이 말했다.

"엄마는 말도 떼기 전에 엄마 아빠를 잃은 채영이가 가엾지도 않고, 총각의 몸으로 조카를 혼자 키우고 있는 민 선생님이 장하지도 않아요? 나 같으면 안쓰러워서 반찬이라도 해서 갖다주겠네."

"허, 허."

은희는 말을 잇지 못해 헛웃음을 흘리는 엄마를 뒤로하고 유유히 방으로 들어왔다.

작은 공간에서 혼자가 되고 보니 착잡함이 물밀듯 밀려왔다. 엉뚱한 소리로 반박을 하기는 했지만 엄마의 걱정도 일리가 있었다.

아무리 사랑스럽고 예쁜 아이라 해도 엄마가 되는 일은 그리 간단한 일이 아닐 것이다. 더욱이 직접 낳은 아이까지 생긴다면 유지되어 오던 평화에 틈이 생길 수도 있다. 그러고 보면 그는 꽤 복잡하고 어려운 문제를 안고 있었다.

"어휴, 됐어요."

은희는 침대로 점프하듯 날아 대자로 뻗었다. 자기야말로 내 일도 아닌데 걱정할 이유가 없었다. 그런데도 괜히 심란했다.

띠리릭―

잠시 멍하니 벽을 쳐다보고 있는데 휴대전화의 문자 수신음이 들렸다. 일어나기 싫었던 은희는 침대 옆에 있는 책상까지 데구루루 굴러갔다. 그리고 책상 위를 더듬어 휴대전화를 손에 쥐었다.

[별일 없어요?]

문자를 확인하자마자 은희는 자리에서 벌떡 일어났다. 그의 문자에 은희는 저도 모르게 배시시 웃음을 흘렸다. 그러나 곧 심술이 도졌다.

나한테는 관심도 없으면서, 이런 문자를 보내지 말라고!

은희는 침대에 엎드려 양손과 양발로 사정없이 두드렸다.

얄밉다, 얄미워. 정말 얄밉다. 착한 얼굴로, 친절한 얼굴로 이리 사람 속을 휘저어놓다니. 차라리 쌀쌀맞은 성격이었으면 좋겠다. 아니 그보다는 그가 로망의 남자가 아니어야 했다!

10. 그럼에도 흔들리는

레슨을 끝내고 연습실을 나오면서 세현은 들고 있던 휴대전화를 확인했다. 레슨 때는 소지하지 않는 데 기다리는 답신이 없으니 손에서 놓을 수가 없었다.

집으로 돌아간 뒤로 어머니에게 또 혼이 난 건 아닌지 궁금하고 걱정되는데 은희로부터는 연락이 없고, 주경의 문자만 받았다. 세현은 대충 보고 넘겼던 주경의 문자를 다시 열었다.

[연주회 언제쯤 올 건지 미리 알려줘.]

연주회까지 아직 시간이 남기는 했지만 슬슬 스케줄을 잡아야 했다. 수강생들에게는 이미 연주회 관람 여부를 결정해서 알려달라고 했으니 취합은 어렵지 않았다.

드르륵.

손 안에서 휴대전화가 진동을 했다. 드디어 답신이 온 건가 반가웠는데 또 주경이었다.

[너는 채영이랑 한 번 더 와. 연주회 전에 같이 식사하자.]

채영이는 미취학 아동이라 관람이 안 되는 걸 모르나. 아니면 자기 연주회니까 와도 된다고 생각하는 걸까? 무신경한 건지 이기적인 건지, 주경은 가끔 헷갈릴 때가 있다.

[채영이는 미취학 아동이라 관람 불가야.]

잠시 후 주경으로부터 답신이 들어왔다.

[일곱 살에 초등학교 들어갔다고 하면 되지.]

몇 개월 후면 입학을 하니 슬쩍 그래 볼까 싶지만 내키지는 않았다. 그래도 채영이는 가고 싶어 할지도 모르겠다.

연주회 단체 관람을 인솔하는 건 언제나 그의 일이었고 그때마다 채영이는 원장님과 남겨졌다. 좀 더 어렸을 때는 연주회에 별로 관심이 없었는데 학원에서 자체적으로 진행하는 발표회에 몇 번 참가하더니 종종 연주회에 가보고 싶다는 말을 했었다.

"아줌마!"

갑자기 익숙한 목소리가 들렸다. 세현은 서둘러 로비로 나갔다. 보낸 문자에 답이 없어 불안해하고 있었는데 은희가 입구에서 채영이와 재회의 기쁨을 나누고 있었다.

"오구오구. 우리 채영이 잘 있었어?"

"응, 응. 아줌마 보고 싶었어."

"나두. 아줌마도 우리 채영이가 미치도록 보고시퍼쩌요."

채영이도 잘 쓰지 않는 혀 짧은소리에 세현은 저도 모르게 미소를 지었다. 어쩜 저리도 두 사람이 짝짜꿍이 잘 맞는지, 볼 때마다 신기했다.

"연습하러 왔어요?"

세현은 서로를 얼싸안고 있는 두 사람에게로 다가갔다. 은희는 머쓱한 표정으로 자리에서 일어났다.

"아니요. 카페에 가기 전에 잠깐 들렀어요."

"카페요?"

카페에서 약속이라도 있는 건가 싶었는데 복장이 딱히 그래 보이질 않았다. 편안한 복장은 여전하고 하나 다른 점이 있다면 꽤 도톰한 가방이 옆에 있다는 것이었다.

"집에서는 집중이 잘 안 돼서, 카페에서 일 좀 하려고요."

"나도 갈래."

그녀의 말이 끝나기 무섭게 채영이가 매달리며 졸랐다. 세현은 엄한 표정으로 채영이를 한 번 쳐다보았다.

"혹시 무슨 일을 하는지 물어봐도 돼요?"

"아……. 북 디자인해요."

"북 디자이너요?"

어쩐지 생소하게 느껴지는 직업이었다.

"멋있네요."

"멋있기는 피아노가 더 멋있죠."

은희가 짓궂은 표정으로 피아노 치는 시늉을 했다.

"그래도 멋있다고 해주셔서 감사합니다."

은희의 발그레한 미소에 세현은 가슴이 두근거렸다.

"아앙, 나도 갈래."

잠시 대화에 틈이 생기자 채영이가 잽싸게 끼어들었다.

"채영아, 아줌마는 놀러 가는 게 아니라 일하러 가는 거야."

세현은 엄한 목소리로 말했다. 아무리 좋아도 그렇지, 연습 방해도 모자라 일까지 방해하는 건 안 될 말이었다.

"옆에서 얌전히 있을 거야."

채영이는 은희의 몸에 얼굴을 묻은 채 고집을 부렸다. 그런 채영이를 은희는 사랑스럽다는 표정으로 굽어보았다. 그건 분명 동정이 아닌 사랑이었다. 뭉클함으로 가슴이 저릿해졌다.

"민채영. 자꾸 미운 짓 하면 혼나."

엄하게 꾸짖자 채영이는 말을 안 하는 대신 몸으로 앙탈을 부렸다. 은희는 웃으며 징징거리는 채영이의 머리를 쓰다듬었다.

"채영이는 내일 아줌마랑 서점 가자."

"서점?"

"응. 채영이는 책 싫어해?"

"아니. 좋아."

세현이 미안한 표정으로 말했다.

"채영이 때문에 그러지 않아도 돼요."

"아니에요. 제가 서점에 갈 일이 있어요."

믿을 수가 없었다.

"정말이에요. 걱정하지 마세요."

그의 의심을 읽은 은희가 웃으며 한 번 더 강조했다.

"그런데 왜 문자에 대답이 없어요?"

뒤늦게 잊고 있었던 것이 떠올라 세현이 물었다.

"어······. 제가 답신을 안 했던가요?"

엄청난 메소드 연기다.

"제가 정말 찾아뵙고 말씀 안 드려도 되는 거예요?"

"에이, 그럴 거 없어요."

은희가 귀엽게 눈을 흘기며 그의 팔을 툭 쳤다. 친근함이 느껴지는 손짓에 세현은 심장이 쿵쾅거렸다. 그리고 쑥스러웠다.

"제가 잘 말씀드렸으니까 걱정하지 않아도 돼요."

"정말요?"

"네. 정말요. 엄마는 딸이 사람들 입에 오르내리는 것이 싫어서 그런 거지 오해는 이미 다 풀렸어요. 그리고 저희 엄마가 채영이를 얼마나 예뻐하시는데요."

"나도 할무니 좋아."

채영이가 환하게 웃으며 말했다. 엄마는 반성해야 한다며 속으로 구시렁거린 은희는 예뻐 죽겠다는 듯 두 눈을 찡긋 감았다 뜨고는 채영이의 양 볼을 아프지 않게 잡았다 놓았다.

"전 이제 가볼게요."

채영이와 눈을 맞추며 웃던 은희가 허리를 폈다.

"일 열심히 해요."

"네. 채영아 안녕. 내일 보자."

은희가 손을 흔들고 채영이도 손을 흔들었다.

나도 흔들고 싶다.

"그럼 수고하세요."

잘 가라는 인사에 은희는 한 번 더 가볍게 목례를 하고는 입구에서 사라졌다. 아줌마도 갔고, 이제는 자기가 혼날 차례라는 걸 알았는지 채영이는 뒤도 돌아보지 않고 쌩하니 사라졌다. 그 바람에 세현만이 말로 표현하기 힘든 아쉬움을 곱씹으며 한참을 우두커니 서 있었다.

♣

[민 선생님. 도와주세요.]

마지막 레슨을 끝내고 연습실을 나서려는데 도착한 문자였다. 세현은 뚱한 표정으로 문자를 확인했다.

서점에 같이 가자고 약속한 은희는 오후 3시쯤 채영이를 데리러 왔다. 손까지 흔들며 은희와 함께 학원을 떠나는 채영이를 배웅하는데 혼자 남겨졌다고 생각하니 서운해졌다. 그녀에게 쏠리는 마음을 막아보겠다고 레슨 시간까지 바꿔달라고 할 때는 언제고 말이다.

스스로도 이해가 되지 않는 서운함이 폭발한 건, 저녁을 먹고 오겠다는 문자를 받았을 때였다. 두 사람의 외출에 끼지 못한 것이 그리 심술이 날 수가 없었다. 그렇게 외톨이를 만들 때는 언제고 이제는 도와달라고 한다.

세현은 못마땅한 얼굴로 전화를 걸었다.

「여보세요?」

"무슨 일이라도 생겼어요?"

제 목소리가 퉁명스럽다는 것쯤은 세현도 알고 있었다.

「채영이가 버스에서 잠들었어요.」

"잠들어요?"

「네. 이럴 줄 알았으면 택시를 타는 건데, 채영이가 아직 잘 시간이 아니니까 괜찮다고 자신 하길래 버스를 탔더니 지금 이래요.」

심술을 접고 세현은 서둘러 학원을 나섰다.

"어디쯤 왔어요?"

「세 정거장 정도 남았는데, 한 십 분 정도면 도착할 것 같아요.」

"내가 버스 정류장에서 기다릴게요. 어느 쪽으로 와요?"

단지와 가장 가까운 버스 정류장은 두 곳으로 정문과 후문 쪽에 있었다.

「정문이요.」

정문이면 학원에서 나가 길만 건너면 됐다.

"몇 번이에요?"

「1번이요.」

"알았어요. 지금 나가요."

계단을 내려가며 전화를 끊었을 때 마침 횡단보도의 신호등이 파란불로 바뀌었다. 뛰어서 횡단보도를 건너고 얼마 되지 않아 1번 버스가 다가오는 것이 보였다. 버스가 정차하고 열린 뒷문 쪽에 채영이를 안고 어쩔 줄 몰라 하는 은희가 있었다.

"아저씨 잠시만요!"

은희가 기사에게 하는 소리를 듣고 세현은 성큼 버스 뒷문으로 올라 채영이부터 안았다. 그가 먼저 내리고 은희도 곧 양손에 쇼핑백을 들고 버스에서 내렸다. 그들을 내려준 버스는 갈 길이 바쁘다는 듯 매연까지 내뿜으며 정류장을 떠났다.

　"괜찮아요? 고생했죠."

　조금 전까지만 해도 집에 혼자 남겨진 유치원생이 된 것처럼 심술이 났었는데 막상 은희가 난처해하는 걸 보니 세현은 미안해졌다.

　"버스 탈 때까지만 해도 괜찮았는데 채영이가 잠드는 바람에 좀 당황했어요."

　"채영이가 버스에 타면 잘 자는데, 그걸 깜빡하고 얘기 안 해 줬네요."

　"안 그래도 채영이가 서점 갈 때 버스 타니까 얘기를 하더라고요."

　둘은 천천히 횡단보도를 향해 걸었다.

　"채영이가요?"

　"네. 갈 때는 안 자고 잘 갔고, 올 때도 안 잘 자신 있다고 해서 탄 건데 5분도 안 돼서 자는 거 있죠. 채영이한테 속았어요."

　정말 억울하다는 표정의 은희를 보며 세현은 소리 없이 웃었다. 채영이 때문에 고생한 것이 미안해야 하는데 이상하게 웃음이 났다.

　"뭘 그렇게 샀어요?"

신호등이 파란불로 바뀌고 횡단보도를 건너며 세현이 물었다.

"아…… 이건 책이고, 이건 선생님 도시락."

한 손에 서점의 로고가 그려진 쇼핑백이 두 개나 들려 있었고, 한 손엔 도시락 크기의 상자가 담긴 쇼핑백이 들려 있었다.

"채영이랑 저녁 먹고 샀어요. 저녁 드셨어요?"

"아직요."

"잘됐다. 민 선생님이 캘리포니아롤을 좋아한다고 채영이가 알려줬어요."

"채영이는 그거 안 좋아하는데."

"그래서 우리는 다른 거 먹었죠. 캘리포니아롤 집을 지날 때 채영이가 얘기하길래 따로 샀어요."

저를 올려다보는 그녀의 얼굴에 '잘했죠?' 라고 쓰여 있는 것 같아 세현은 정말 머리라도 쓰다듬어주고 싶었다.

"안 그래도 저녁은 뭘 먹나 고민하고 있었어요. 고마워요."

"다행이다. 헤헤."

고개를 돌리며 낮게 웃는 은희의 웃음소리가 봄밤의 살랑거리는 바람 같았다.

"잠시만 기다려 줘요. 원장님께 말씀드리고 올게요."

어느덧 둘은 학원 앞에 도착했다. 세현은 채영이를 안은 채 학원으로 들어가 원장님께 먼저 들어가야겠다고 양해를 구했다. 원장님은 흔쾌히 어서 가라고 했다. 학원을 나서니 은희는 단지 쪽을 보고 있었다.

"가요. 집까지 데려다 줄게요."

"어휴, 아니에요. 채영이까지 안고 있는데 짐도 있으니 제가 집까지 같이 갈게요."

"짐이요?"

그가 의아함에 되묻자 은희가 양손을 들어 보였다.

"도시락 말고 채영이 책도 있어요."

"채영이 책까지 샀어요?"

"채영이가 사달라고 한 거 아니니까 채영이 혼내기 없기예요."

"누가 혼낸다고……."

은희가 되레 엄하게 나오자 세현은 저도 모르게 기어들어가는 목소리로 중얼거렸다.

"하여튼 먼저 선생님 집으로 가요."

"알았어요."

두 사람은 나란히, 마치 아이와 함께 귀가하는 부부처럼 단지를 가로지르는 도로를 걸었다.

"채영이가 힘들게 하진 않았어요?"

"채영이가 어디 힘들게 하는 아이인가요?"

오히려 무슨 그런 말도 안 되는 소리를 하냐는 표정으로 은희가 그를 빤히 쳐다보았다. 그렇게 말해주는 그녀가 세현은 고마웠다.

"채영이는 제가 책을 둘러보는 동안 아동도서 코너에서 책을 읽고 있었어요. 근처 다른 애들은 뛰어놀고 심지어 떠드는 애들도 있었는데 채영이는 얼마나 얌전했는데요."

"서점인데 소란스럽게 하는 애들이 있었군요?"

"그러게 말이에요."

은희는 그러면 안 된다는 표정으로 낮게 혀를 한 번 차고는 말을 이었다.

"책 둘러보다가 잠깐잠깐 들러서 잘 있나 살폈는데 한 번은 우는 애를 달래고 있었어요."

"채영이가요?"

"네. 뛰어놀다가 의자에서 떨어졌는지 엉엉 우는 애를 눈물도 닦아주고 무릎도 털어주고 그러고 있더라고요. 그런데."

갑자기 은희의 목소리가 달라졌다.

"애 엄마가 나타나더니 채영이한테 다짜고짜 화를 내는 거예요."

"왜요?"

"채영이가 때렸다고 생각했나 보더라고요. 이렇게 가느다란 팔로 때리긴 뭘 때린다는 건지."

은희는 속상하다는 표정으로 잠이 들어 축 늘어져 있는 채영이의 손을 만지작거렸다. 그 작은 행동에 가슴이 뭉클했다.

"황당해서 저도 얼른 달려가 조근조근 따졌죠. 때린 애면 당신 애 우는 거 눈물 닦아주고 무릎을 털어주겠냐고. 당신 같으면 그럴 수 있냐고 말이에요. 그랬더니 애가 뻔뻔해서 그런다나 뭐라나. 아오!"

생각만 해도 분해서 은희가 발로 땅을 찼다.

분명 같이 화를 내고 분해해야 함이 맞는데도 세현은 의식하지 못하는 사이에 그녀의 말투, 목소리, 표정, 작은 손짓과 몸짓에만 온전히 집중하고 있었다.

"그래도 막무가내인 엄마와 다르게 애는 착하더라고요. 울면서 누나가 그런 게 아니라고 양심선언 했어요."

"다행이네요."

"정말 다행이죠. 안 그랬으면 채영이가 옴팍 뒤집어쓸 뻔했어요. 그래서 제가 그랬죠. 아들은 잘 키우셨다고. 그런데 아무리 내 자식이 귀해도 앞뒤 사정 따지지도 않고 무턱대고 남의 귀한 애부터 잡는 게 아니라고 했어요. 그리고 애가 울면 안아주기부터 해야지 범인 색출부터 하는 게 아니라고 충고해 줬어요."

은희는 사실 아이 엄마에게 엄마가 되어서 애 교육을 똑바로 못 시켰다는 막말을 들었다.

『우리 채영이는 아줌마가 걱정하지 않아도 바르고 예쁘게 잘 컸거든요!』

성질이 나서 서점이라는 것도 잊고 버럭 고함을 질렀다. 많은 사람들이 지켜보는 곳에서 삿대질까지 해가며 채영이를 나쁜 아이로 몰아가는데 도저히 화를 참을 수가 없었다.

채영이는 아이 엄마의 폭언을 들으며 시선을 내린 채 가만히 서 있었다. 만약 자신이 끼어들지 않았다면 한 마디 변명도 없이 그대로 당하고 있었을 거라고 생각하니 속에서 울화가 치밀었다.

세현도 비슷한 생각을 하고 있었다. 아빠마저도 되어주지 못

하는 시간 동안 이와 비슷한 일을 채영이가 겪고 있었던 건 아닌지 마음이 아팠다. 엄마가 있었다면 은희처럼 만사를 재껴 놓고 제 편을 들어줬을 텐데, 삼촌이 결혼해야 자기에게 엄마가 생긴다던 아이의 표정이 세현의 마음을 아프게 후볐다.

"그래서 어떻게 됐어요?"

세현은 가시지 않는 먹먹함을 안은 채 물었다.

"어떻게 되긴요. 얼굴 시뻘게져서는 우는 애 닦달하며 도망쳤어요. 경찰에 신고하고 싶은 거 겨우 참았어요."

"무슨 사유로 신고하게요?"

"모함죄?"

목소리가 어찌나 단호한지 아이 엄마가 시간을 조금만 더 지체했다가는 정말 신고를 했을 것 같았다.

"아니면 아동 학대?"

홋.

진지하게 이어지는 말에 세현은 낮게 웃음을 터뜨렸다. 그러자 당황한 은희가 얼른 말을 덧붙였다.

"아니 그렇잖아요. 죄도 없는 채영이에게 고함을 지른 것도 모자라 애가 우는데 달래지는 않고 질질 끌고 가더라니까요? 그런 엄마들이 또 자기 자존심 상한 것만 알지 아이들 마음은 모른다고요. 제가 참을 걸 그랬어요. 엄마한테 도리어 혼나는 건 아닌지 모르겠어요."

은희가 미안한 표정으로 시무룩하게 말했다.

"은희 씨는 따뜻한 사람이에요."

"에?"

땅바닥을 보며 걷던 은희가 놀란 표정으로 고개를 번쩍 들었다. 달빛을 받은 그의 미소가 한없이 부드러웠다. 그 설레는 미소에 가슴이 비정상적으로 쿵쾅거렸다. 아무리 흑심을 버리겠다고 다짐했어도 좋아하는 감정은 아직까지 마음 깊숙한 곳에 자리를 잡고 있었다.

"아…… 하하…… 하하하. 낯간지럽게 왜 그러세요."

은희는 쑥스러움에 시선을 돌리고 낮게 중얼거렸다. 둘 사이로 잠시 어색한 분위기가 흐르고 어느덧 그의 집이 있는 110동 앞에 도착했다. 110동은 후문 쪽에 있었다.

"이거 받으세요."

건물 입구에서 은희가 쇼핑백을 내밀었다.

"받기 좀 불편한데, 채영이 내려놓고 다시 올게요."

"그럼 집까지 같이 가요."

"아니요."

세현은 건물로 들어가려는 그녀를 가로막았다. 집까지 같이 올라가면 은희는 짐들을 내려놓고 쏜살같이 도망을 갈 것이 뻔했다. 도망이라면 일가견이 있으니 말이다. 그러나 이번에는 혼자 보내고 싶지 않았다.

"지금 시간도 늦었고 누가 보면 또 괜한 오해할 수 있으니까 여기서 잠깐만 기다려요. 채영이 내려놓고 그거 받으러 다시 올게요."

은희가 왜 그래야 하나 싶은 표정으로 세현을 바라보았다. 소문 어쩌고 하는 건 사실 핑계고, 세현은 오늘 그녀를 꼭 집까지 데려다 주고 싶었다.

"여기서 꼼짝하지 말고 기다려요."

뒷걸음치며 다짐을 받듯 그가 재차 말하자 은희는 '네'라고 짧게 대답했다.

세현은 서둘러 안으로 들어가 엘리베이터 버튼을 눌렀다. 다행히 1층에 있던 엘리베이터를 타고 빠르게 집으로 갈 수 있었다. 잠들어 있는 채영이를 침대에 눕혀놓고 1층으로 다시 내려오는 동안 은희는 정말 꼼짝도 하지 않고 그 자리에 그대로 서 있었다.

"금방 왔죠?"

"네."

그녀의 미소에 세현의 가슴이 두근댔다.

"전 이만 갈게요."

쇼핑백을 받아 들자 예상대로 그녀가 한 걸음 뒤로 물러났다.

"같이 가요."

세현이 먼저 걸음을 떼자 은희는 잠깐 주춤하다가 말리지 않고 그를 따랐다.

"데려다 주시는 거예요?"

"네. 지난번엔 그냥 보내서 한참 미안했어요."

"에이, 뭐 그런 걸로 미안하고 그래요."

은희는 특유의 짓궂은 표정을 지으며 그의 팔을 팔꿈치로 툭 쳤다.

이런 사소한 터치가 있을 때면 세현은 은희와 부쩍 친해진 것 같아 묘하게 기분이 좋았다. 세현은 은희의 이런 적극적인 면이 좋았고, 한편으로는 부러웠다. 가끔은 그녀에게 스스럼없이 마음을 표현하고 싶다가도 쉽게 환영받지 못하는 제 입장을 깨닫고 포기하고 만다. 만약 그렇지 않았다면 그녀에게 조금 더 다가갈 수 있었을까.

"도시락이랑 책 고마워요."

일상적인 대화들을 주고받으며 걷다 보니 114동 앞에 도착했다.

"저도 여기까지 데려다 주셔서 감사해요."

"잘 자요."

"네. 민 선생님도 안녕히 주무세요."

형식적인 인사들이 오가고 은희는 천천히 입구로 향해 걸어갔다. 건물로 들어가기 직전, 은희는 아쉬움을 이기지 못하고 다시 뒤를 돌아보았다.

"연주회 좋아해요?"

마치 그 마음을 붙잡듯 세현이 물었다.

"연주회요?"

"대단한 건 아니고, 학원으로 연주회 초대권이 종종 들어오거든요. 학생들 인솔해서 가기는 하는데, 은희 씨만 괜찮다면 채영이랑 한 번 더 갈까 해서요."

뜬금없는 제안에 부담을 가지면 어쩌나 싶어 세현은 주절주절 말을 보탰다. 애초에 이런 제안을 하면 안 되는 건데, 개인적인 감정은 갖지 말자고 그리 다짐했건만 몸이 생각과 다르게 움직이고 있었다. 그럼에도 거절을 하면 어쩌나 세현은 불안하고 조바심이 났다.

"좋아요. 같이 가요."

은희가 활짝 웃으며 대답했다. 세현은 그제야 꽉 조이던 심장이 해방된 것 같은 기분이 들었다. 은희 어머니의 염려도 제 처지도 잊을 만큼 가슴이 벅찼다.

은희와 헤어지고 들뜬 마음을 안고 집으로 돌아온 세현은 먼저 채영이 방부터 확인했다. 잠깐이긴 하지만 혼자 남겨둔 것이 마음에 걸려 집까지 달렸다. 다행히 채영이는 침대에서 세상모르고 자고 있었다.

잠이 들었으니 씻기는 건 무리고 옷이라도 갈아입히려고 침대 곁에 무릎을 대고 섰다. 양말을 벗기고 몸을 살짝 들어 등 쪽에 있는 지퍼를 내리려는데 채영이가 게슴츠레 눈을 떴다.

"삼촌?"

"깼어? 옷 갈아입자."

세현은 채영이를 일으켜 앉혔다. 채영이는 눈을 비비면서도 옷을 갈아입히기 쉽게 몸을 이리저리 움직여 주었다.

"씻고 잘래?"

"아니."

옷을 다 갈아입은 채영이가 냉큼 침대에 몸을 붙여버리더니 혀를 날름거렸다. 세현은 헛웃음을 흘리며 채영이의 머리를 가만히 쓰다듬었다.

"오늘 재밌었어?"

"응. 책을 엄청 많이 봤어."

"서점에서 무슨 일 없었고?"

"음……."

채영이가 기억을 더듬듯 눈동자를 굴렸다.

"오늘 우리 아줌마가 괴물 아줌마를 물리쳐줬어."

'우리 아줌마' 라는 소리에 세현은 피식 웃음을 흘렸다.

"괴물 아줌마?"

"응. 괴물 아줌마가 괴롭혔어."

은희가 말했던 아이 엄마를 말하는 것이었다.

"괴물 아줌마가 너를 왜 괴롭혔을까?"

"몰라. 나는 남자애가 넘어져서 울길래 울지 말라고 했거든.
그런데 갑자기 아줌마가 오더니 나한테 막 소리를 질렀어."

"그랬구나."

세현은 안쓰러운 눈으로 채영이를 바라보았다.

"그런데 은희 아줌마가 혼내줬어."

"그랬구나?"

"응. 꼭 우리 엄마 같았어."

행복하게 웃는 채영이의 머리를 쓰다듬던 그의 손길이 멈칫
했다.

삼촌이 결혼을 해야 엄마가 생긴다고 주장하던 날, 채영이
는 한참 동안 떼를 쓰며 졸랐다. 어른들은 여러 가지 상황과
여건들을 고려해야 하는데 채영이는 아주 단순하고 간단했다.
자기가 좋아하고, 아줌마가 좋아해 주니 엄마가 되어야 한다

는 거였다.

누군가를 좋아하는 일은 채영이 생각하는 것처럼 아주 간단하고 단순할지도 모른다. 문득문득 눈길이 가고 생각이 나면 좋아하는 것이고, 좋아하는 마음이 커지면 사랑이 되니까. 그 사랑은 행복감을 가져다주고 행복을 유지하기 위해 결혼을 하여 가정을 이루고 그 결실로 아이를 낳아 기르고 사는 것이다.

그러나 그에겐 누군가를 좋아하기 전에 따져봐야 하는 것이 있었다. 바로 조카를 딸처럼 키우고 있다는 점이었다. 형과 형수의 사고가 자신으로 인해 벌어진 일이었기에 채영이를 맡은 것이 그에겐 당연했지만 누군가는 걸림돌로 보일 수도 있기에 마음 한 자락을 건네는 것이 어렵고 복잡했다.

그걸 채영이는 모르지만, 그렇다고 알기를 바라지는 않았다. 이미 부모님을 잃은 것으로 충분히 아픈 아이에게 제 존재가 환영받지 못한다는 걸 알게 하고 싶지 않기 때문이었다.

제 감정보다, 제 행복보다 세현은 채영이의 행복이 최우선이었다. 그런데 연주회를 가자니. 그것도 소문에 대해 알았고 그녀의 어머니에게 주의까지 들었으면서 말이다. 이리도 감정이 흔들리고 휘둘리는 자신이 세현은 한심했다.

"괜한 소리를 했어."

"뭐가?"

혼잣말처럼 흘러나오는 중얼거림에 채영이 호기심을 드러냈다. 세현은 웃으며 고개를 저었다.

"아니야, 아무것도."

"삼촌."

그를 물끄러미 바라보고 있던 채영이 삼촌을 불렀다.

"응?"

"난 아줌마가 좋아. 우리 엄마였으면 좋겠어."

며칠 잠잠하더니, 은희를 만나 다시 생각이 난 모양이다. 세현은 자기뿐만 아니라 채영이도 이제는 은희와 만나는 일을 만들지 말아야겠다고 생각했다. 그것이 모두에게 좋다고 말이다.

"미안해. 그건 안 돼."

"괜찮아."

한참 동안 그를 보고 있던 채영이가 웃으며 말했다. 어린 나이에 지어보이는 처연한 미소에 세현은 가슴이 미어질 것처럼 아팠다.

"언젠가는……."

갑자기 목이 메어와 세현은 잠시 말을 끊었다.

"언젠가는 채영이도 엄마가 생길 거야. 채영이가 좋아하는 은희 아줌마처럼 착하고 다정하고 친절하고 선한 엄마가 말이야."

"정말?"

"응."

"그냥 은희 아줌마가 하면 안 돼?"

천진한 물음에 세현은 그만 웃고 말았다.

"은희 아줌마는 안 돼."

"치사 뿡!"

심술 난 표정의 채영이가 입술을 쭉 내밀었다. 세현은 웃으며 채영이의 이불을 여며주었다.

"이제 자자."

"삼촌, 힘내."

"무슨 힘?"

세현은 의아했다.

"내 엄마 만드는 거 말이야. 힘내서 빨리 만들어줬으면 좋겠어."

"훗."

결연한 표정의 채영이 때문에 세현은 다시금 낮게 웃었다.

"알았어."

"약속했어."

"그래, 약속했어."

약속을 단단히 받은 채영이가 만족스러운 미소를 지으며 양팔을 벌려 보였다. 세현은 채영이를 품에 꼭 안고 이마에 입맞춤을 했다.

"난 삼촌이 좋아."

"나도 채영이가 좋아."

둘은 오래도록 그렇게 서로를 얼싸안고 있었다.

데이트다, 데이트.

은희는 속으로 흥얼거리며 엘리베이터의 거울을 쳐다보았다. 발그레해진 얼굴을 양손으로 감싸니 후끈후끈 열기가 느껴졌다.

연주회를 같이 가자고 했다. 채영이도 함께이니 데이트라고
하긴 좀 부족하지만 세현이 먼저 제안했다는 것이 중요했다. 엄
마에게 김칫국 마시지 말라고 할 때는 언제고 자기는 대접째 들
이컨다고 해도 좋았다.

"흐으응."

은희는 코웃음을 흘리며 엘리베이터에서 내려 비밀번호를 누
르고 집 안으로 들어갔다. 그러나 흥에 겨워 거실로 들어가려던
은희는 멈칫하고 말았다. 거실 한가운데서 엄마가 그녀를 기다
리고 있었다.

은희는 귀신이라도 본 것처럼 심장이 철렁했다. 이래서 사람
은 죄를 짓고 살면 안 되는가 보다. 죄까지는 아니어도, 엄마가
했던 말들이 있어 서점에 채영이를 데리고 간다는 말을 하지 않
은 것이 마음에 걸렸다.

"다녀왔습니다."

"그래. 늦었구나."

어쩐지 엄마의 반응이 서늘했다. 은희는 저도 모르게 세현과 헤
어졌던 주차장 쪽을 쳐다보았다.

'설마, 엄마가 봤나?'

은희는 긴장한 표정으로 엄마를 다시 쳐다보았다. 정말 본 것
인지 할 말이 많은 사람처럼 쳐다보던 엄마가 이리로 와 보라며
소파로 가서 앉았다. 은희는 거부하지 못하고 엄마 맞은 편 바닥
에 앉았다.

"학원 언제까지 다닐 거야?"

엄마의 따지는 것 같은 질문에 잠시 할 말을 잃었다. 나이가 벌써 서른둘인데 요즘 들어 부쩍 고등학생으로 회귀한 것 같았다.

"그건 왜요?"

"이제 안 다녀도 되지 않아?"

엄마는 이유를 말하지 않았지만 어떤 뜻인지 알 것 같았다. 그와 마주치는 일은 아예 만들지 말라는 경고. 정말 고등학생이라도 된 것처럼 은희는 반항심이 활활 타올랐다.

"안 그래도 이번 달 말까지만 하려고요."

학원을 그만둬야겠다고 생각하고 있었기에 엄마가 원하는 대답은 쉽게 나왔다. 그러나 연주회는 갈 생각이었다. 처음이자 마지막인 데이트를 놓치고 싶지는 않았다. 어차피 학원을 그만두게 되면 자연스럽게 멀어질 텐데 굳이 그런 기회까지 차버리고 싶지는 않았다.

"그리고 이거."

엄마가 사진을 하나 내밀었다. 그러고 보니 그 사진은 아까부터 테이블 한 귀퉁이에 있었다.

"이게 뭐예요?"

은희는 건성으로 사진을 훔쳐보듯 보았다. 사진 속에는 서글서글한 인상의 남자가 있었다.

"선봐."

대수롭지 않게 사진을 보고 있던 은희가 기겁한 표정으로 엄마를 쳐다보았다.

"갑자기 무슨 선?"

"네 나이가 몇이야. 이제 결혼해야지."

"내 나이야 잘 알죠. 그런데 무슨 결혼을 학교 진학하는 일처럼 말해요?"

은희의 불평에도 엄마는 아랑곳하지 않고 남자의 프로필을 읊기 시작했다.

"이름은 지은수. 서른넷인가 셋인가 그렇고 대학교 졸업하고 친구랑 컴퓨터 관련 회사를 차렸다고 하더라. 드림 뭐라고 하던데, 직원도 꽤 되고 돈도 웬만큼 번다고 해. 만나봐."

"엄마."

엄마는 항의 따위는 듣고 싶지 않다는 표정으로 물었다.

"민 선생 안 좋아한다면서?"

"네."

"민 선생도 너한테 관심 없고?"

글쎄……. 그건 잘 모른다. 자기를 좋아하는지, 아니 호감이라도 있는지 말이다. 그럴 만한 태도를 보이지 않았기에, 심지어 채영이랑 '놀지 말라'는 말까지 하며 밀어냈기에 아무 감정이 없는 거라고 지레짐작할 뿐이었다.

'그럼 연주회는 뭐지?'

연주회에 가자는 말에 들떠서 잠시 잊고 있었다. 그는 자신에게 관심 없다는 사실을…….

"당연히 없지."

이것이 엄마가 원하는 대답이라는 걸 은희는 잘 알고 있었다.

또한 그녀가 잠시 잊고 있던 사실이기도 했다.

"그런데 왜 선을 안 봐?"

"그거랑 선이랑 무슨 상관이에요? 그리고 내가 선 같은 거 싫어한다는 거 엄마도 알잖아요."

"너도 나이가 찰 만큼 찼고 특별히 만나는 사람이 없으면 선을 못 볼 것도 없잖아."

"세상 모든 미혼남녀가 만나는 사람이 없으면 무조건 선을 봐야 한다고 어디 헌법에 적혀 있기라도 해요? 아니면 선을 안 보면 세상이 망하기라도 하나?"

"이것이 주절주절 말만 잘해."

벌떡 몸을 일으킨 엄마가 기어이 은희의 어깨를 아프게 때렸다. 눈을 동그랗게 뜬 은희는 아픈 곳을 매만지며 엄마를 억울하다는 표정으로 쳐다보았다. 엄마는 언제 때렸냐는 표정으로 소파에 앉았다.

"그냥 봐. 봐서 마음에 들면 계속 만나고 그러다가 마음 맞으면 결혼하면 되는 거잖아. 민 선생을 좋아하는 게 아니라면서 왜 선을 안 봐?"

"그러니까 민 선생님이랑 선이 무슨 상관이냐고요. 난 그냥 선보는 게 싫어요. 그렇게는 결혼 안 한다고요!"

은희는 답답함을 온몸으로 표현하며 거부 의사를 밝혔다. 그러나 엄마도 물러서지 않겠다는 듯 표정이 결연했다.

은희는 선을 보라고 할 때마다 싫다고 했었다. 이성에 대한 관심도 그렇고 결혼에 대한 환상도 없는지라 누군가를 인위적인 방법으로 만난다는 것 자체가 거북했다.

이런 그녀의 성격을 모르지 않는 엄마가 세현을 핑계로 선을 보라고 강요하고 있었다. 거부하면 그를 좋아한다는 말이 되고, 그걸 숨기자면 빼도 박도 못하고 선을 보아야 한다.

"아, 몰라요. 갑자기 무슨 선이야. 안 봐요."

은희는 사진을 밀쳐내고 자리에서 벌떡 일어났다.

"자꾸 이러면 엄마도 가만히 안 있을 거야!"

엄마의 단호한 목소리에 은희는 그대로 굳어버렸다.

"무슨 얘기예요?"

멀찍이 바닥을 보고 있던 엄마가 굳은 표정으로 은희를 쳐다보았다.

"민 선생한테 말을 해야지. 내 딸은 좋은 남자 만나서 시집가야 하니까 근처에 얼씬도 하지 말라고 이야기해야지!"

"엄마!"

은희는 놀라서 펄쩍 뛰었다.

"내가 민 선생님이랑 사귀기라도 해요? 그리고 민 선생님은 나한테 관심도 없다는데 왜 이래요, 정말!"

"네가 미련을 보이잖아! 그래, 네 말대로 민 선생은 너한테 관심이 없다고 치자. 그런데도 궁상맞게 오늘도 민 선생이랑 어울려 다니는 건 뭐냐고! 그게 관심이 없는 거야!"

엄마가 절대 물러나지 않겠다는 표정으로 목소리를 높였다. 아니길 바랐는데 엄마는 그와 함께 있는 걸 본 것이다.

"그건 그냥 일이 좀 있어서 잠깐 얘기 좀 한 거예요. 도대체 나랑 민 선생님이 뭘 했다고 이렇게 과민반응이에요."

답답해서 미칠 것 같은 마음으로 소리치는데 아빠가 놀란 얼굴을 하고는 거실로 나왔다.

"다 저녁에 왜 이리 소란스럽게 떠들어?"

은희는 흥분을 애써 누르고 아빠의 시선을 피했다. 엄마는 여전히 분이 가라앉지 않는 얼굴로 은희를 무섭게 쏘아보았다.

"너 위해서 하는 소리잖아. 고생문이 훤히 보여서 그런다고!"

그 고생문이 도대체 왜 보이는 건데! 라고 소리치고 싶은 걸 은희는 꾹꾹 눌러 참았다. 엄마의 반응이 과하게 느껴지긴 했지만 그 속에는 자신을 걱정하는 마음이 있다는 걸 알기 때문이다. 애초부터 마음 주지 않도록 단속하고 싶은 마음 말이다.

"이만 들어갈게요."

은희는 더는 엄마와 말다툼을 벌이고 싶지 않았다. 그러나 자리를 피하려는 은희의 등 뒤에 대고 엄마가 일방적인 통보를 했다.

"이번 주 토요일로 약속 잡았으니까 그렇게 알아."

어이가 없다는 표정으로 돌아보았을 때 엄마는 안방으로 향하고 있었다. 걱정스럽게 바라보던 아빠도 곧 안방으로 들어갔다. 잠시 우두커니 거실에 서 있던 은희는 어깨를 축 늘어뜨리고 방으로 들어왔다. 그리고는 그대로 침대로 가서 누웠다.

엄마 말이 다 맞았다. 그에게 아무런 감정이 없다면 까짓것, 선이 아무리 싫어도 엄마 마음 편하게 나가면 된다. 가서 만나보고 괜찮으면 쭉 만나고, 아니면 시원하게 미운 짓 한 번 해주고 돌아오면 그만인 것이다. 그런데 이상하게 망설여졌다.

　처음엔 어렸을 때 품었던 로망의 남자를 만난 것이 신기하고 좋았었다. 복도를 지나가는 총각 선생님을 몰래 훔쳐보는 것 같은 기분에 제 나이도 잊고 엄청 설레었다. 시간이 지나고 눈에서 멀어지면 그 마음이 곧 사그라질 거라고 생각했다. 학년이 바뀌고 졸업을 하면 그리 좋아하던 선생님도 자연스럽게 잊게 되는 것처럼 말이다.

　그러나 오늘에야 비로소 제 감정이 생각처럼 단순하지 않음을 깨달았다. 여고생 시절의 추억 때문에 좋아하는 거라고 생각했었는데, 그게 아니었던 거다. 매번 엄마의 반응에 화가 나는 걸 보면 확실하다.

　"아아아아, 어쩌면 좋아."

　은희는 베개에 얼굴을 묻고 발길질을 했다.

　그에게 선생님 때문에 질색하는 선을 보게 생겼다고 따지고 싶어졌다. 아니 그보다는 그의 마음이 궁금해졌다. 뒷걸음질 치는 사람처럼 굴 때는 언제고 연주회를 가자고 했던 그 마음은 무엇이냐고. 그걸 알아야 엄마와 맞서 싸우든 선 자리에 질질 끌려가든 할 것 같았다.

　긴 고민으로 그녀의 밤은 점점 더 깊어만 갔다.

11. 밝힐 수 없는 진심

"삼촌. 아줌마 왔다 갔어?"

유치원에서 돌아오면 채영이는 제일 먼저 아줌마의 출석부터 확인한다. 학원에서 만나지 못하니 이렇게라도 그녀의 존재를 확인하는 것이었다.

세현은 채영이의 가방을 벗겨주며 미소 지었다.

"그럼. 왔다 갔지."

사실 은희가 학원에 나오지 않은지 나흘째이나 세현은 거짓말을 했다.

이삼일 정도야 가끔 빠지는 경우가 있어서 원장님은 대수롭지 않게 생각했으나 세현은 그러지 못했다. 혹시 집에 무슨 일이라도 생긴 건 아닌지 걱정되어서 수시로 시계를 들여다보며 은희를 기다렸다. 레슨이 없는 시간이면 사무실에서 잡무를 보았는데 요즘은 아예 로비를 지키고 있는 수문장이 되어 있었다.

"연습 많이 하고 갔어?"

"엄청 열심히 하고 갔어. 그러니까 채영이도 연습해야지?"

"엑."

채영이는 싫다는 표정으로 인상을 찡그리며 혀를 쑥 내밀었다.

채영이는 삼촌을 닮았는지 피아노를 무척 좋아했고 재능도 있었다. 단 하나 흠이 있다면 연습을 피아노를 좋아하는 만큼 싫어한다는 것. 억지로 피아노를 가르치고 싶은 마음은 없지만 그래도 기본적인 진도는 나가야겠기에 꼬박꼬박 연습과 레슨을 하고 있었다. 채영이도 연습실에 들어가기 전까지는 싫다고 엄살을 부려도 막상 연습이 시작되면 엄청난 집중력을 보였다.

『난 삼촌처럼 피아노 치는 사람이 될 거야.』

채영이가 지금보다 어렸을 때 한 말이다. 견디기 힘든 죄책감에 빠져 피아노를 포기하려던 그를 구해낸 말이기도 하다.

채영이가 작고 짧은 손가락으로 건반을 누르며 해맑게 웃을 때마다 삼촌 잘못이 아니라고 위로해 주는 것 같았다.

그럼에도 끝끝내 연주자 생활은 포기했지만, 지금 이렇게 피아노를 대면할 수 있게 된 건 모두 채영이 덕분이었다.

"그래도 날짜가 아직 남았는데 나오기 힘들어요?"

채영이의 레슨을 끝내고 사무실로 들어가니 원장님은 통화 중이었다. 눈이 마주친 원장님이 앉으라는 듯 손짓을 했다. 세현은 어리둥절한 표정으로 의자에 앉았다.

"많이 아쉽네요. 오다가다 생각나면 들려요. 차 마시러 와도 좋고. 그래요. 알았어요."

간단한 인사까지 마친 원장님이 통화를 끝내고 세현을 바라보았다.

"무슨 일 있어요?"

원장님이 낮게 한숨을 쉬었다.

"은희 씨가 학원 그만둔다고 연락 왔어요."

세현은 심장이 철렁했다. 채영이와 서점을 다녀오던 날까지만 해도 아무런 기색도 말도 없었는데 무슨 일이라도 생겼나 걱정이 되었다.

"이유는 말 안 해요?"

"그냥 일이 좀 많아져서 시간 내기가 힘들다고 하는데…….
혹시 민 선생님은 몰라요?"

"아니요."

원장님은 두 사람이 가깝게 지내는 것 같으니 물어보는 것이었지만 정작 그는 아는 바가 전혀 없었다.

"수강 기간이 보름이나 넘게 남았는데, 아무래도 수강료를 돌려줘야겠어요."

"네…….."

"그럼 민 선생님이 좀 만나서 전해 주겠어요?"

"네?"

은희가 갑자기 학원을 그만두겠다는 이유가 무엇일지 생각하는데 빠져 있던 세현은 흠칫 놀라 되물었다. 원장님은 세현이 당황해 하는 것은 안 보인다는 듯 작은 금고에서 현금을 꺼내 봉투에 넣었다.

"은희 씨가 민 선생님이랑 친했잖아요. 그러니까 수고 좀 해 줘요."

우리가 그 정도로 친했었나 생각하며 세현은 원장님이 내미는 봉투를 물끄러미 바라보았다.

'어떻게 하지?'

학원에서 돌아온 후 세현은 원장님이 맡긴 봉투를 한참 동안 들여다보고 있었다. 시간은 벌써 늦은 저녁을 향해 달려가는데 좀처럼 연락할 용기가 나지 않았기 때문이다. 원장님에게 그냥 돌려주자니 오히려 둘이 무슨 일이라도 있었냐고 할까 봐 그럴 수도 없었다.

'연주회 얘기를 꺼내볼까?'

연주회에 같이 가자고 해놓고 아직 약속도 정하지 않았다. 그런데 막상 그 핑계로 연락하자니 또 망설여졌다. 며칠 동안 학원에 나오지 않더니 전화로 그만두겠다고 통보한 것을 보면 되도록 마주치고 싶지 않다는 뜻일지도 모르기 때문이었다.

사실 그는 연주회를 가자고 했던 것을 후회하고 있었다. 거리를 두겠다고 다짐한 주제에 괜한 소리를 한 것 같아 지금까지 연주회 약속을 잡지 않고 있었던 것이다.

연주회 얘기는 먼저 꺼내놓고 연락도 없다며 욕을 해도 어쩔 수 없다고 생각했는데, 막상 그녀가 학원을 그만두니 이상하게 마음이 쓰렸다. 어쩌면 그녀 역시 연주회 약속을 후회하는 건 아닌가 싶었다.

봉투를 만지작거리며 한참을 망설이던 세현은 휴대전화를 손에 쥐었다. 다른 건 모르겠고 원장님이 부탁한 일은 해결을 해야 했다.

[은희 씨. 혹시 지금 잠깐 시간 좀 나요?]

문자를 보내고 초조한 마음으로 답신을 기다리기를 수 분. 띠릭, 하고 문자 수신 알림이 울렸다.

[네. 괜찮아요.]

[원장님이 부탁한 것이 있어서 그런데, 잠깐 만날 수 있어요?]

금방 회신이 들어올 줄 알았는데 생각보다 답신은 늦게 도착했다.

[네.]

[어디서 볼까요? 괜찮으면 차 한잔해도 되고요.]

세현은 저녁 늦게 아파트 단지에서 만나는 것보다는 그게 나을 거라고 생각했는데 다른 회신이 도착했다.

[제가 바빠서요. 선생님 집 쪽 놀이터에서 봬요.]

아쉬움이 짙게 밀려들었지만 그러자며 10분 후에 보자고 했다. 알았어요, 라는 회신을 확인하고 세현은 등받이에 몸을 기댔다. 단순한 문자였음에도 그녀의 소원한 태도가 느껴지는 듯했다. 방어선은 먼저 만들어 놓은 주제에 서운한 마음이 밀려들었다.

'한심하다 정말.'

세현은 속으로 뇌까리며 자리에서 일어나 채영이 방으로 향했다. 채영이는 침대에 엎드려 책을 읽고 있었다.

"채영아."

"응?"

채영이가 발라당 뒤집어 누웠다.

"잠깐 슈퍼 좀 다녀오려고 하거든. 어디 나가지 말고 얌전히 있어야 한다."

"넹."

코맹맹이 소리로 대답한 채영이는 다시 엎드려 책으로 시선을 돌렸다.

"절대 나가면 안 돼. 알았지?"

"알았다니까."

채영이의 귀찮아하는 대답을 듣고 세현은 집을 나섰다. 터벅터벅 놀이터로 향하는데 뒤에서 누군가 걸어오는 소리가 들렸다. 돌아보니 114동과 이어지는 언덕에 후드 티셔츠를 입은 사람이 걸어오고 있었다.

"은희 씨?"

"네."

후드 티셔츠의 모자를 쓰고 주머니에 양손을 찔러 넣은 은희가 조용히 다가왔다. 두 사람은 놀이터로 가는 길목 인도에 마주 보고 섰다.

"원장님이 이걸 부탁했어요."

"뭔데요?"

은희가 손을 내밀어 봉투를 받았다.

"학원 그만둔다고 했다면서요? 수강 기간이 많이 남아서 원장님이 수강료를 환불해 줬어요.”

"괜찮은데.”

은희는 멋쩍은 웃음을 보였다.

"그런데 은희 씨.”

"네.”

은희가 봉투를 주머니에 넣으며 대답했다.

"학원은 갑자기 왜 그만두는 거예요? 원장님이 걱정하시더라
고요.”

은희는 대답을 하는 대신 세현의 얼굴을 물끄러미 바라보았
다.

'선생님 때문이에요.'라고 한다면 그는 뭐라고 할까? 학원
을 그만두는 것이야 엄마의 반강요도 있었지만 나한테 관심도
없는 사람을 계속 대면하다가 상처를 받게 될 것이 두려워서였
다.

학원을 나가지 않은 나흘 동안 그의 진심은 무엇일까 생각하
고 또 생각했다. 직접 물어볼까 생각해 보았지만, 어렸을 때 고
백을 했다가 처절하게 거절당한 경험이 있어서 그런지 선뜻 용
기가 나지 않았다. 나이를 먹으면 먹을수록 용기는 점점 사라지
는 것 같았다.

"바빠서라고 말씀드렸는데……."

은희는 최대한 담담한 얼굴로 대답했다. 그리고 그것이 그녀
가 댈 수 있는 최선의 변명이었다.

"그럼 연주회는 갈 수 있어요?"

갈 수 있다고 대답하면 지독한 딜레마에 빠지겠지만 그럼에
도 세현은 물어봐야 했다. 그렇게라도 그녀를 붙잡고 싶은 것일
지도 몰랐다.

"선생님."

아까부터 물끄러미 보고 있던 은희가 잠시 뜸을 들이다가 입
을 열었다.

"네."

"저에게 연주회에 같이 가자고 한 이유가 있어요?"

세현은 당황하여 멈칫거렸다.

연주회에 가자며 둘러댔던 핑계는 학원으로 들어온 초대장이
있다는 것이었다. 그러나 솔직한 마음은 지극한 단순했다. 그녀
와 함께 있고 싶은 것. 동네에 어떻게 소문이 났고 그녀의 어머
니가 싫어할지도 모른다는 생각을 하면서도 함께 있고 싶은 마
음, 그것 하나였다. 애써 둘러놓았던 방어선까지 스스로 넘으며
제 마음을 그렇게나마 표현했던 것이다. 그런데 세현은 그 마음
을 직접 전할 수 없었다.

"학원에 들어온 초대장도 있고, 채영이가 은희 씨를 좋아하니
까 같이 가면 좋을 것 같아서요."

"그래요?"

정말이냐고 되묻는 것 같은 표정을 보며 세현은 '네'라고 대
답했다.

그에게서 시선을 돌린 은희는 쓴웃음을 지었다. 그래도 조금
은 마음이 있는 줄 알았는데, 정말 전혀 관심이 없다는 걸 알게

되자 입 안이 씁쓰름했다. 엄마의 말대로 혼자 헛물만 켜며 궁상을 떨고 있었다니, 불쑥 창피해졌다.

은희는 표정을 가다듬고 세현을 바라보았다.

"전 안 갈래요."

막상 원하던 대답이 나온 것 같은데, 세현은 당황하여 뭐라 대꾸를 할 수 없었다. 가슴이 찌릿한 것이 저도 모르게 쥐고 있던 주먹에 힘이 들어갔다.

"이유가 궁금하지 않아요?"

물론 궁금하지만 세현은 말도 꺼내지 못한 채 은희를 바라보기만 했다.

"저 이번 주에 선봐요."

"……."

"엄마가 이젠 궁상 좀 그만 떨고 결혼하래요. 엄마 말로는 좋은 남자라는데 그건 직접 봐야 아는 거고, 잘되면 결혼하겠죠. 아마도."

세현은 미세하게 떨리는 손을 감추듯 뒷짐을 졌다.

"어머님이 고르셨으면 분명 좋은 남자일 거예요."

"그럴까요?"

"그럼요. 자기 자식이 잘못되길 바라는 부모는 없으니까요."

은희는 무턱대고 세현을 싫어하는 엄마가 원망스러웠다. 좋아하는 마음은 있지만 정작 그는 자신에게 아무런 관심도 없는데 엄마가 싫어하니 괜히 억울했다. 아직 아무것도 벌어진 것이 없는데 벌써부터 결사반대를 외치는 엄마야말로 살아온 세월만큼 두려움이 많아졌기 때문일지도 모른다.

"이만 갈게요. 원장님께 감사하다고 전해주세요."

은희는 주머니에서 봉투를 꺼내 보이며 말했다. 세현은 대답 없이 고개를 끄덕였다. 은희는 어색하게 웃으며 뒷걸음질을 쳤다.

"혹시 채영이한테 연주회 얘기했어요?"

"아니요."

은희가 조금 멀어지자 세현은 목소리를 조금 높였다.

"잘됐네요. 안 가게 됐다고 하면 삐쳤을 텐데."

그에게서 점점 멀어지며 은희도 약간 목소리를 높여 말했다. 세현은 멀어지는 거리만큼 따라가고 싶었다.

"조심히 가요."

세현이 한 말은 고작 그 말 한마디였다. 은희는 피식 웃으며 손을 흔들어 보이고는 휙 돌아서서 뛰기 시작했다. 은희의 뜀박질 소리가 고요한 단지를 낮게 울리고 세현은 천천히 그 소리를 따라갔다. 이미 사라지고 없는 그림자를 찾으며 그렇게……

책을 읽고 있던 채영이는 현관문 소리에 귀를 쫑긋거렸다. 슈퍼에 다녀온다던 삼촌이 무엇을 사가지고 왔나 궁금해서 문밖을 쳐다보았다. 현관 쪽에 위치한 채영이의 방문은 항상 열려있었다.

"삼ㅡ."

세현을 보고 몸을 일으키던 채영이는 삼촌을 부르려다 말았다. 그가 채영이의 방 맞은편에 있는 피아노 방으로 들어가버렸기 때문이다. 채영이는 의아해서 고개를 갸웃거렸다. 잠시 후 피아노 소리가 미세하게 들려왔다.

세현은 이 집으로 이사 오면서 연습실로 사용할 방에 방음장치를 했다. 자신도 그렇지만 피아노를 배우기 시작한 채영이가 시간에 구애받지 않고 연습할 수 있도록 하기 위해서였다. 형 부부가 채영이에게 남긴 재산을 유일하게 사용한 곳이 피아노 방이었다.

채영이는 한참 동안 피아노 방의 문을 쳐다보다가 침대에서 내려왔다. 삼촌이 말도 없이 피아노 방에 들어간 것이 어린 마음에도 이상하게 느껴졌다. 채영이는 마치 들키지 않으려는 사람처럼 살금살금 발뒤꿈치를 들고 피아노 방으로 가서 문에 귀를 댔다.

문틈으로 작게 들려오는 곡은 라흐마니노프 피아노 협주곡 2번. 채영이도 자주 들어서 알고 있는 곡이었지만 템포가 워낙 빨라 전혀 다른 곡을 듣고 있는 것 같았다. 악상, 속도, 박자를 무시한 연주는 전장에 뛰어드는 장수처럼 맹렬하여 채영이를 겁먹게 만들었다.

채영이는 긴장한 얼굴로 뒷걸음질을 쳤다. 이유는 모르지만 삼촌이 무척 화가 났다고 느꼈고, 채영이는 이런 삼촌의 모습을 처음 보았다.

피아노가 부서질 듯 무섭게 이어지던 연주가 몇 번의 절정을 지나 드디어 끝났다. 곧바로 이어진 곡은 쇼팽의 연습곡 12번 다단조 작품번호 10-12 혁명. 폭풍이 몰아치듯 세 번째로 이어진 곡은 기교 연습곡인 리스트 마제파. 세현은 연주하는 내내 숨까지 멈추고 열중했다. 악상, 박자는 계속 무시되었다.

질주하듯 내달리던 연주를 모두 끝내고 멍하니 한 곳을 바라보고 있는 세현의 이마에는 땀이 송골송골 맺혀 있었다.

피아노를 치고 나면 괜찮을 줄 알았는데 꽉 막힌 가슴은 여전했다. 아무리 해도 밀려나지 않는 응어리가 숨통을 조여오고 있었다. 세현은 미세하게 떨리는 손으로 머리카락을 거칠게 쓸어넘겼다. 무척 중요한 것을 놓친 기분을 떨칠 수가 없었다. 그것이 무엇인지 알고 있었지만 선뜻 인정하기 힘들었다.

'그럴 수가 없어.'

세현은 갑갑한 가슴을 손으로 쓸었다. 제 형편이 이런데 어찌 욕심을 낼 수 있을까. 제 마음이 원한다 하여, 채영이가 원한다 하여 잡아달라고 손을 내밀 염치가 없었다.

『내 엄마 만드는 거 말이야. 힘내서 빨리 만들어줬으면 좋겠어.』

채영이의 해맑은 목소리가 귓가에서 울렸다. 세현은 깨달았다. 채영이보다 자신이 더 은희를 원하고 있음을. 채영이가 원하는 엄마가 아니라 자신을 따뜻하게 안아줄 아내로 은희를 원하고 있음을…….

선을 본다던 토요일이 지나고 다시 토요일. 번잡한 마음을 제대로 다스리지 못한 채 세현은 은희를 보게 되었다. 그는 채영이와 정문 옆에 있는 마트에서 장을 보고 돌아가던 길이었다.

멀찍이 보이는 은희는 생각에 잠긴 얼굴로 후문을 향해 걸어가고 있었다. 스커트 정장을 입은 모습에서 세련미가 느껴지고 곱게 화장한 얼굴은 낯설지만 얼마나 예쁜지 가슴이 두근댔다.

"아줌마다."

"안 돼."

용수철처럼 튀어나가려는 채영이의 뒷덜미를 세현이 우악스럽게 붙잡았다. 꽉 잡힌 뒷덜미를 제 손으로 붙잡은 채영이가 골이 잔뜩 난 얼굴로 세현을 올려다보았다. 세현은 아랫입술을 깨물며 엄한 표정으로 고개를 저었다.

"치."

채영이가 풀이 죽은 모습으로 점점 작아지는 은희를 바라보았다.

세현이 보기 전, 은희가 두 사람을 먼저 보았다. 후문으로 가려면 110동을 지나가야 하는데 설마 마주치진 않겠지, 했다가 제대로 마주친 것이다. 그러나 은희는 세현이 자신을 발견하기 직전에 시선을 돌렸고 못 본 척 빠르게 후문을 향해 걸었다.

채영이가 '아줌마다.' 하는 소리도 들었다. 근처에 그가 있다는 걸 알게 되니 귀가 예민하게 반응한 결과였다. 그러나 예전처럼 아는 척을 하지 않았다. 그의 마음을 안 이상 더는 속없는 사람처럼 굴고 싶지 않았다.

학원비를 돌려받던 날. 세현에게서 잠깐 보자는 연락이 오기 전까지 은희는 선 자리에 나가야 하는지 계속 고민을 하고 있었다. 학원을 그만두었으니 선은 안 본다고 버텼지만 엄마는 절대 물러나려 하지 않았다. 그에게서 완전히 떼어놓으려는 생각이었던 것이다.

은희는 마감 때문에 바쁘다는 핑계로 약속을 미루는 것에 만족해야 했고, 해결점을 찾지 못해 고민하고 있을 때 세현이 연락을 해온 것이었다. 그의 연락을 받고 잘되었다고 생각했다. 그의 마음을 확인하면 결정이 훨씬 수월해질 것이라고 기대했기 때문이다.

그날 세현과 헤어지고 집으로 돌아온 은희는 한참 동안 눈물을 삼키며 앉아 있었다. 가슴에 숭숭 구멍이 뚫린 것처럼 헛헛하고 혼자 좋아해 놓고 상처 받은 제 모습이 한심했다. 소리 없이 커져버린 제 마음이 가엾지 않기를 간절히 바랐던 은희는 그렇게 짝사랑에 종지부를 찍게 되었다.

채영이는 삼촌과 함께 우두커니 서서 은희가 사라진 곳을 바라보고 있었다. 그러다 이내 삼촌을 올려다보았다. 채영은 요즘 들어 삼촌이 많이 이상하다고 느끼고 있었다.

학원에서 돌아온 저녁이면 삼촌은 피아노 방에 틀어박혀 한참을 나오지 않았다. 그때마다 채영이는 아무것도 하지 않은 채 침대에 앉아 삼촌이 나오길 기다렸다.

삼촌은 아줌마 이야기도 하지 못하게 했다. 채영이는 그것이 가장 속상했다. 왜 그래야 하냐고 따져보고 떼도 써봤지만 그럴 때마다 삼촌이 슬픈 눈으로 쳐다봐서 채영이도 더는 아줌마의 이야기를 하지 않았다.

"가자."

뒤늦게 세현이 길을 재촉했다. 따라 걷던 채영이가 가만히 그의 손을 잡았다. 제 손에 감기는 따뜻한 감촉에 세현이 아래로 시선을 내렸다. 시선이 마주친 채영이가 미소 지었다.

"떡볶이 해줘."

"떡볶이?"

"응. 세상에서 제일 맛있는 떡볶이."

채영이는 슬퍼 보이는 삼촌을 위로하고 싶었다. 아줌마를 좋아하지만 그래도 세상에서 가장 좋아하고 사랑하는 사람은 삼촌이라는 걸, 채영이는 말하고 싶었다.

세현은 왈칵 눈물이 날 것 같아서 채영이의 손을 힘주어 잡았다. 형과 형수를 잃고 힘들어할 때 채영이는 아장아장 걸어 피아노까지 가서는 '피아노 치자'라고 말했다. 세현은 도저히 못 하겠다는 소리를 할 수 없었고, 채영이를 가르치면서 슬픔에서 벗어날 수 있었다. 이번에도 채영이가 저를 위로하는 것이라고 여겨졌다.

"마트에 다시 가자."

세현은 최대한 밝은 목소리로 말했다.

"왜?"

"어묵 사야 돼."

채영이는 활짝 웃으며 삼촌을 올려다보았다.

"어묵국도 해줘."

"그래. 어묵국도 해줄게."

까르르 웃음을 터뜨리는 채영이로 인해 세현은 좀 더 환히 웃을 수 있었다.

늦은 밤. 채영이를 재우고 허전한 마음을 달래기 위해 피아노 앞에 앉아 있던 세현은 은희의 문자를 받았다.

[잠깐 봐요.]

사뭇 다른 분위기의 짧은 문자였다. 그녀를 만나도 되는지 망설였지만 고민은 그리 길지 않았다. 이유는 간단했다. 만나고 싶으니까. 만날 기회만 있다면 몇 번이고 만나고 싶으니까.

세현은 바로 답신을 보냈다.

[어디예요?]

[피아노학원.]

단답형의 문자에서 풍기는 냉랭한 분위기도 그에게 큰 문제가 되진 않았다. 세현은 채영이가 잘 자는지 확인하고 곧장 밖으로 나갔다. 거의 뛰다시피 걸어 도착한 학원 앞에는 은희가 도롯가를 향해 서 있었다.

"은희 씨?"

계단을 올라가며 부르니 은희가 휘청하며 돌아섰다. 깜짝 놀라 급히 다가가는데 다행히 금방 균형을 잡았다.

"오셨어요?"

느릿하게 묻는 은희는 낮에 보았던 복장 그대로였다. 달라진 점이 있다면 희미하게 풍기는 술 냄새였다.

"술…… 마셨어요?"

"네. 마셨어요."

선본 남자와 마신 걸까? 벌써 그 정도로 가까워졌다고 생각하니 세현은 마음이 확 상해버렸다. 자신은 아직 그녀와 밥 한 번 오붓하게 먹어보지 못했는데 조금 억울했다. 어이없게도…….

"잠깐 들어가요."

은희가 다시 휘청거리며 학원 문을 가리켰다. 저러다 넘어지겠다 싶어 세현은 얼른 학원의 문을 열었다.

로비에 불이 켜지고 은희는 하이힐을 벗고 편한 슬리퍼로 갈아 신었다. 오랜만에 구두를 신었더니 발바닥에서 불이 나고 허리는 끊어질 것처럼 아팠다. 얼마나 아팠으면 길바닥에 구두를 버릴 뻔했다.

"음료수라도 한 잔 마실래요?"

세현이 로비 의자에 앉는 은희에게 물었다.

"커피 있죠?"

"네."

"두 봉지 타 주세요."

"밤인데 그렇게 마셔도 돼요?"

세현은 사무실에서 믹스커피를 들고 나오며 걱정스레 물었다.

"밤에 일하니까 그 정도는 마셔도 돼요. 오늘은 그냥 잘 것 같지만."

그러면서 은희는 입을 가리고 하품을 했다. 세현은 저도 모르게 웃음 짓고는 커피를 타서 은희 맞은편에 앉았다.

"선은 어땠어요?"

커피를 마시던 은희가 종이컵 너머로 힐끔 쳐다보자 세현은 머쓱한 표정으로 웃었다. 딱히 할 말이 생각이 안 나서 꺼내긴 했지만 사실은 궁금했다. 그녀를 붙잡을 염치가 없다는 걸 알면서도 말이다.

은희는 커피를 마시러 온 사람처럼 아무런 대답도 하지 않고 커피만 마셨다. 따뜻하고 달달한 커피가 몸속으로 들어가자 기분이 한결 차분해지는 것 같았다.

선은 나쁘지도 좋지도 않았다. 남자는 외모도 괜찮고 위트도 있었다. 친구와 사업을 하는 남자는 뭐랄까, 여러모로 여유로워 보였다. 그렇다고 과시를 한다는 느낌이 없는, 평범하디 평범한 사람처럼 느껴지는 편안함이 있었다.

그러나 좀처럼 남자와의 시간에 집중할 수가 없었다. 가는 길에 세현과 채영이를 만나지 않았다면 나았을지 몰라도 이상하게 불편하고 부담스러웠다. 처음엔 원래부터 그런 자리를 싫어해서 그러려니 생각했는데 남자와의 대화에 집중하려고 하면 할수록 떠오르는 건 세현과 채영이었다. 당황스럽게도 말이다.

저녁식사를 마친 은희는 일이 밀려서 바쁘다는 핑계를 대고 남자와 헤어졌다. 이후 퇴근하던 현주를 붙잡아 지금까지 술을 마셨다. 술을 마시면 허전함이 채워질 줄 알았는데, 친구와 수다를 떨면 복잡한 머리가 정리될 줄 알았는데 전혀 아니었다.

『까짓것, 말해버려!』

『그랬다가 차이면. 한동네에 사는데 얼굴을 어떻게 들고 다녀.』

『그럼 이 기회에 독립을 하던가.』

어이가 없는데 묘하게 설득력이 있는 조언이었다. 한참 술잔을 나누다가 헤어질 때 현주가 휘청거리는 몸을 의지하며 말했다.

『차일 땐 차이더라도 말해. 그러면 좀 아프더라도 네 마음이 정리가 될 거고, 그래야 선본 남자를 계속 만날 수 있을 거 아니야.』

『엄마 때문에 억지로 나간 거야. 다음엔 안 만나.』

『잘났다, 이년아.』

걸쭉하게 되받아친 현주가 눈을 흘겼다.

현주는 마지막까지 인생 한 번 사는데 고백은 제대로 해야 하지 않겠냐며 꽥꽥거렸다. 쳐다보는 사람들의 시선이 창피해서 은희는 현주를 택시에 구겨 넣고 집으로 먼저 보냈다. 그리고 혼자 터벅터벅 집으로 오면서 현주의 말대로 차일 땐 차이더라도 고백은 해야겠다고 결심했다. 많이 창피하겠지만, 시간이 해결해줄 것이라고 위로하며.

"선생님."

"네."

"지난번에 선생님 만나러 온 친구분 있잖아요. 이름이……."

"주경이요."

"네. 그 주경 씨요. 혹시 두 분 사귀세요?"

은희는 주경과의 관계가 가장 궁금했다. 고백을 할 땐 하더라도 정이 안 가는 그 여자의 정체부터 정확하게 확인하고 싶었다. 결혼할 사람이 있는 사람에게 무턱대고 고백부터 하면 안 되니까.

한편 세현은 전혀 예상치 못했던 사람의 등장에 당황했다.

"동기예요."

"그러니까 연애하는 사이냐고요."

술기운을 빌린 은희는 미간을 팍 구기고 손가락까지 흔들며 취조하듯 물었다. 세현은 흔들리는 손가락을 괜히 쳐다보았다.

"그냥 친구예요."

흔들거리던 손이 뚝 멈추고 은희가 게슴츠레한 눈으로 세현을 빤히 응시했다.

"선생님은 연애 안 하세요?"

연애를 시작한 사람의 여유인가 싶어, 세현은 눈을 두어 번 깜빡거렸다.

"글쎄요, 언젠간 하겠죠."

"그럼 저랑 해요."

"네?"

세현은 처음에 자기가 뭘 잘못 들었나 생각했다. 놀라움에 말을 잇지 못하는 사이 그녀가 담담하고 진지한 표정으로 말을 이었다.

"제가 선생님을 좋아하거든요."

갑자기 숨이 턱 막혔다. 그토록 원하는 사람이 나를 좋아한다니, 얼떨떨하면서 감격스러워 심장이 미친 듯이 뛰는 것이 손까지 바들바들 떨렸다. 그러나 세현은 뚫어져라 쳐다보는 은희의 시선을 피하고 말았다. 그대로 있다가는 그녀의 손을 덥석 잡을 것 같았기 때문이다.

"제가 그렇게 싫어요?"

저에게서 시선을 돌리는 그를 질책하듯 은희가 격한 목소리로 물었다.

"시, 싫다니요."

놀란 세현은 황급히 시선을 들어 대답을 요구하는 눈빛의 은희를 응시했다.

싫어한다니, 말도 안 된다. 그는 당장이라도 좋아한다고 고함을 치고 싶은 마음을 누르는 것이 얼마나 곤욕스럽고 괴로운지 몰랐다.

반면 은희는 싫은 것도 아니라면서 제 마음을 받아주려 하지 않는 그 때문에 화가 났다. 엄마의 말마따나 싫지 않으면 만나는 거고, 만나다가 정이 들고 사랑하게 되면 결혼하면 되는 일인데, 어째서 이리도 소극적으로만 나오는지 도무지 이해가 되지 않았다. 아니. 얼마나 속상하고 서운한지 이해하고 싶지 않았다.

"그런데 왜요? 왜 나랑 연애 안 하는데요?"

은희의 다그침에 잠시 머뭇거리던 세현은 어렵게 입을 열었다.

"미안해요. 나는 아직 결혼 생각이 없고 한가롭게 연애를 할 처지도 안 되어서요."

"아…… 연애가 한가로운 일이었군요."

마음이 상해버린 은희가 빈정거리듯 말했다. 그러나 세현은 반박하지 않았다. 그에게 연애는 한가로운 사치에 불과한 것이기 때문이다.

"미안해요."

사과하는 세현은 세상의 모든 것을 잃은 것처럼 마음이 아팠다. 은희가 자신을 좋아해주는 것이 기쁘고 행복한데 그것을 표현할 수 없으니 가슴이 답답하여 숨 쉬는 것조차 버거웠다.

"알았어요."

세현의 마음을 전혀 모르는 은희는 포기한 듯 낮은 목소리로 중얼거렸다.

학원 앞에서 그를 기다리는 동안 어떻게 이야기를 꺼낼까, 과연 그는 뭐라고 대답할까 온갖 생각을 했었다. 이렇게 거절을 할 거라는 생각도 하기는 했으나 막상 맞닥뜨리고 보니 그나마 남아 있던 가슴이 산산조각으로 부서지는 것 같았다.

"여기서 나가면 제가 한 말은 그냥 잊어주세요."

"은희 씨."

세현의 표정에 번지는 슬픔을 은희는 보지 못했다.

"괜히 술은 마셔가지고."

은희는 최대한 아무렇지 않은 표정을 지으며 머리를 긁적거렸다. 아무렇게나 흐트러지는 머리카락을 세현은 쓸어넘겨주고 싶었다.

"아! 민망하다!"

얼굴이 더욱 붉어진 은희가 천장을 올려다보며 외치고는 세현을 바라보았다.

"심각하게 생각하지 마세요. 술 먹고 주정 부린 거니까. 전 이제 갈래요."

원맨쇼를 하듯 주절거리고는 벌떡 일어나던 은희가 중심을 잃고 휘청거렸다. 놀란 세현이 재빨리 일어나 파닥거리는 손을 꽉 붙잡았다. 넘어지는 건 겨우 모면했는데, 손을 맞잡은 두 사람은 숨을 죽인 채 서로의 눈을 응시하고 있었다.

　"하하, 죄송해요."

　어색한 침묵을 깬 건 은희였다. 은희는 그의 손을 밀어내고는 책상에 올려놓았던 가방을 챙겨 들었다. 세현은 떠밀린 손을 마지못해 거두며 학원 입구로 향하는 은희의 뒤를 눈으로 좇았다.

　"이제 저 아는 척하지 마세요."

　신발을 다 신고 은희는 짐짓 발랄한 목소리로 말했다. 은희는 왜 그래야 하냐는 표정으로 쳐다보는 세현을 한 번 힐끔거리고는 덧붙였다.

　"술주정은 창피하잖아요."

　은희는 등 뒤로 문을 열고 뒷걸음질 쳤다.

　"아는 척하시면 저 이사 갑니다."

　"그런 게 어딨어요."

　"여기요! 절 자꾸 창피하게 만들지 마세요. 아셨죠?"

　"……."

　"하하하하. 저 가요. 안녕히 계세요."

　꾸벅 인사를 한 은희가 주특기를 살려 빠르게 도망을 쳤다. 세현은 바보처럼 멍하니 서서는 급히 뛰어가는 은희의 뜀박질 소리만 듣고 있었다.

"멍청이! 말미잘! 바보! 으아악!"

아침에 잠에서 깨자마자 은희는 간밤의 일이 후회스러워 괴로움을 토해내고 있었다. 현주 얘기에 혹해서는 고백했다가 제대로 차였다. 덕분에 이제는 그와 마주칠 기회마저 날려버렸으니 현주에게 손해배상 청구라도 하고 싶었다.

"아앙. 어떻게 해."

은희는 제 머리를 이불로 꽁꽁 싸매고는 징징거렸다.

예상했으니까, 괜찮을 거라고 생각했는데 땅을 파고 숨거나 하늘로 솟고 싶을 만큼 창피하고 자존심도 상했다. 역시 현실과 가상의 세계는 다르다. 지금껏 읽은 로맨스소설이라면 고백을 받고 키스하고 해피엔딩이어야 하는데!

"키스래. 미친년."

이젠 입에서 과격한 욕지거리까지 흘러나왔다. 이불 속에서 한참 동안 발길질을 하던 은희가 벌떡 일어나 앉았다. 머리는 산발이 되어 있었고 잠을 제대로 자지 못해 얼굴이 퉁퉁 부어 있었다.

"그래도! 이건 좀 너무 하잖아. 고백한 사람 민망하게 생각해 본다는 소리도 안 해? 엉? 내가 그렇게 싫어? 그런 거야?"

마치 세현이 앞에 있기라도 한 것처럼 은희는 삿대질까지 하며 허공에 대고 따졌다.

"아오! 병신."

은희는 다시 털썩 이불에 누워버렸다.

창피하다고 도망칠 것이 아니라 대놓고 따질 걸 그랬다. 물론

방귀 뀐 놈이 성내는 꼴이 되겠지만 그래도 화를 좀 냈으면 덜 창피했을 것 같았다. 이젠 정말 동네에서 얼굴을 어떻게 들고 다녀야 할지 난감했다.

"힝. 내가 못 살아, 정말."

은희가 침대 속에서 발길질을 하며 후회의 눈물을 삼키고 있을 때, 세현은 멍하니 서 있다가 찌개가 끓어 넘쳤다.

"아차."

치이익, 하는 기분 나쁜 소리에 정신을 차린 세현은 급히 불을 끄고 냄비를 가스레인지에서 들어냈다.

"하아."

이마에 손을 얹은 세현은 엉망이 된 가스레인지를 망연자실 바라보았다.

은희와 헤어지고 집으로 돌아온 후 새벽까지 피아노에 앉아 연주를 했다. 얼마나 많은 시간을, 얼마나 많은 곡을 쳤는지 가늠이 되지 않을 정도였다. 외우고 있던 곡이 동이 나자 아무 악보나 꺼내 손가락이 아프도록 건반을 두드렸다. 그렇게 반쯤 넋을 놓은 채 피아노 앞에 앉아 있던 그를 현실로 끄집어낸 건 채영이었다.

『삼촌』

채영이는 잠이 덜 깬 얼굴로 피아노 방의 문을 열었다. 불현듯 세현은 자신이 큰 잘못을 저질렀다는 걸 깨달았다. 은희와의 일에 열중하느라 어느덧 제 현실을 한탄하며 후회하고 있었던 것이다. 그 현실의 이면에는 채영이가 있다는 것도 잊고 말이다.

피아노 앞에서 일어난 세현은 채영이를 품에 안았다. 채영이
는 잠이 싹 달아난 얼굴로 저를 꼭 안고 있는 삼촌을 어리둥절하
게 쳐다보았다.

『채영아, 미안해.』

『뭐가?』

『그냥. 삼촌이 우리 채영이 많이 사랑하는 거 알지?』

『응. 나도 사랑해.』

『그래. 고마워.』

세현은 채영이의 얼굴을 보자마자 사과를 하지 않을 수 없었
다. 자신만 아니었다면 엄마 아빠의 사랑을 듬뿍 받으며 자랐
을 채영이었다. 그런데 은희를 포기한 것이 괴로워 신세 한탄
만 하고 있었던 자신이 부끄럽고 한심했다. 어서 잊고 정신을
똑바로 차리자고 그리 마음먹었건만, 그새 또 넋을 놓고 있었
던 것이다.

"삼촌, 바압."

낑낑대며 가스레인지를 닦고 있을 때 채영이가 말을 길게 늘
어뜨리며 주방으로 들어왔다. 세현은 서둘러 채영이의 밥을 퍼
주고 맞은편에 앉았다.

"삼촌은?"

채영이 휑하니 비어 있는 세현의 앞을 쳐다보았다. 세현은 찌
개를 채영이 쪽으로 좀 더 밀어주었다.

"별로 배가 안 고파서."

"같이 먹어."

채영이는 걱정이 가득한 얼굴로 같이 먹자고 권했다. 세현은 웃으며 고개를 저었다. 밤에 잠을 못 자서 그런지 입 안이 까끌까끌해 물도 마시기 힘들었다.

"같이 먹지."

세현이 끝내 안 먹는다고 하자 채영이는 낮게 투덜거렸다.

간밤에 채영이는 잠결에 현관문 소리를 들었다. 세현이 조심스럽게 닫는다고 닫았음에도 조용한 밤에는 작은 소리도 크게 들리는 법이다.

쌀쌀해진 밤기운에 방문은 닫혀 있었지만 귀를 종긋 세우고 집중한 덕에 채영이는 삼촌이 피아노 방으로 들어가는 소리까지 들을 수 있었다. 멀뚱멀뚱 어둑한 방에서 문을 바라보고 있던 채영이는 눈을 비비며 침대에서 일어났다. 그리고는 조심스럽게 방을 나가 피아노 방 문틈에 귀를 대보았다.

삼촌은 또 피아노를 치고 있었다. 채영이는 몸을 바로 하고 어린이답지 않게 한숨을 쉬었다. 지금보다 훨씬 어렸을 때 보았던 삼촌의 모습이 떠올랐다. 정확하게 표현할 순 없지만 그때처럼 무척 괴롭고 슬픈 것 같았다.

이유가 뭘까 고민하던 채영이는 밤새 뒤척이다 잠이 들었는데 깨어보니 삼촌은 여전히 피아노 방에 있었다. 그리고 이제는 밥도 안 먹는다.

채영이는 정말 이상하다고 생각했다. 아줌마도, 삼촌도…….

12. 고백

유치원에서 돌아온 채영이는 아줌마의 출석을 확인하지 않았다. 삼촌이 떡볶이를 해준 날, 아줌마가 학원을 그만두었음을 알렸기 때문이다.

채영이는 레슨 시간을 옮겼다고 했을 때보다 더 크게 실망하고 서운했다. 이제는 영영 아줌마를 만날 수 없을 거라고 생각하니 우울하여 유치원이 하나도 재미있지 않았다.

"삼촌."

세현이 레슨을 끝내고 나오자 기다리고 있던 채영이가 뒷짐을 진 채 다가갔다.

"왜?"

"혹시 아줌마랑 싸웠어?"

"뭐?"

당황한 세현은 눈을 동그랗게 떴다. 고개를 바짝 든 채영이가 말똥말똥한 눈으로 쳐다보았다.

채영이는 계속 생각해 보았다. 어째서 아줌마가 학원에 나오지 않는지, 어째서 삼촌은 이제 아줌마를 만나면 안 된다고 하는지. 그리고 삼촌은 왜 밤이면 피아노 방에 들어가서 나오질 않는지에 대해서 말이다. 그렇다면 채영이 생각할 수 있는 이유는 딱 하나, 싸웠다는 것뿐이었다.

　채영이는 예전에 유치원에서 은성이라는 남자아이와 싸운 적이 있었다. 하도 옆에 달라붙어서 귀찮게 하길래 화를 냈는데, 나중에는 괴롭혀서 말다툼을 했었다. 다툼은 그리 크지 않아서 선생님에게 둘 다 주의를 듣고 끝났는데 이후로 채영이는 은성이와 말도 잘 안 한다. 삼촌과 아줌마의 사이가 소원한 것이 자기와 은성이처럼 싸워서라고, 채영이는 그리 생각하고 있었던 것이다.

　"아니야. 싸우지 않았어."

　세현은 난처한 기색을 겨우 숨기고 웃으며 말했다. 채영이는 무지 슬픈 표정으로 말했다.

　"그런데 왜 아줌마는 학원을 그만뒀어?"

　"그건 아줌마가 바빠서라고 얘기했잖아."

　"거짓말."

　"채영아."

　채영이가 제 팔을 잡으려는 세현의 손을 거세게 뿌리쳤다. 며칠 전만 해도 삼촌이 더 좋다고 생각했는데, 막상 아줌마를 학원에서조차 볼 수 없다고 생각하니 속이 상했다. 어째서 아줌마와 예전처럼 지낼 수 없는지, 채영이는 도무지 이해가 되지 않았다.

혹시······.

"아줌마가 이젠 내가 싫대?"

"아니야, 채영아."

세현은 당황하여 얼른 고개를 저었다.

"그럼, 삼촌이 아줌마한테 뭐라고 했구나!"

채영이가 화가 잔뜩 난 얼굴로 외쳤다. 연습하는 소리로 채영이의 외침은 그리 크지 않았지만 세현의 귀에는 천둥소리처럼 크게 들렸다. 안타까운 마음으로 내미는 삼촌의 손을 채영이는 매몰차게 쳐내버렸다.

"채영아, 사무실로 가자."

세현은 흥분해서 씩씩거리는 채영이를 먼저 진정시켜야 할 것 같았다. 그러나 채영이는 제 손을 뒤로 숨기며 다시 큰 목소리로 외쳤다.

"삼촌이 나빠!"

그러고는 휙 돌아서서 시야에서 사라져버렸다. 구부리고 있던 몸을 편 세현은 이마에 손을 얹고 길게 한숨을 쉬다가 채영이를 찾기 위해 걸음을 옮겼다. 뒤따라간 채영이는 입구에서 신발을 신고 있었다.

"채영아, 어딜 가는 거야."

"몰라!"

한 번 더 빽 고함을 지른 채영이는 무작정 학원을 나섰다. 태권도학원 앞을 지나 계단을 내려가던 채영이는 아파트 정문 앞 건너편에서 천천히 걸어오고 있는 은희를 발견했다.

"어, 아줌마다."

채영이는 아파트 단지가 아닌 도롯가로 방향을 틀었다.

"민채영!"

계단을 반쯤 내려갔을 때 채영이는 머리 위에서 제 이름을 부르는 소리를 들었다. 흠칫 놀란 채영이의 걸음이 빨라졌다. 때마침 횡단보도의 신호등이 보행신호로 바뀌었고, 채영이는 빨리 뛰면 삼촌에게 잡히지 않고 아줌마에게 갈 수 있겠다고 생각했다.

"아줌마!"

멍하니 바닥을 보며 길을 걷던 은희는 낯익은 목소리에 고개를 들었다. 다시 '아줌마' 하는 소리가 들리고 은희는 횡단보도를 향해 뛰어오는 채영이를 발견했다. 뭐에 쫓기듯 내려오는 채영이의 뒤로 세현이 보였다.

"어······."

은희는 채영이가 급하게 뛰다가 넘어지기라도 할까 봐 걱정이 되어 걸음을 빨리했다. 때마침 은희도 횡단보도의 신호등이 보행신호로 바뀌는 것을 보았다.

"채영아, 뛰지 마!"

은희는 손을 흔들며 횡단보도를 향해 뛰었다. 삼촌에게 잡히기 전에 어서 길을 건너겠다는 생각밖에 없는 채영이가 드디어 횡단보도에 들어섰을 때였다. 갑자기 천둥소리와 같은 경적소리가 길게 울렸다.

빠앙-!

끼이익!

"꺄아악!"

무서운 속도로 달려오는 화물차를 발견한 은희가 비명을 질렀다. 귀가 찢어질 것 같은 제동소리에 두 눈을 질끈 감은 은희는 귀를 막고 바닥에 주저앉았다. 무슨 일이 벌어졌을지 두려워 바들바들 떨고 있는데 지나던 어느 아주머니가 어깨를 두드렸다.

"아가씨, 일어나요. 위험해."

그래도 꼼짝을 하려 하지 않자 아주머니가 은희의 팔을 잡아 일으켜 세우고는 서둘러 길을 건넜다. 아주머니에게 끌려가던 은희는 채영이를 안고 인도 위에서 뒤로 넘어져 있는 세현을 보았다. 그리고 가까운 곳에 차를 세운 운전기사가 다급하게 달려오는 것도 보았다.

"아앙!"

세현의 품에서 고개를 든 채영이가 울음을 터뜨렸다. 은희는 사색이 된 얼굴로 두 사람이 있는 곳으로 달려갔다. 은희를 발견한 채영이가 두 팔을 벌렸고, 은희는 채영이를 와락 끌어안았다.

"괜찮아요?"

운전기사가 떨리는 목소리로 물었지만 거친 숨을 몰아쉬며 누워 있는 세현도, 놀란 채영이를 꼭 끌어안고 있는 은희도 아무런 대꾸를 하지 않았다.

"갑자기 그렇게 뛰어들면 위험하잖아요."

어쩔 줄 몰라 하던 운전기사가 변명처럼 꺼낸 말에 은희는 서슬 퍼런 눈으로 매섭게 노려보았다.

"아저씨가 신호위반 한 거잖아요!"

은희의 고함에 운전기사는 어깨를 움찔거렸다. 뒤늦게 넘어져 있던 세현이 몸을 일으켰다.

"가세요."

세현은 잔뜩 갈라진 목소리로 힘겹게 말했다. 머뭇머뭇하던 운전기사는 도망치듯 돌아서서는 화물차를 몰고 사라졌다.

"어어엉."

놀란 채영이는 은희의 품에 얼굴을 묻고 큰 소리로 울었다. 은희도 눈물을 흘리기는 마찬가지였다. 최악의 상황을 상상했기에 이렇게 무사한 것이 다행이었지만 놀란 가슴은 쉽게 가라앉지 않았다.

"민채영!"

세현이 성난 목소리로 외치고는 채영이를 거칠게 돌려세웠다. 붙잡을 새도 없이 채영이는 세현의 앞에 세워졌다. 채영이의 울음소리가 커졌다.

"뭘 잘했다고 울어!"

"어엉. 엉엉."

"사고라도 났으면 어쩔 거야! 삼촌은 어쩌라고!"

세현의 눈이 눈물을 참느라 빨갛게 충혈되었다. 아랫입술을 꽉 깨문 세현은 통곡을 하듯 울고 있는 채영이를 품에 끌어안았다.

"다행이야. 다행이야."

"어어엉. 삼촌."

서로를 부둥켜안고 있는 두 사람을 바라보는 은희의 눈에도 눈물이 쉼 없이 흘러내렸다.

　방 안을 서성이던 은희는 벽시계를 힐끔 쳐다보았다. 이제 막 저녁 6시가 지났다. 세현은 원장님에게 횡단보도에서 있었던 일을 알리고 일찍 퇴근을 했다. 걱정이 되어 따라가려는데 세현이 잔뜩 굳은 표정으로 말했다.
　『은희 씨는 이제 집으로 가요.』
　『걱정돼서 그래요. 같이 가요.』
　『괜찮아요.』
　어찌나 매몰차게 거절하는지 은희는 속상해서 하마터면 길바닥에 주저앉아 울 뻔했다.
　은희도 알고 있었다. 이 모든 일이 자신 때문에 벌어진 것이라는 걸. 만약 그곳에 자신이 없었다면 채영이는 그리 무모한 질주를 하지 않았을 것이라는 걸 말이다.
　나만 아니었다면, 이라고 생각하기 시작하자 괴로움에 숨이 막혀왔다.
　"안 되겠다."
　은희는 방문을 박차고 나갔다. 채영이의 상태가 걱정되기도 하지만 사과를 하고 싶었다. 그것으로 놀란 가슴이 진정되진 않겠지만 그래도 꼭 사과를 하고 싶었다.
　"어딜 가는 거야?"
　저녁식사 준비를 하던 엄마가 예민해진 목소리로 물었다. 엄마는 요즘 부쩍 그녀가 집을 나갈 때마다 과민반응을 보였다.

"슈퍼 가요."

"왜 가는데?"

은희는 들은 척도 하지 않고 집을 나섰다. 빠르게 걷다가 은 희는 급한 마음에 뛰기 시작했다. 사고가 난 것이 아니기에 아무 일도 없을 거라는 걸 알지만 이상하게 마음이 조급하여 느긋하 게 걸을 수 없었다. 그러나 막상 집 앞에 도착해서는 선뜻 초인 종을 누르지 못했다. 문 앞에서 쫓겨나면 어쩌나 걱정이 되었다.

"후우……."

길게 심호흡을 하며 마음을 가다듬은 은희는 비장한 얼굴로 초인종을 눌렀다. 얼마 후 초췌한 표정의 세현이 모습을 드러 냈다.

"선생님."

그의 얼굴을 보자 감정이 북받쳐 오른 은희의 목소리가 미세 하게 떨렸다. 세현은 금방이라도 울음을 터뜨릴 것 같은 은희를 복잡한 심정으로 바라보았다.

"채영이는 어때요? 괜찮아요?"

"걱정하지 않아도 돼요."

"그래도요. 저 때문에 일이 이렇게 된 건데 어떻게 걱정을 안 해요."

"은희 씨 때문이 아니에요."

"죄송해요."

고집을 부리듯 사과하는 은희의 눈가가 어느새 촉촉하게 젖어드는 걸 본 세현이 문을 활짝 열었다.

"들어와요."

은희는 주눅이 든 얼굴로 주춤주춤 집 안으로 들어가 채영이의 방 앞에 섰다. 올 때마다 항상 열려 있던 문은 굳게 닫혀 있었다. 그 문을 세현이 열어주었다. 깊어지는 가을에 커튼을 친 방 안은 벌써 어둑해져 있었다.

"잠들었어요."

침대에 누워있는 채영이가 보였다. 가서 머리라도 쓰다듬고 손이라도 잡아보고 싶었지만 은희는 조용히 문을 닫았다. 세현이 소파를 가리켰다.

"가서 좀 앉아요."

"네."

고개를 푹 숙인 은희가 소파로 가서 앉았다. 주방에서 따뜻한 차를 준비해 나온 세현은 멍하니 앉아 있는 은희의 손에 따뜻한 머그잔을 쥐어 주었다.

"감사합니다."

세현은 별것 아니라는 표정으로 웃어보였다.

집에 오는 내내 흐느껴 울던 채영이를 씻기고 재우면서 세현은 마음이 무척 무겁고 어지러웠다. 무서운 기세로 달려들던 화물차를 봤을 때 채영이를 구해야 한다는 생각밖에 들지 않았다. 이미 형 부부를 허무하게 잃은 그였기에 채영이를 같은 사고로 잃는 건 죽기보다 싫었다.

채영이를 어떻게 붙잡을 수 있었는지는 기억이 나질 않았다.

단 하나 기억나는 것은 공포에 질린 은희의 비명소리였다. 바닥에 넘어지고 나서야 세현은 제 품에 안전하게 안겨 있는 채영이를 확인했고, 이어 온몸에서는 기운이 몽땅 빠져버렸다. 두 번 다시는 이런 일을 경험하고 싶지 않았다.

"훌쩍."

조용히 먼 곳을 바라보고 있던 세현이 훌쩍이는 소리에 고개를 돌렸다. 은희가 눈을 감은 채 훌쩍거리고 있었다. 입도 대지 않은 머그잔이 손에서 위태롭게 떨고 있었다. 세현은 은희의 손에 머그잔 대신 갑 티슈를 쥐어 주었다.

"다 저 때문이에요. 제가 거기 없었어야 했는데. 어엉."

은희는 갑 티슈를 손에 쥔 채 어린아이처럼 통곡했다. 세현은 여전히 떨고 있는 그녀의 손을 저릿한 마음으로 바라보았다.

어떻게 오늘의 일이 그녀의 탓이라고 할 수 있을까. 단지 운 없이 그녀가 그 자리에 있었을 뿐, 어느 누구도 그녀의 탓이라 할 수 없을 것이다.

그렇게 따지자면 잘못은 그에게 있었다. 어른들의 세계를 이해하기 어려운 나이긴 해도 오해가 없도록, 잘 타이르고 이해시켰다면 채영이 화를 내며 학원을 뛰쳐나가는 일은 없었을 것이기 때문이다. 그런 상황은 그가 만든 것이었다. 5년 전 형 부부를 떠나보냈던 그날처럼 말이다.

"유학을 마치고 첫 연주회가 있었어요."

얼굴이 눈물로 범벅이 된 은희가 세현을 쳐다보았다. 양 무릎에 팔꿈치를 대고 앉은 세현은 아득한 시선으로 먼 곳을 바라보고 있었다.

"유학 생활이 그리 길진 않았는데, 고국에서 여는 첫 연주회
라 그랬는지 많이 들떠 있었어요. 부모님과 형도 이제는 어엿한
연주자가 되었다며 많이 대견해 했어요. 저 하나만 바라보고 온
가족이 많은 희생을 했거든요. 전 잘하는 모습을 보여주겠다는
의욕에 활활 타올라 있었죠. 그런데 성공적인 첫 연주회로 기억
하고 싶었던 그날이 형과 형수님의 기일이 되었어요. 연주회장
으로 오던 형과 형수님이 교통사고를 당했거든요."

목소리는 덤덤했으나 세현은 가슴의 통증으로 무척 괴로웠
다. 저 때문에 세상을 떠난 형과 형수. 그리고 홀로 남겨진 채영
이를 생각하면 아직도 숨통이 조여 왔다. 지우려야 지울 수 없
는, 풀래야 풀 수 없는 족쇄처럼 그날의 사고가 그를 옥죄고 있
었다.

"지금도 생각해요. 그날 연주회를 오지 않았다면 형과 형수님
은 채영이와 함께 단란하게 살고 있었을 거라고. 채영이는 부모
님을 잃지 않았을 거라고요. 형의 도움과 헌신으로 공부를 했는
데 은혜를 원수로 갚았다는 죄책감에 살기가 싫었어요."

"흐윽."

숨죽여 세현의 말을 듣고 있던 은희의 입에서 탄식에 가까운
흐느낌이 흘러나왔다. 눈물이 흘러넘쳐 그날의 기억을 떠올리고
있을 세현의 얼굴이 어른거렸다. 침묵이 흐느낌으로 채워지고
대책 없이 흘러내리는 그녀의 눈물을 가만히 보고 있던 세현은
은희를 향해 돌아앉았다. 그리고는 흥건하게 젖은 그녀의 눈물

을 손으로 부드럽게 닦아냈다.

"나는 그 자책의 굴레가 어떤 건지 잘 알아요. 그 굴레에 은희 씨마저 들어가지 말아요."

세현은 어린아이처럼 훌쩍거리는 은희의 얼굴을 손으로 조심 스럽게 감쌌다. 그리고는 마음속에 담아 두었던 말을, 깊이 묻어 두려던 말을 꺼내고야 말았다.

"그러면 은희 씨를 잡지 않은 의미가 없어져요."

무언가에 홀린 사람처럼 그는 속마음을 털어놓고야 말았다. 어느새 조용히 커져버린 마음. 미처 보이지 못했던 진심. 그리고 그녀의 고백을 차마 받아들일 수 없었던 빗장이 순식간에 풀려 버렸다.

"울지 말아요. 은희 씨가 우는 모습, 보기가 힘들어요."

은희는 제 얼굴의 눈물을 닦아내는 그의 손목을 꽉 잡았다.

"아까 나한테 화냈잖아요."

"그런 거 아니에요."

"그럼 아까는 왜 가라고 했어요. 나는 채영이도 걱정되고 선 생님도 걱정됐단 말이에요. 그런데 무서운 얼굴로 그냥 가라고 했잖아요."

서러움이 북받친 울음이 다시금 잇새로 흘러나왔다.

"좋아하니까요."

숨을 멈춘 은희가 눈을 동그랗게 떴다.

"좋아하는 사람이 나처럼 자책하는 게 싫었어요. 이렇게 자꾸 울면 난 마음이 미어질 것–."

은희가 갑자기 안겨오는 바람에 세현은 말을 맺지 못했다.

"못됐어. 정말 못됐어."

은희는 주먹으로 그의 등을 투닥투닥 때렸다. 잠시 머뭇거리던 세현이 은희의 어깨를 감싸 안았다.

"왜 이제 말해요. 왜……."

"……미안해서요."

"어엉. 나빠. 정말 나빠."

은희의 원망을 들으며 세현은 생각에 잠겼다. 과연 고백을 한 것이 잘한 일인지 자신이 없었다. 그럼에도 마음은 편안해졌다. 비록 하룻밤의 꿈으로 끝난다 해도 그녀와 핑크빛 교감을 나누고 싶었다. 그런데 어디서 으스스한 음성이 들려왔다.

"아줌마."

"으앗!"

소스라치게 놀란 은희가 상체를 벌떡 일으키며 세현을 있는 힘껏 밀쳤다. 무방비 상태로 있던 세현은 몸이 밀린 것도 모자라 소파 아래로 털썩 떨어졌다. 못 만질 걸 만져보고 있었던 사람처럼 양손을 번쩍 든 은희는 소리가 들린 곳을 쳐다보았다. 그곳에는 원피스 잠옷을 입은 채영이가 눈을 비비며 서 있었다.

"어머! 채영아!"

은희가 과장된 목소리로 외치며 채영이에게 달려갈 때 세현은 정신이 혼미한 얼굴로 주섬주섬 바닥에서 일어났다.

"채영아. 잘 잤어?"

얼굴을 매만지자 채영이는 잠이 덜 깬 얼굴로 은희의 목에 팔

252 *Amabile*

을 감고 매달리듯 품에 안겼다.

"아줌마 언제 왔어?"

"어엉. 그, 금방."

뭘 잘못했다고, 말까지 더듬던 은희는 갓 태어난 어린 새와 같은 모습으로 안겨 있는 채영이의 머리를 연신 쓰다듬었다.

"어디 아픈 곳은 없어?"

"응. 안 아파."

"아줌마가 많이 놀랐어. 다음부터는 길가에서 그렇게 뛰지 마. 알았지?"

"응."

채영이는 얌전히 대꾸하고 고개를 끄덕였다.

"채영아, 밥 먹을래?"

정신을 수습한 세현이 다가가며 물었다.

"응. 아줌마도 같이 먹어."

"그럴까아?"

은희는 불쌍한 표정으로 아랫입술을 잔뜩 내밀고 세현을 올려다보았다. 안 된다고 한 것도 아닌데, 은희의 행동에 세현은 피식 웃고 말았다.

은희는 식탁에 채영이와 나란히 앉아 세현이 식사 준비하는 것을 구경했다. 어떤 드라마에서 남자주인공이 사랑하는 여자주인공을 위해 요리하는 장면을 본 적이 있었다. 무척 설레고 행복하겠다며 부러워했는데, 똑같진 않아도 비슷한 상황에 놓이고 보니 당장 폭탄이 떨어져도 행복할 것 같았다.

"아줌마."

"응?"

은희는 이제 턱까지 괴고 앉아 세현을 바라보고 있었다.

"우리 삼촌 좋아해?"

"콜록, 콜록."

찌개 간을 보던 세현은 사레가 걸려 기침을 해대고, 은희는 숨을 멈춘 채 새빨개진 얼굴로 채영이를 쳐다보았다.

은희는 쑥스럽게 웃다가 보일락 말락 고개를 끄덕였다.

"거 봐! 내 말이 맞잖아!"

채영이가 갑자기 등을 지고 서 있는 세현을 향해 고함에 가까운 목소리로 외쳤다. 세현은 깜짝 놀라 자라목을 하고는 그대로 굳어버렸다. 곧이어 무시무시한 소리를 듣게 될 것이라는 걸 세현은 알고 있었다.

"그러니까 둘이 결혼해!"

순식간에 정적이 찾아왔다. 이제는 채영이가 턱을 괴고 앉아 생글생글 웃으며 망부석이 된 두 사람을 번갈아 보았다.

투다다다다!

때마침 마법을 깨우듯 요란한 소리가 주방에 울려 퍼졌다. 은희는 어색하게 웃으며 재킷 주머니를 뒤져 휴대전화를 꺼냈다. 발신자를 확인한 은희는 아차, 싶은 얼굴로 여전히 등을 돌리고 서 있는 세현을 한 번 쳐다보았다. 전화를 건 사람은 엄마였다.

"여보세요."

「어디서 뭘 하고 있길래 아직도 안 와?」

엄마의 목소리가 꽤 신경질적이었다.

"잠깐 통화 좀 하고 있었어요."

「집에서 하면 되지, 깜깜한 밤에 밖에까지 나가서 누구랑 무슨 통화를 하는데?」

"누구긴! 저기 그 사람이지."

당당하게 외쳤지만 자신 없이 끝말을 흐리며 상을 차리는 세현의 눈치를 살폈다. 채영이는 누구랑 무슨 통화를 하는지 궁금한 표정으로 눈을 반짝거렸지만 세현은 전혀 관심 없다는 표정으로 이제는 밥을 푸고 있었다.

「누구? 혹시 선본 그 총각?」

"네, 네. 엄마. 나 아직 통화 안 끝났어. 통화 마무리하고 금방 들어갈게요."

「그래. 알았다.」

딸이 지금 어디서 무얼 하고 있는지 전혀 모르는 엄마는 천천히 들어오라는 말을 남기고 전화를 먼저 끊었다. 은희는 슬그머니 귀에서 휴대전화를 떼고 막 앞에 앉는 세현을 힐끔거렸다.

"먹어요."

그는 정말 아무 소리도 듣지 못했다는 표정으로 식사를 하라고 권했다. 그 사람이 누구냐고 물어도 곧장 대답하기 곤란하기는 했지만 전혀 관심 없다는 표정은 어쩐지 기분이 찜찜하고 서운했다. 조금 전에 자신을 좋아한다고 했던 그 사람이 맞는지 의심까지 들었다.

"잘 먹겠습니다."

조금은 뚱한 목소리로 인사했지만 그래도 그는 미소만 지어 보일 뿐 아무런 반응이 없었다.

'쳇. 흥.'

그에게서 원하는 반응을 얻지 못한 은희는 못마땅한 표정으로 입을 삐죽거리다가 숟가락을 들었다. 떡볶이를 했던 것이 부끄러워질 정도로 그의 요리 솜씨가 좋아 식사가 즐거웠다. 긴 시간 채영이의 엄마 역할을 하면서 다져진 내공이 느껴졌다. 행복감에 젖어 밥을 두 공기나 비우는 비극을 저지르고 말았지만, 그래도 좋았다.

"아줌마 안녕."

이제는 작별할 시간. 현관에서 신발을 신는데 채영이가 서운한 목소리로 인사를 했다. 은희는 무릎을 꿇고 앉아 채영이를 품에 꼭 안았다.

"다음에 또 보자."

"정말?"

"응. 꼭."

"알았어."

아쉬움이 가득한 포옹을 풀고 은희가 자리에서 일어났다.

"채영아."

이번에는 세현이 진지한 목소리로 채영이를 불렀다. 채영이가 무슨 일이냐는 표정으로 삼촌을 올려다보았다.

"아줌마 데려다 주고 올게."

그 소리에 은희는 좋아서 속으로 비명을 질렀다. 정체를 알 수 없는 '그 사람' 이랑 통화를 한다고 해도 아무런 반응을 보이지 않더니, 집에 데려다 준다고 하니 기분이 좋아서 입이 자꾸 옆으로 찢어지려고 했다.

"절대 밖에 나가면 안 돼. 알았어?"

"알았어."

"아무나 문 열어주면 안 돼."

"알았다니까."

채영이는 귀찮다는 표정으로 대답했다. 집을 나서기 직전까지 채영이에게 문단속을 신신당부하고서야 세현은 현관문을 닫았다.

막상 그와 엘리베이터에 올랐으나 갑자기 서먹서먹해져 버렸다. 시간이 얼마 지나지도 않았는데, 그의 고백이 마치 꿈처럼 느껴졌다. 다시 물어보고 싶은데, 좋아한다는 고백이 현실인지 확인하고 싶은데 입이 떨어지지 않았다.

밖으로 나온 은희는 먼 산을 보듯 하늘을 한 번 쳐다보았다. 문득 술기운을 빌려 고백했던 날이 떠올랐다.

'확 술을 먹이면 다시 말하려나?'

은희는 천천히 걸음을 옮기는 그의 옆모습을 힐끔힐끔 훔쳐보았다. 집은 점점 가까워지고 있는데 그의 무반응에 점점 애가 타기 시작했다.

"저기."

"은희 씨."

두 사람이 동시에 말을 꺼냈다. 걸음을 멈춘 두 사람은 서로를 멀뚱멀뚱 쳐다보았다.

"먼저 말해요."

"싫어요."

은희의 새침한 대답에 세현은 슬그머니 미소를 지었다.

"선생님이 먼저 말해요."

"음……."

뒷짐을 진 세현은 잠시 시간을 끌었다. 그리고는 결심을 한 표정으로 입을 열었다.

"혹시 선본 사람이랑 계속 만날 거예요?"

"왜요?"

은희는 새초롬한 얼굴로 몸을 작게 흔들었다.

"만나지 마요."

세현은 꽤 진지하고 결연한 태도로 요구했다. 계속 마음을 숨겼다면 모를까 이미 고백한 이상 그녀가 다른 남자를 만나는 건 정말 싫었다. 부모님들이 좋아할 조건은 아니지만 그녀의 마음도 알았고, 제 마음도 인정했으니 어떤 수를 내서라도 그녀와 쭉 함께하고 싶었다.

"왜요?"

거듭되는 질문에 세현은 당황했다. 알았다고 할 줄 알았는데, 그럴 거면 고백은 왜 했냐고 따지고 싶었다. 그래도 차분하게 제 마음을 다시 고백했다.

"은희 씨를 좋아하니까요. 그러니 만나지 마요."

"언제는 연애 안 한다면서요. 연애를 할 만큼 한가롭지 않다면서요."

"그날은…… 미안했어요. 은희 씨 마음을 받으면 안 된다고 생각했어요. 난 그럴만한 자격이 없으니까요."

"무슨 자격이요?"

은희는 무슨 이상한 소리를 하냐는 표정으로 펄쩍 뛰듯 물었다.

"어머님이 날 싫어하시잖아요."

"우리 엄마가 싫어하는지 어떻게 알아요?"

"알아요."

어찌나 단호하게 대답하는지 은희는 뭐라 반박도 못 하고 시무룩해져버렸다.

"혹시, 은희 씨는 나랑 만나는 거 싫어요?"

"그런 말이 어딨어요?"

은희가 눈을 부릅떴다.

"그럼 그 사람 만나지 말아야죠. 치사하게 양다리 걸칠 거예요?"

"아니…… 뭐……."

"싫어요."

"네?"

시무룩한 얼굴로 땅바닥만 보고 있던 은희가 눈을 휘둥그레 뜨고 그를 바라보았다.

"나 말고 다른 남자 만나는 거 싫다고요. 그러니까 그만 만나요. 얘기 못하겠으면 내가 얘기할 테니까, 그 남자 전화번호 알려줘요."

정말 전화번호를 받을 기세로 그는 바지 주머니에서 휴대전화를 꺼냈다. 그의 적극성에 은희는 잠시 어리둥절했다. 조용하고 차분하여 생전 제 생각은 남에게 말할 줄 모르는 사람이겠다 싶었는데, 한 번 마음먹으니 불도저가 따로 없었다.

"알았어요. 내가 내일 전화할게요."

휴대전화를 보고 있던 그가 슬쩍 시선을 들어 그녀를 바라보았다.

"그만해요."

은희는 타이르듯 한 번 더 강조해 말했다. 그제야 그는 휴대전화를 다시 주머니에 밀어 넣었다. 뒷짐을 진 은희가 그에게로 한 걸음 깡총 뛰어 다가갔다.

"그럼 우리 이제 사귀는 거죠?"

대답 대신, 빙그레 미소를 지어보인 그가 그녀의 머리 위로 손을 얹어 부드럽게 쓰다듬었다. 놀란 은희는 제 머리 위쪽으로 눈을 치켜떴다. 그의 커다랗고 푸근한 손의 감촉이 심장까지 전달되는 것처럼 따뜻하고 간질거렸다.

사소한 손길에도 수줍어 얼굴을 붉히며 서 있는 그녀 앞으로 그가 한 걸음 다가섰다. 그리고는 어루만지던 그녀의 머리와 어깨를 제 쪽으로 끌어당겼다. 어, 하는 사이 은희는 그의 품에 안겨버렸다.

"우리, 복잡한 이야기는 지금 하지 말아요."

기분 좋게 안겨 있던 은희가 고개를 바짝 들고는 그를 쏘아보았다.

"뭐예요. 이제 와서 마음 바뀐 거예요?"

"아니에요, 그런 거."

세현은 그녀의 뒤통수를 감싸고 다시 제 가슴 쪽으로 끌어당겼다. 은희는 그의 쿵쾅거리며 뛰는 심장소리를 들으며 그의 허리춤을 잡았다.

"그럼 뭔데요?"

"오늘만은 이대로, 좋아하는 마음만 느끼고 싶어서 그래요."

"좋아하는 마음 아닌 건 뭔데요?"

"그러니까 그건 다음에."

"아니, 도대체, 그게 뭔데? 좋아하면 좋아하는 거지. 어휴."

답답하다는 듯 구시렁거리는 은희가 귀여워 세현은 소리 없이 웃음을 터뜨렸다. 그러거나 말거나 은희는 계속 툴툴거렸다. 등을 두어 번 두드린 세현이 은희를 품에서 놓아주었다. 은희는 여전히 골이 잔뜩 난 표정이었다.

아직은, 오늘만큼은 앞으로 넘어야 하는 산에 대해 생각하고 싶지 않았다. 좋아하는 마음을 확인하고, 좋아하는 마음을 전하는 것으로 지금의 시간을 음미하고 싶었다. 그가 무엇을 걱정하고 무엇을 고민하고 있는지 은희는 전혀 모르지만, 그건 그거대로 괜찮았다. 지금은 이대로 충분하니까 말이다.

"가요."

세현이 손을 내밀었다. 은희는 금방까지 안겨 있었으면서 손을 잡자고 하니 괜히 부끄러웠다. 주춤주춤 내미는 손을 그가 덥석 잡았다. 두 사람은 서로의 눈을 한 번 응시하고는 말없이 걸음을 옮겼다.

"이제 들어가요."

집 근처에 도착했을 때 은희가 그를 돌아보았다. 집이 5층이고 밖이 깜깜해서 엄마든 아빠든 보게 될 일은 없었지만 그래도 혹시 모르는 일이었다. 선본 사람과 통화하는 중이라고 거짓말까지 했는데 세현과 함께 있는 걸 보기라도 한다면 엄마의 잔소리 폭격을 맞을 것 같았다.

"내가 내일 전화할게요."

"진짜요?"

그로부터 고백을 받고, 포옹도 했고, 이렇게 손까지 잡고 있는데도 전화하겠다는 그의 말이 낯설면서 신기하고 좋았다.

"네. 진짜요."

"하하하. 조금 믿기지가 않아서……."

은희는 화끈거리는 제 얼굴을 한 손으로 감쌌다.

"잘 자요. 그리고 내일 꼭 선본 남자한테 연락하기예요."

"알았어요. 연락하고 나면 나도 전화할게요."

"그래요."

"그런데요, 선생님."

"네."

"이제 말 편하게 해줘요."

세현이 빙긋 웃었다.

"알았어요. 내일부터 그렇게 하도록 노력할게요."

은희는 만족스러운 얼굴로 고개를 한 번 끄덕였다.

"갈게요."

은희는 헤어지는 것이 아쉬워 뒷걸음질을 쳤다. 역시 아쉬움
에 따라가던 세현이 은희의 팔을 확 잡아당겼다. 그 힘에 은희는
그대로 다시 그의 품에 안기고 말았다. 은희는 감격스러운 미소
를 지으며 세현의 허리를 꼭 끌어안았다.

"잘 자요."

"네. 선생님도요."

두 사람은 했던 인사를 다시 반복하면서 그렇게 서로를 안은
채 한참을 서 있었다.

13. 결혼하고 싶어

　이른 아침. 은희는 부랴부랴 가방을 챙겼다. 며칠 전에 받아서 프린트한 원고도 넣고, 낙서할 연습장이랑 필통도 넣고, 노트북도 챙겼다. 다 넣고 보니 가방이 빵빵하니 꽤 무거웠다.

　어제 집에 돌아왔을 때 엄마한테 눈총을 좀 받았다. 한 시간 넘도록 밖에서 통화를 하고 있었다는 걸 믿지 않는 눈치였다. 다행히 아빠가 있어서 크게 나무라거나 꼬치꼬치 캐묻지 않았지만, 어쩌면 엄마는 밤새 날이 밝기를 기다렸을 것이다. 아빠가 출근을 하면 제대로 잡아보겠다고.

　"ㅇㅇㅇ."

　부르르 몸서리를 한 번 친 은희는 빵빵하게 부푼 가방을 등에 메고 방을 나섰다.

　"어디 가."

　으아아악! 은희는 소스라치게 놀라 몸을 한껏 움츠렸다. 저승사자보다 무서운 엄마가 방문 앞에 있었다. 은희는 어깨에서 흘러내린 가방끈을 추슬렀다.

"일하러."

"무슨 일을 꼭두새벽부터 가?"

"조금 있으면 아홉 신데 무슨 꼭두새벽이야."

은희는 엄마의 시선을 피해 벽을 따라 움직였다. 그러나 엄마가 길을 가로막아버렸다.

"집에서 하면 되잖아."

"집중이 안 돼서 그러지. 카페에서 일 좀 하고 올게요."

엄마와 벽 사이를 비집고 들어가려 했지만 엄마는 오히려 벽과 붙어버렸다. 참다못한 은희가 짜증을 부렸다.

"아이, 진짜. 왜요?"

"아이 진짜 왜요?"

엄마가 기가 차다는 표정으로 말을 따라 했다. 은희는 처음 기세와 달리 금세 꼬랑지를 내렸다.

"그러니까 내 말은 왜 자꾸 그러시냐고요."

"어제는 어딜 쏘다니다가 온 거야?"

"지은수 씨랑 통화했다니까요."

"멀쩡한 네 방 두고 밖에까지 나가서 한 시간 넘도록 통화만 하고 왔다고? 정말 그 총각이랑 통화한 건 맞아?"

"그럼 내가 누구랑 통화하는데요?"

적당히 짜증을 부리자 영 못 믿겠다는 표정이던 엄마가 타이르듯 말했다.

"그 총각 계속 만날 거지?"

"그건 좀 더 고민해 보고요."

은희는 축 늘어진 목소리로 엄마를 피해 현관으로 향했다.

"은희야."

"네."

기운 없이 돌아본 엄마의 표정은 진지했다.

"지금은 엄마가 야속할지 몰라도 결국엔 엄마 말이 맞다는 걸 알게 될 거야."

아닌데. 틀렸는데! 은희는 이 말을 속으로 삼키며 다녀오겠다는 말을 남기고 집을 나섰다.

"아, 괜히 나왔나."

밖으로 나온 은희는 양손으로 머리를 헝클어뜨리며 중얼거렸다. 엄마를 피할 생각이었는데 이미 마주쳤으니 나온 목적이 없어져버렸다. 그렇다고 다시 들어갈 수도 없고, 기왕 나온 거 일이나 실컷 해야지.

아파트 단지 밖으로 나가려면 피아노학원 앞의 계단을 통해서 나가야 했다. 그는 아직 출근도 안 했을 텐데 학원을 지난다는 생각만 해도 가슴이 설레고 두근거렸다. 심지어 꼭 그를 만날 것만 같은 기대감도 생겼다.

"어……."

은희는 가던 걸음을 멈추었다. 마치 하늘이 소원을 들어주기라도 한 것처럼 세현이 그녀의 앞을 지나고 있었다. 어제 들었던 이야기들이 다시금 되살아나며 심장박동이 순식간에 빨라지고 얼굴이 화끈거리기 시작했다.

'헤헷.'

은희는 주변을 살펴보고는 조심조심, 그러나 민첩하게 집으로 향해 걸어가는 세현의 뒤를 따라갔다. 그리고는······.

"왁!"

등에 기습공격을 당한 세현이 흠칫 놀라 뒤를 돌아보았다. 은희는 짓궂은 표정을 지으며 양손을 든 채 손가락을 오므렸다 폈다 했다. 은희의 장난에 세현은 빙긋 웃음을 지었다.

"어디 다녀와요?"

"채영이 유치원 보냈어요."

"어!"

몸을 똑바로 세우며 은희가 정색을 했다. 세현이 '왜요?' 하고 물었다.

"말 편하게 한다고 했잖아요."

"아······. 버릇이 돼서."

"빨리 안 고치면 어제 한 말 후회하는 거라고 생각할 거예요."

"그러던가."

어찌나 쿨하게 대답하는지 하마터면 화를 낼 뻔했다. 이제는 선생님이 아니라 정말 남자친구 같은 표정으로 세현이 물었다.

"어디 가는데?"

"일하러요. 카페."

세현이 말을 편하게 하니 그건 그거대로 또 가슴이 두근대서 은희는 자꾸 얼굴이 붉어졌다. 그렇게 수줍어하는 은희가 세현은 무척 귀여웠다.

"혹시 쫓겨난 거야?"

"쫓겨나긴요. 내가 박차고 나왔지."

은희는 골이 난 표정으로 대꾸했다.

"이따가 카페로 갈게."

"어. 그래도 돼요?"

"점심때 시간 낼 수 있어. 근처 식당은 점심시간에 복잡하니까 카페에서 간단하게 같이 식사하자."

마음이 들떠서 은희는 저도 모르게 발을 동동 굴렀다. 좋아하는 사람과 함께 밥을 먹는다. 이만큼 설레고 가슴 뛰는 일이 또 있을까 싶었다. 은희는 좋다고 고개를 마구 끄덕였다.

"이따가 전화할게."

세현은 수줍은 미소로 고개를 끄덕이는 그녀를 가만히 두고 보는 것이 꽤 힘들었다. 길거리만 아니었다면 당장이라도 품에 안고 키스를 했을 것이다. 대신 세현은 그녀의 머리를 한 번 쓰다듬는 것으로 제 마음을 표현했다.

그의 커다란 손이 머리 위로 올라오자 은희는 어깨를 움츠리며 속으로 꺅, 비명을 질렀다. 고등학생 시절 좋아하던 남자 선생님에게 칭찬을 받던 그 느낌과 비슷했지만 내 남자의 손길이기에 더 벅차고 행복했다.

"그럼…… 이따 봐요."

은희는 아쉬움이 가득한 목소리로 뒷걸음질 쳤다. 몇 시간 후에 만난다는 걸 알면서도 헤어지는 건 무조건 싫었다. 계속 함께 있을 수 있다면 얼마나 좋을까. 계속 쭈욱, 죽을 때까지…….

"일 많이 해."

"네."

은희는 십 대 소녀 같은 표정으로 손을 흔들어 보이고는 후딱 돌아서서 단지 밖으로 뛰었다. 세현은 몇 걸음 따라가 계단 끝에 서서는 허둥지둥 카페로 향하는 은희의 뒷모습을 아쉬움이 가득한 눈길로 지켜보았다.

카페의 문이 열릴 때마다 은희는 고개를 번쩍 들고 방문자를 확인했다. 아직 올 시간이 아니라는 걸 알면서도 자꾸 출입구만 쳐다보게 되었다. 세현이 아니라는 걸 확인할 때마다 실망하는 건 덤이었다. 그런데 막상 세현이 도착했을 때는 노트북에 얼굴을 파묻고 있었다.

똑똑.

테이블을 두드리는 소리에 고개를 든 은희는 맞은편에 세현이 앉는 걸 보고 환하게 웃었다. 그의 마음을 알게 되니 이제는 보는 것만으로도 가슴이 떨리고 정신이 오락가락하는 것 같았다.

"뭐 먹을래?"

"샌드위치 아무거나요. 그리고 자몽에이드."

"그래. 알았어."

"선생님이 사주는 거예요?"

"싫으면 돈 내고."

세현이 진지하다 못해 뻔뻔한 표정으로 손을 내밀었다. 은희는 고개를 설레설레 젓고는 그 손을 곱게 접었다.

"훗. 기다려."

싱긋 웃음을 보인 세현이 자리에서 일어나 카운터로 갔다.

은희는 턱을 괴고 앉아 진지한 얼굴로 주문을 하는 세현을 넋을 놓고 지켜보았다. 로망의 남자가 바로 코앞에 있는데, 그리고 나를 좋아한다는데, 이상하게 현실감이 느껴지지 않았다. 하룻밤의 꿈처럼 사라질 것 같아 불안하기도 했다.

아마도 그를 싫어하는 엄마 때문인 것 같았다. 조금 미안하지만, 선본 남자에게는 사정 설명을 하고 정리하면 되는데 아무래도 엄마의 반대는 그리 간단한 문제가 아니었다. 어떻게 하면 엄마를 설득할 수 있을까 고민을 하고 있는 사이 그가 돌아왔다.

"무슨 생각을 그렇게 해?"

"으응. 아니에요."

은희는 고개를 저으며 몸을 바로 했다.

두 사람은 주문한 샌드위치가 나올 때까지 일상적인 대화를 나누었다. 주로 세현이 궁금한 걸 은희에게 물어봤다. 어떤 표지들을 만들었는지 궁금해해서 그동안 작업한 것들을 보여주었다. 책을 고를 때 제일 먼저 보게 되는 것이 표지이지만, 실제로 작업하는 사람이 가까이에 있다는 것이 그는 꽤 신기한 모양이었다.

그의 호기심에 신나서 이것저것 이야기를 하고 있을 때 주문한 샌드위치와 음료가 나왔다. 그러나 막상 샌드위치를 앞에 두고 난감해져 버렸다. 아침도 거르고 나와서 배는 고픈데 좋아하는 사람 앞에서 입을 벌리고 음식을 먹어야 한다고 생각하니 갑자기 입맛이 뚝 떨어져 버렸다.

"혹시 말이야."

저 샌드위치를 어떻게 해치워야 하나 고민을 하며 자몽에이드를 쪽쪽 빨고 있는데 그가 운을 뗐다.

"내숭과는 아니지?"

"무슨……."

"눈치 보지 말고 팍팍 먹으라고."

세현이 다 알고 있다는 투로 말하며 샌드위치 접시를 내밀었다. 은희는 호탕하게 '하하하하' 웃었다.

"그런 눈치를 왜 봐요? 걱정하지 말아요. 팍팍 먹을 거니까."

"그래."

싱긋 던지는 세현의 미소에 은희는 심장이 녹아버릴 것 같았다. 에라, 모르겠다. 은희는 샌드위치를 들고 크게 한입 베어 물었다. 만족스러운 표정으로 지켜보던 세현도 곧 샌드위치를 먹기 시작했다.

"지난번에 중창단 얘기했었잖아?"

은희는 빨대를 빨며 눈으로 맞장구를 쳤다.

"그래서 그런지 꼭 고등학생 시절로 돌아간 것 같아."

직접 교류한 적이 없지만 공통사가 있어서 그런지 세현은 정말 그렇게 생각되었다. 고등학생 시절 귀여운 후배와 담소를 나누고 있는 것 같은……. 문득 세현은 떠오르는 것이 있었다.

"늘빛중창제에서 봤다던 반주자 말이야."

은희는 입이 터져라 먹고 있던 걸 부지런히 씹었다. 세현이 자신이 읊어대던 로망의 남자를 말하려 한다는 걸 은희는 직감적으로 알았다. 부끄러우니까 이제 그 얘기는 안 하면 싶었다. 그러나 음식을 삼키기도 전에 세현이 바로 말을 이었다.

"나야."

"흠?"

은희는 숨을 삼키며 눈을 동그랗게 떴다. 그 모습에 세현은 저도 모르게 웃음을 흘렸다. 은희는 어리벙벙한 표정으로 그가 건네는 물과 함께 입 안에 있던 샌드위치를 꿀꺽 삼켰다.

"뭐라고요?"

"그때 본 반주자, 2학년 반주자가 아니라 나라고."

"정말요?"

"응. 그때 2학년 반주자가 아파서 내가 대타로 나갔었어."

어…….

은희는 입꼬리에 묻은 소스를 엄지로 닦으며 잠시 생각을 정리했다. 자신이 본 반주자가 세현이 맞고, 피아노 치는 남자에 대한 로망을 읊어댈 때 그는 제 얘기라는 걸 알고 있었다는 말이 된다. 그런데 뻔뻔하게!

"그걸 왜 이제 말해요오!"

은희는 창피함에 심술을 터뜨렸다. 그러나 세현은 끄떡도 하지 않고 물티슈를 뜯어 은희의 손가락에 묻은 소스를 닦아주었다.

"반주자 찾아준다니까 은희 씨가 싫다고 했잖아. 나는 말하려고 했었어."

"뭐야. 정말."

세현은 어이가 없어서 콧바람을 흥흥거리는 모습마저 사랑스러웠다.

마음을 고백하고 나니 은희를 향한 감정이 봇물 터지듯 흘러넘치기 시작했다. 장난꾸러기 같은 표정으로 웃을 때도, 지금처럼 심술을 부릴 때도, 천사 같은 미소를 보일 때도. 이제 고작 반나절이 지났을 뿐인데, 그녀의 모든 것이 사랑스럽고 예뻤다. 그리고 욕심은 더욱 강해졌다. 제 옆에 꼭 붙잡아두고 싶은 욕심.

식사가 끝나고 학원으로 돌아가기 전, 세현은 은희가 일하기 편하도록 테이블을 깨끗하게 정리해 주고 시원한 물도 한 잔 따라서 갖다 주었다. 은희는 행복감에 젖어 제 얼굴이 붉어진 것도 몰랐다.

"언제까지 있을 거야?"

"대충 시간 봐서 들어가야죠."

"그런데, 학원은 다시 다니는 게 어때?"

은희는 고개를 갸웃했다. 이 나이에, 소질이 있으니 계속 배우는 것이 어떻겠소, 하는 것 같았다.

"왜요?"

세현은 궁금한 표정으로 바라보는 은희의 머리를 다정하게 쓰다듬었다.

"매일 보고 싶으니까."

"……새, 생각해 볼게요."

단순하지만 달콤한 고백에 은희는 넋이 빠져나가는 것 같아 말까지 더듬거렸다.

세현은 낮은 목소리로 '그래'라고 대답하고는 자리에서 일어나 카페를 나갔다. 뒤를 좇던 은희의 시선이 학원으로 향하는 세현의 시선과 마주쳤다. 상큼한 미소를 지으며 세현이 손을 흔들자 은희도 얼떨결에 손을 흔들었다. 세현은 곧 긴 다리를 이용해 은희의 시야에서 사라졌다. 몸을 바로 하고 멍하니 모니터를 보고 있던 은희는 고개를 푹 숙이고는 발을 동동동 굴렀다.

보고 싶대, 보고 싶대, 보고 싶대! 그것도 매일!

불끈 쥔 두 주먹이 부르르 떨며 기쁨의 괴성을 질렀다.

기분이 좋아 콧노래를 흥얼거리며 한참 스케치를 하던 은희는 번쩍, 떠오르는 것이 있었다. 바로 지은수. 서로 싫다 좋다 표현 없이 시간만 보냈는데 이젠 제대로 의사를 전달해야 했다. 무슨 핑계를 대면 기분이 덜 나쁠까 한참을 고민하던 은희는 긴장된 얼굴로 은수에게 전화를 걸었다. 핑계도 핑계지만 간곡히 부탁할 일이 있었다.

그는 한참 만에 전화를 받았다.

「안녕하세요?」

전화를 받은 그가 먼저 인사를 했다. 은희는 조신한 목소리로 '안녕하세요.'라고 인사를 했다.

「며칠 지나진 않았지만, 잘 지내셨죠?」

"네. 딱히 아픈 곳이 없으니 잘 지내고 있는 것 같아요."

「하하하. 다행이네요.」

첫인상과 마찬가지로 그는 유쾌하게 웃었다. 은희는 초조함에 주먹을 쥐었다 폈다 하며 머뭇머뭇 말을 꺼냈다.

"사실은 드릴 말씀이 있어서 전화 드렸어요."

「음……. 대충 감은 오는데요?」

은희는 고개를 푹 숙였다. 생각에도 없는 맞선을 나가서는 애꿎은 사람만 피곤하게 한 것이 미안하고 창피해져 버렸다.

"어떤 감이신지는 모르겠으나……."

「뻔하죠. 아무래도 우리는 아닌 것 같습니다, 뭐 이런 얘기 아니에요?」

맞는데 상대방에게 들으니 민망하여 쥐구멍에라도 숨고 싶었다. 그런데 은희는 그것이 다가 아니었다. 엄마의 폭풍 잔소리와 질책을 피하기 위해 그에게 무척 어려운 부탁을 해야 했기 때문이다.

"죄송해요. 처음부터 맞선 볼 생각은 없었는데……."

은희는 차마 말을 꺼내지 못하고 말끝을 흐렸다.

「괜찮아요. 우리 나이쯤 되면 부모님이 더 애가 타는 법이죠. 저도 뭐 사정이 은희 씨와 별반 다르질 않아요.」

비슷한 사정이라는 말이 은희는 동지를 만난 것처럼 반가웠다.

"그럼 체면 불고하고 부탁 좀 드려도 될까요?"

「말씀하세요.」

은희는 마음을 다잡듯 심호흡을 크게 한 번 하고는 말을 꺼냈다.

"저기…… 제가 차인 걸로 해주시면……."

잠깐의 침묵이 흐르고 갑자기 호탕한 웃음소리가 들렸다. 역시 괜한 소리를 했나.

「알았어요.」

흔쾌한 대답에 잠시 어리둥절하던 은희는 앞에 아무도 없는데도 대뜸 고개를 숙여 인사했다.

"감사합니다."

「좋은 분 만나실 거예요.」

"은수 씨도 꼭 좋은 분 만나실 거예요."

「그렇게 되면 청첩장 교환할까요? 아니면 청첩장 먼저 보내는 사람에게 혼수용품 하나 사주기, 이런 건 어때요? 전 냉장고면 되는데.」

"에?"

괴짜 같은 제안에 은희는 당황하고 말았다.

「하하하. 농담이에요.」

"하하하. 네. 농담. 하하하하."

웃고는 있지만 어쩐지 진땀이 나는 농담이었다. 이후 간단히 몇 마디를 더 주고받은 후 통화를 끝냈다. 가장 크고 중요한 문제가 남아 있긴 해도 조금은 마음이 개운해졌다.

"하아. 엄마는 어떻게 하지?"

은희는 등받이에 기대 고개를 한껏 뒤로 재끼고는 기운 없이 중얼거렸다. 그러다 문득 떠오른 생각에 몸을 바로 하고 앉았다.

너무 앞선 고민인 것 같았다. 엄마의 반대는 '결혼'을 전제로 하기 때문이었다. 이제 막 마음을 확인하고 교제를 시작하는 것뿐인데 벌써부터 엄마의 '결사반대'를 걱정하기엔 이르다는 생각이 들었다.

'엄마가 싫어한다는 건 모르겠지?'

은희는 턱을 괴고 앉아 휴대전화를 펜으로 툭툭 건드렸다.

얘기를 해야 하나, 말아야 하나. 그리고 우리는 결혼을 하는 걸까?

「난 차은희랑 결혼하고 싶은데?」

늦은 밤. 누가 듣기라도 할까, 이불을 뒤집어쓰고 있던 은희는 숨을 들이마셨다. 오후 내내 고민하다가 전화를 걸어 '우리는 결혼을 하게 될까요?'라고 어렵게 물었다. 그런데 대답은 당연하다는 듯 흘러나왔다. 차은희와 결혼하고 싶다고.

"정······말요?"

은희는 믿겨지지 않았다. 채영이를 통해 알게 된 지 두 달이 조금 안 됐다. 서로의 마음을 확인한 지는 고작 이틀이 되었을 뿐이고 말이다. 그런데 그는 벌써 결혼을 생각하고 있다고 하니 이상하게 현실감이 느껴지지 않았다.

「너무 일방적이지?」

"아니…… 뭐……."

「결혼을 생각 안 했다면 혼자 좋아하고 말지 고백까지 안 했어. 은희 씨는 어떤데?」

엉뚱하게도 그가 '은희 씨'라고 불러주니 기분이 묘하게 간질거렸다. 자신을 조금 더 존중해 주는 느낌도 들었다.

"선생님을 좋아하는 건 맞지만, 결혼은 생각 안 해봤어요."

대답하고 보니 조금 미안했다. 술주정을 부리듯 일방적으로 고백을 하고, 선볼 거라고 큰 소리까지 떵떵 쳤던 것이 부끄러워졌다.

「난 괜찮으니까 천천히 생각해. 나랑 결혼하는 거, 생각보다 만만치 않을 거야.」

"왜요?"

「어머님이 나랑 결혼한다고 하면 싫어하실 거야.」

은희는 뜨끔했다. 지난번에도 그러더니, 엄마가 그를 못마땅하게 생각한다는 걸 어찌 알았을까.

"에이, 안 그래요."

「그럴 거야.」

"그걸 어떻게 알아요?"

「난 어머님이 바라는 사윗감이 아니니까.」

"그러니까. 그걸 어떻게 아냐니까요?"

은희는 계속 아니라고 우겼다.

「그냥 알아.」

은희는 우기는 것을 중단했다. 그가 짐작하는 것이 맞으니 더는 우길 수가 없었다. 그녀의 마음을 마치 알고 있는 사람처럼 그가 말했다.

「이제 복잡한 생각은 그만하고, 우리 연애만 생각하자.」

혼자, 그것도 이불 속에 숨어 있으면서도 은희는 수줍음에 얼굴을 붉혔다. 가슴이 간질간질 거려서 몸이 자꾸 비비 꼬이는 것 같았다.

"알았어요. 우리 지금은 연애 생각만 해요."

「결혼은 천천히 생각해. 난 기다릴 수 있어. 어느 쪽이든 은희 씨 마음이 정해지면 지금처럼 솔직하게 알려줘. 난 괜찮으니까.」

"헤헤. 네. 채영이는 아직 아무것도 모르죠?"

세현이 낮게 웃었다.

「어제 봐서 알잖아. 우리 연애하는 거 알면 당장 결혼하라고 시위라도 할 걸?」

"후후. 맞아요. 어쩌면 우리 집에 와서 점거농성까지 벌일지 몰라요."

「채영이는 우리가 싸워서 사이가 나쁜 줄 알아. 그게 아니라는 것까지만 알면 될 것 같아. 당분간은…….」

세현이 '당분간'을 강조하듯 목소리에 힘을 주었다. 은희는 고개를 끄덕였다.

"그래요. 그렇게 해요, 우리."

「그나저나. 선본 남자랑은 어떻게 됐어?」

은희는 이불 속이 답답하여 머리를 조금 밖으로 내놓았다.

"선생님."

「응?」

"내가 선본다고 했을 때 아무렇지도 않았어요?"

「솔직해지라고 했다고 그런 식으로 치고 들어오기야?」

"궁금하잖아요."

「차은희.」

"왜요?"

은희의 목소리가 퉁명스러웠다.

「선생님 말고 다르게 불러봐. 그럼 얘기해 줄게.」

은희는 입술을 삐죽거렸다.

"뭐라고 불러줄까요? 많은 남자들이 듣고 싶어 한다는 오빠?"

「아니.」

고개를 바짝 든 은희의 눈이 동그래졌다.

"그럼요?"

「세현 씨.」

"으허어억!"

은희는 괴상한 소리를 내며 몸서리를 쳤다.

'세현 씨'라니. '세현 씨'라니!

「그 괴상한 소리의 의미는 뭐야?」

"오글거리잖아요!"

「난 은희 씨라고 하는데, 왜 오글거린다는 건지 모르겠네.」

그러게. 왜 오글거릴까? 몸부림을 치던 은희는 머쓱하여 자리
에서 일어나 헝클어진 머리카락을 쓸어 넘겼다.

"흠. 알았어요. 노력해 볼게요."

「불러봐.」

"이, 이렇게 얼렁뚱땅 넘어가지 마요."

이야기가 엉뚱하게 흘러가고 있다고 깨달은 은희가 정신이 번쩍 든 표정으로 단호하게 말했다.

「얼렁뚱땅 넘어가는 건 은희 씨 같은데?」

"내가 선본다고 했을 때 어땠냐고 물었잖아요."

「내가 먼저 선본 남자랑은 어떻게 됐냐고 물었지 아마?」

은희는 친절한 목소리 뒤에 숨은 치밀함을 느껴졌다. 지금껏 순둥이라고 생각했던 그는 은근히 빈틈이 없었다.

"잘 해결됐어요. 어차피 엄마한테 등 떠밀려 나간 거라 미안하다고 사과하고 끝냈어요."

「그쪽에서 다른 말은 없어?」

"네. 자기도 비슷한 처지라 하더라고요. 그리고 내가 차인 걸로 해달라는 부탁도 들어주겠다고 했어요."

「난 밤새 피아노만 쳤어.」

은희는 무슨 생뚱맞은 소린가 했다.

"피아노?"

「응. 은희 씨가 선본다고 했을 때 피아노만 쳤다고.」

"왜요?"

「머리가 복잡했거든.」

"나 때문에?"

사뭇 진지해지는 분위기를 바꿔보기 위해 은희는 장난꾸러기 같은 목소리로 물었다.

「응. 은희 씨 때문에.」

"기억할게요."

「뭘?」

"선생님은 머리가 복잡하면 골방에서 피아노를 친다고."

「세현 씨.」

"아, 몰라 몰라 몰라."

은희는 몸서리를 치며 고개를 마구 저었다. 잠시 쿡쿡대며 웃던 세현이 정색을 하며 말했다.

「아직 안 잤어?」

"네?"

「채영이 재워야겠다.」

"알았어요. 내일 봐요."

「그래.」

은희는 채영이에게 무어라 말하는 세현의 목소리를 통화가 종료될 때까지 듣고 있었다. 띠릭, 소리를 내며 통화가 완전히 끝나자 은희는 아쉬움이 짙게 드리운 표정으로 휴대전화를 엄지로 가만히 쓸었다.

자연스럽게 흘러나온 내일 보자는 말. 그리고 그러자며 당연하게 대답하는 그.

예전 같으면 별 의미가 없는 인사말처럼 느꼈을 테지만, 그래서 쓸데없이 그런 소리는 왜 하냐며 심술을 부렸을 테지만 지금은 달랐다.

홍조 띤 얼굴로 침대에 누운 은희는 내일도 다시 보게 될 것이라는 기대감을 안고 잠을 청했다.

"자다 깬 거야?"

세현은 전화를 끊으며 피아노 방 문틀에 서 있는 채영이에게 말했다. 채영이는 대답을 하지 않고 뚜벅뚜벅 세현에게 걸어갔다.

"삼촌은 오늘도 피아노 쳐?"

세현은 순간적으로 미간을 찡그렸다. 잠들었다고 생각했었는데, 채영이가 그간 피아노 치던 것을 알고 있었던 것이다. 세현은 미안한 얼굴로 채영이를 안아 무릎에 앉혔다.

"우리 채영이가 삼촌 걱정했구나?"

"응. 잠도 안 자고 맨날 피아노만 쳤잖아."

"이제는 안 그래."

"정말?"

"그래. 이젠 안 그럴 거야."

진지하던 채영이의 표정이 밝아졌다.

"그런데 삼촌."

세현이 말해 보라는 표정으로 눈짓을 했다.

"이제 아줌마 만나도 되는 거야?"

"만나도 되는데, 예전처럼 자꾸 놀자고 조르거나 아줌마 일하는 거 방해하거나 그러면 안 돼."

"안 그럴 거야. 약속해."

채영이가 먼저 짧은 새끼손가락을 내밀며 결연한 목소리로

말했다. 세현은 싱긋 웃고는 새끼손가락을 걸었다. 복사하고 도
장까지 찍고 나서 세현의 눈을 뚫어져라 쳐다보던 채영이가 그
의 목에 팔을 감고 바짝 안겼다.

"채영이는 아줌마가 좋아."

"삼촌도 아줌마가 좋아."

세현은 흐뭇한 표정으로 채영이의 등을 쓰다듬었다. 드디어
당당하게 말할 수 있게 되었다. 차은희를 마음 깊숙한 곳에서부
터 좋아하노라. 그리고 사랑하노라고…….

14. 결혼해요

"아줌마!"

세현은 처음에 잘못 들은 줄 알았다. 틈만 나면 은희 생각을 하니 이젠 헛소리까지 들린다고 말이다. 그러나 로비에서 손을 맞잡고 채영이와 함께 방방 뛰고 있는 건 은희가 맞았다.

"아앙, 아줌마."

원시부족들처럼 원을 그리며 반가움의 의식을 마친 채영이가 은희에게 폭 안기며 어리광을 부렸다. 은희는 큰 소리가 나도록 채영이의 볼에 진한 뽀뽀를 해주었다.

그 뽀뽀, 나한테도 좀······.

반가운 마음으로 은희에게 다가가던 세현은 살짝 미간을 구겼다. 외출을 하려는 사람처럼 한껏 차려입었기 때문이다.

설마?

"어디 가요?"

세현이 불안한 표정으로 물었다.

선본 남자에게 계획된 퇴짜를 맞은 이후로 은희는 외출을 쉽게 하지 못했다. 대놓고 외출을 막는 건 아닌데 행선지와 이유를 꼬치꼬치 캐물으며 엄마의 감시가 심해진 것이다. 하여 두 사람은 같은 아파트에 살면서도 만나지 못했고, 매일 통화하는 것으로 아쉬움을 달래고 있었다. 그런데 이렇게 예쁜 모습을 하고 외출을 하니 또 맞선이라도 보러 가는 건가 싶어 가슴이 철렁했다.

"어때요? 예뻐요?"

은희는 그런 마음은 안중에도 없다는 사람처럼 옷태를 뽐내며 제자리에서 빙그르르 돌았다. 그리고는 얄밉게 물었다.

"꼭 선보러 가는 사람 같지 않아요?"

"그럼 난 또 피아노 방에 들어가야겠군요."

두 사람은 채영이에게 아직 교제 사실을 알리지 않았기 때문에 함께 있을 때는 예전처럼 존대하기로 했다.

"안 돼!"

채영이가 질겁하며 세현에게 찰싹 매달렸다. 그리고는 사정조로 말했다.

"그러지 마, 삼촌."

"왜 그러면 안 되는데?"

은희는 채영이의 태도가 의아해서 물었다. 채영이는 근심이 가득한 얼굴로 은희를 쳐다보았다.

"잠도 안 자고 피아노만 쳐. 밥도 안 먹어. 그러면 아프단 말이야."

"삼촌이 그랬어?"

"응. 저번에 그랬어."

제 걱정을 해주는 채영이가 기특해 다정하게 머리를 쓰다듬고 있는 세현을, 은희는 조금 놀란 표정으로 바라보았다.

"그러니까 엉뚱한 소리 하지 말아요."

채영이를 등에 업은 세현은 기세등등한 목소리로 경고했다. 그 정도로 고민이 많았다는 걸 알게 되니 은근히 기분이 좋았지만 은희는 아닌 척 입술을 실룩거렸다.

"친구들 만나러 가요."

"중창단 친구들?"

"네."

그제야 세현은 안심이 된 얼굴로 씨익 웃었다. 숨김없는 그의 표정 변화에 은희는 또 가슴이 설레었다. 서로의 마음을 알고 있으니 상대가 보이는 태도의 의미가 무엇인지 고민할 필요가 없었다. 그러니 보이지 않는 외출 금지령도 딱히 방해가 되진 못했다.

"바로 가요?"

"아니요. 채영이랑 잠깐 놀다 가려고요."

"와아!"

오랜만에 아줌마와 놀게 된 채영이가 환희에 찬 고함을 질렀다.

"그렇게 예쁘게 입고 놀이터에 가려고요?"

"예뻐요?"

기습 질문에 놀라 잠시 멈칫거리던 세현이 부드러운 미소를 지으며 고개를 끄덕였다. 입으로는 소리 없이 '예뻐'라고 말했다. 은희는 기분이 날아갈 것처럼 좋았다. 그에게 예쁘게 보이고 싶어 없는 실력을 발휘한 보람이 있었다. 그의 칭찬에 당장 춤이라도 추고 싶었다.

"채영아. 오늘은 여기서 놀자. 괜찮지?"

"응, 응. 나랑 책 보자."

은희는 슬리퍼로 갈아 신었다. 채영이의 손에 이끌려 동화책이 있는 책꽂이로 가던 은희가 살며시 손을 내밀자 세현이 그 손을 꽉 잡았다. 끝까지 놓고 싶지 않은 두 사람의 손끝이 애틋했다.

"진짜?"

"대박!"

오늘 만난 사람은 현주와 해미였다. 숨죽여 은희의 이야기를 듣던 두 사람은 흥분을 감추지 못하고 서로를 쳐다보았다. 세현과의 관계에 진전이 있었던 것도 그렇지만 십수 년 전에 보았던 로망의 남자가 세현이라는 사실을 가장 놀라워했다.

"이야, 네 말대로 인연인가 보다."

"그러게. 그때는 선생님이랑 인연이라고 제 입으로 뻔뻔하게 말도 잘한다 했는데, 진짜 신기하다."

은희는 기분이 좋아 히죽히죽 웃으며 어깨를 한 번 으쓱했다.

"아무리 생각해도 신기해. 어떻게 이렇게 다시 만날 수 있지?"

"맞아. 2학년 반주자가 아프지 않았으면 민 선생님을 못 봤을 수도 있다는 거잖아?"

"은희가 피아노학원에 다녔으니 그래도 만나긴 했을 거야."

"하지만 2학년 반주자가 아프지 않았다면 은희한테 로망의 남자는 생기지도 않았을걸?"

"야. 2학년 반주자가 들으면 서운하겠다."

"그렇지?"

북 치고 장구 치고, 두 사람은 서로를 쳐다보며 까르르 웃었다. 은희는 못 말린다는 표정으로 고개를 저으며 샤부샤부 육수에 잘 익은 고기를 부지런히 먹었다.

"어쨌든, 채영이 덕분에 민 선생님을 알게 되면서 잠자고 있던 로망이 깨어난 거잖아."

"그래서 좋아하게 됐는데 민 선생님도 나를 좋아하고."

"그런데 알고 봤더니 그때 그 반주자가 민 선생님이고!"

"우아, 이런 기적이!"

드디어 대화를 마친 두 사람이 감격한 얼굴로 은희를 쳐다보았다. 해미가 갑자기 은희의 손을 덥석 잡았다.

"가지 쳐라."

"풋."

은희는 터지려는 웃음을 겨우 참았다. 축하한다는 말보다 가지 치라는 말을 먼저 하는 친구들이란……. 사랑한다.

"그런데 문제가 좀 있어."

은희는 시무룩한 표정으로 엄마의 반대에 대해 알렸다. 친구들은 마치 제 일처럼 진지하고 심각한 표정으로 은희의 말에 귀를 기울였다.

"우리야 너와 민 선생님을 응원하지만 엄마 마음이 어떨지 이해는 돼."

현주의 말에 은희가 한숨을 폭 내쉬었다.

"그걸 내가 왜 모르겠어. 엄마 말대로 동네 꼬마로 예뻐하는 거랑 함께 살면서 숙모로, 혹은 엄마로 채영이를 직접 키우는 건 전혀 다르니까 말이야. 무엇보다 엄마는 내가 고생하게 될까 봐 그게 싫은 걸 거야."

엄마의 걱정이 무엇일지 은희는 막연하게나마 알 것 같았다. 결혼을 해서 가족으로 함께 살게 되었을 때 부딪치게 되는 문제들로 인해 딸이 마음고생 하는 것이 싫은 엄마의 마음을 말이다. 게다가 요즘 같은 세상에 내 자식 하나 키우는 것도 힘든데 조카까지 키워야 한다니, 엄마라면 당연히 반대할 일이었다. 아무리 채영이의 사정이 딱하다 해도 말이다.

"그나저나 민 선생님도 대단하다. 혼자서 채영이를 5년이나 키운 거잖아."

"채영이는 선생님의 아픈 손가락이자 죽은 형과 형수님을 이어주는 끈이고 그런 것 같아."

세현의 사연을 알고 있는 해미와 현주가 숙연한 얼굴로 고개를 끄덕였다.

"그런데 내가 채영이랑 지금처럼 잘 지낼 수 있을지 걱정이야."

"채영이가 되바라진 아이가 아니니까 잘 지낼 수 있지 않을까?"

해미가 위로하듯 말했다.

"채영이가 문제겠어? 내가 문제지."

"네가 왜?"

"공평하지 못할까 봐."

셋은 조용해졌다. 열 손가락 깨물어 안 아픈 손가락은 없어도 덜 아픈 손가락은 있다고 하질 않나. 충분히 할 수 있는 고민이었다.

"그런데 가끔은 열심히 하려고 하면 할수록 역효과가 나는 경우도 있잖아. 물론 그 경계를 찾는 것도 만만치 않겠지만, 순리를 따르다 보면 좋은 해답을 찾을 거야."

현주의 말이었다.

"잘할 수 있을까?"

"넌 지혜롭게 잘 해결할 거야."

"그래. 우린 너를 믿어."

은희는 친구들의 말에 감격해 눈물이 날 뻔했다. 친구들의 응원과 위로를 받으며 식사를 끝내고 셋은 근처 커피숍으로 자리를 옮겼다. 달달한 커피를 마시며 일상적인 대화를 이어가던 중, 해미가 불현듯 생각난 듯 말을 꺼냈다.

"그런데 민 선생님이랑 제대로 데이트를 못해서 어쩌냐?"

"힝."

은희가 몸을 흔들며 앙탈을 부렸다.

그렇다. 결혼은 차차 생각한다 해도 연애하는 기분을 낼 수 없으니 우울하기 짝이 없었다. 전화 통화로 아쉬움을 달래는 것도 한두 번이지, 이러다가는 결혼은커녕 연애도 제대로 못 해보고 지칠 것 같았다.

"오늘은 어떻게 나온 거야?"

"나가는 것까지 막지는 않아. 다만 눈총을 계속 쏘아댈 뿐이지. 빵야, 빵야, 빵야."

은희가 양 손가락으로 권총을 만들어 마구잡이로 쏘아댔다. 실없다는 듯 혀를 한 번 찬 해미가 손가락 권총을 아래로 내려버렸다.

"그리고 꼬치꼬치 캐물어. 어딜 가냐, 뭐 하러 나가냐, 몇 시에 들어올 거냐. 피아노학원이랑 슈퍼가 한 건물이라 그런지 요즘은 슈퍼 다녀오는 것도 눈치가 보여."

은희는 삐딱하게 앉아 우울한 목소리로 말했다. 현주가 뭐가 그리 어렵냐는 표정으로 코웃음을 쳤다.

"나갈 핑계를 만들면 되잖아."

"집구석에서 꼼짝도 안 하는 걸 뻔히 아는데 무슨 핑계?"

"그러니까 만들어야지, 이 답답아."

친구의 핀잔에 은희는 입술을 삐죽거렸다.

"오늘처럼 우리 만난다고 나오던가, 아니면 자료 조사할 거 있다고 하던가. 만만한 서점을 가시던가 말이야."

"그런다고 해결이 되겠니. 선생님은 학원에 있고, 채영이까지 있는데 오붓한 시간을 가질 기회가 없다."

테이블에 턱을 괸 은희는 포기한 표정으로 커피를 홀짝거렸다.

엄마가 반대만 안 하면 채영이를 집에 맡기면 되는데, 그럴 수가 없으니 이래저래 답답하기만 했다. 거창한 데이트가 아니더라도 학원에서 잠시 본다든가, 동네에서 점심을 먹는다든가. 아니면 그의 집에서라도 데이트할 수 있을 텐데, 어쩌다가 철창 없는 감옥에 갇힌 신세가 되었는지 은희는 착잡하기만 했다.

"현주야."

심란해하는 은희를 빤히 쳐다보던 해미가 결심한 표정으로 입을 열었다.

"응?"

현주가 대답했다. 은희도 덩달아 해미를 쳐다보았다. 해미는 은희가 들고 있던 커피 잔을 빼앗았다.

"얘 어서 들여보내자."

"어, 그래. 자…… 보자."

해미가 테이블을 정리하는 동안 현주는 휴대전화의 시간을 확인했다.

"아직 8시밖에 안 됐으니까 서둘러 집에 가면 8시 30분. 맞지?"

"얼추 그렇긴 하지."

은희는 어리둥절한 얼굴로 시간을 확인하며 대꾸했다. 현주가 턱짓을 했다.

"빨리 문자 넣어."

"누구한테?"

"누구긴 누구야. 민 선생님이지."

쟁반을 들고 일어나며 해미가 타박을 했다. 현주는 마치 작전을 짜는 대대장 같은 얼굴로 말했다.

"시간 아까우니까 그건 나중에 해. 넌 여기서 나가면 전철역까지 전력을 다해 뛰는 거야. 어차피 민 선생님은 학원에 있을 테니까 문자는 전철을 탄 다음에 보내도 돼. 집 앞에서 보자고 해."

"……."

"뭐, 집 안도 좋아. 하지만 집엔 채영이가 있으니까 되도록 밖에서 만나."

현주의 말을 듣다 보니 은희는 마음이 급해지고 심장이 벌렁벌렁 거렸다. 해미가 자리로 돌아오고 현주는 은희의 팔짱을 꼈다. 은희의 가방을 챙긴 해미가 두 사람의 등을 떠밀며 밖으로 향했다. 현주의 말은 계속 이어졌다.

"전철에서 내리면 순진하게 버스 타지 말고 택시를 타. 넉넉 잡고 8시40분쯤 도착한다고 치고. 네가 보통 우리랑 만나고 집에 들어가면 11시쯤 되지 않았어?"

"응."

"그럼…… 와우."

"브라보."

두 사람이 만족스러운 표정으로 서로를 쳐다보며 박수를 쳤다.

"넉넉하게 두 시간은 데이트할 수 있겠네."

"우리를 만나겠다고 귀한 시간을 쪼개서 나와주신 건 고마운데 말이지."

어깨에 팔을 올린 현주가 거만한 투로 말했다.

"이렇게 단순하고 순진해서 연애는 언제 하니."

이제는 해미가 딱하다는 표정으로 고개를 설레설레 저으며 혀를 찼다.

"얘들아……."

감격에 겨워 안으려는데 현주가 엄한 표정으로 박수를 크게 한 번 치더니 전철역을 향해 손을 쭉 뻗었다.

"뛰어!"

"얘들아 안녕!"

은희는 뛰면서 친구들을 향해 손을 흔들었다. 현주는 고고하게 서서 손을 흔들고 해미는 제자리뛰기를 하며 과격하게 손을 흔들었다.

"데이트 잘해!"

"내일 전화해!"

은희는 점점 멀어지는 친구들을 향해 몇 번 더 손을 흔들고는 전철역을 향해 전력 질주를 했다.

카페 가장 안쪽에 자리를 잡은 세현은 계속 바깥만 주시하고 있었다. 시간은 밤 9시를 향해 달려가고 있었다.

8시가 조금 넘은 시간에 은희로부터 문자를 받았다. 지금 들어가는 중이니까 학원에서 잠시 보자는 내용이었다. 그때부터 그는 좀처럼 자리에 앉지 못하고 서성였다. 지금껏 제대로 된 데이트도 한 번 못했는데, 오늘이 어렵게 찾아온 첫 데이트라고 생각하니 초조해졌다.

9시쯤 카페에서 보자는 문자를 보내고 보니 그의 옆에는 호기심이 가득한 얼굴의 채영이가 동그란 눈을 깜빡거리며 서 있었다.

　미안하지만, 채영이는 원장님에게 부탁했다. 밖에서 볼일이 좀 있다는 어정쩡한 핑계를 댔지만 종종 그런 부탁을 한 적이 있어서 그런지 원장님은 흔쾌히 허락했다. 채영이도 군소리 없이 빨리 오라는 말을 남기고 원장님을 따라갔다. 마지막으로 학원 문을 잠근 세현은 카페까지 한달음에 달려왔다.

　'아직 멀었나?'

　시간을 확인하려고 잠깐 휴대전화로 시선을 돌렸을 때 문 열리는 소리가 들렸다. 얼른 바라본 그곳에 양 볼이 발그레한 은희가 있었다. 세현은 저도 모르게 자리에서 벌떡 일어나 은희에게로 저벅저벅 걸어갔다. 웃지도 않고 잔뜩 굳은 표정으로 다가오는 그 때문에 은희는 잔뜩 기가 죽었다.

　"오래 기다렸어요?"

　"응."

　단호한 대답이었다. 그러나 곧 표정을 푼 세현은 어서 주문하고 앉자며 재촉했다. 적당히 아무 음료나 주문한 두 사람은 픽업 데스크로 가서 음료를 기다렸다.

　"채영이는요?"

　"원장님께 맡겼어."

　"나랑 만나는 거 몰라요?"

　"알면 따라왔겠지."

"조금 미안한데요?"

"난 안 미안해하려고."

"뭐야. 삼촌 맞아?"

"아무리 삼촌이어도 데이트는 해야 하잖아."

어찌나 진지하게 대답하는지 장난스럽게 대꾸한 것이 미안해졌다. 은희는 멋쩍은 표정으로 헛기침을 한 번 했다.

"그럼 나도 안 미안해할래요."

세현이 힐끔 쳐다보았다.

"나도 오붓하게 데이트하고 싶단 말이에요."

은희가 고개를 푹 숙이고는 들릴 듯 말 듯 중얼거렸다. 세현은 히죽 웃고는 은희의 어깨를 다정하게 토닥였다.

"주문하신 음료 나왔습니다."

직원이 음료를 내밀며 친절하게 알렸다. 두 사람은 각자의 음료를 들고 조금 전 세현이 앉았던 자리로 가서 마주보고 앉았다.

시선이 마주치자 두 사람은 배시시 미소를 지었다. 두 번째로 갖게 된 둘만의 시간이었다. 평상시에 문자로 통화로 서로의 마음을 확인하고, 그리움을 달래고 있지만 역시나 얼굴을 직접 보는 것이 가장 강력한 마법인 것 같았다. 몸이 멀어지면 마음도 멀어진다는 말이 괜히 있는 건 아닐 것이다.

"친구들이랑 뭐 하고 왔어?"

분명히 특별할 것도 없는 관심이었다. 그럼에도 저만을 바라보고 제 말에 귀를 기울이며 함께 웃어주는 '특별한' 누군가가 있다는 건 인생 최고의 선물이었다.

"외출하면 보통 이 시간에 귀가하는 거야?"

부드러운 미소로 한참 이야기를 들어주던 그가 휴대전화로 시간을 확인했다. 별말 안 한 것 같은데 시간은 어느새 10시를 향해 달려가고 있었다.

"선생님 만나는 게 쉽지 않다고 하니까 데이트하라고 일찍 보내줬어요."

"미안해. 내가 일이 너무 늦게 끝나지?"

"아니에요. 뭐 그런 걸로 미안해해요. 시간이야 만들면 되죠."

"그러지 말고, 학원에 다시 나오라니까?"

갑자기 기분이 가라앉았다. 엄마 때문에 학원을 다니더라도 그가 있는 학원은 안 된다. 예전이라면 어느 학원에 다니든 상관없었지만 이제는 그가 없는 학원은 의미가 없다.

"나도 그러고 싶다고요."

고개를 숙인 은희는 시무룩한 얼굴로 중얼거리며 얼마 남지 않은 커피를 휘휘 저었다.

"부모님 허락을 받는 게 어떨까 싶어."

"네?"

은희가 고개를 번쩍 들었다.

교제를 허락 받으려는 십 대 청소년들도 아니고, 성인인 두 사람에게 허락은 결혼을 의미했다. 그를 좋아하고 결혼하고 싶은 마음도 있지만 아직 결심이 서지 않았기에 그의 결정이 부담스러웠다.

세현도 그걸 모르지 않았다. 아니 너무도 잘 알기에 제 마음이 간절함에도 은희의 결정을 기다리겠다고 했던 것이다. 물론 지금도 은희의 마음이 우선이라는 생각에는 변함이 없지만 눈칫밥까지 먹게 하고 싶지는 않았다.

"어머니가 날 별로 탐탁지 않아 한다는 거 알아."

더는 부정할 수 없어, 은희는 다시금 시무룩하게 고개를 숙였다.

"왜 싫어할까요?"

"정말 몰라서 묻는 거 아니지?"

"알아요. 아는데, 그 이유를 이해할 수 없어서 그래요."

은희는 답답하다는 표정으로 남은 커피를 한 번에 들이켰다.

"난 이해해."

"이해하지 마요. 선생님이 뭐가 어때서요?"

세현은 제 편을 들어주는 사람이 있다는 사실이 무척 뿌듯하고 고마웠다. 더구나 좋아하는, 아니 사랑하는 사람이지 않나.

사랑하지만 그의 조건을 감당하기 어렵다며 떠난 사람도 있었다. 그 이후로 채영이를 위해 어느 누구도 사랑하지 않겠다고 다짐했는데, 지금 이렇게 도저히 놓을 수 없는, 놓고 싶지 않은 사람이다.

"그나저나. 선생님은 우리 엄마 마음을 어떻게 그리 잘 알아요?"

정말 궁금해서 묻는 거였다. 은희는 단 한 번도 어머니의 생각을 간접적으로도 전한 적이 없기에 그랬다.

"너무 뻔해서 알아. 그리고 그 정도는 내 처지만 잘 알아도 짐작할 수 있어."

"그러니까요. 선생님 처지가 뭐가 어때서요?"

엄마도 그렇고, 어째서 다들 이리 답답한 소리만 하는지 은희는 분통이 터지려고 했다. 물론 조카를 계속 내 자식처럼 키운다는 것이 말처럼 간단하고 쉬운 일이 아니라는 건 막연하게나마 알고 있지만, 그렇다고 반대하고 꺼리는 것에는 동의하고 싶지 않았다.

"후후. 화내주니까 고맙네."

그도 속상하고 답답할 텐데, 자신을 위해 웃어주는 것 같아 은희는 마음이 아팠다. 그러나 이해되지 않는 상황을 계속 한탄하며 붙잡고 있어 봐야 해결될 일이 아니었다. 뭔가 실질적인 대책을 세워야 했다.

"허락 받으러 갔는데, 엄마가 계속 반대하면 어떻게 할 거예요?"

"……."

"그렇게 되면 우리는 몰래 하는 연애도 힘들겠죠?"

속상한 마음이 은희의 목소리에 그대로 드러났다.

"미안한데……."

"뭐요. 왜요."

이제 와서 연애하지 말자고, 변덕을 부리나 싶어 은희의 목소리가 격양되었다. 그러나 세현은 옅은 미소를 지으며 차분하게 말을 이었다.

"은희 씨가 결정을 조금만 서둘러 주면 안 될까?"

이러고 싶지 않았는데, 세현은 결국 은희에게 어서 결정하라고 재촉하고 말았다.

"……결혼이요?"

"응. 은희 씨 마음이 정해지면 바로 부모님 뵙고 내가 허락받을게."

한참 동안 세현을 바라보던 은희가 시선을 떨구었다.

"사실은 자신감이 자꾸 떨어져요. 내가 채영이와 잘 지낼 수 있을지, 내가 과연 채영이를 보살필 자격이 있는지 고민되고 걱정되고 그래요."

은희를 바라보던 세현이 손바닥을 위로하여 테이블에 올렸다. 그의 커다란 손을 물끄러미 보고 있던 은희가 제 손을 얹자 세현이 그 손을 꼭 쥐었다.

"은희 씨는 결혼 후에도 채영이를 지금처럼 계속 기를 거냐고 한 번도 묻지 않네."

"그럴 수 없다는 거 아니까요. 그리고 그러면 안 된다는 것도 아니까요."

세현은 눈물이 날 것 같아 얼른 고개를 아래로 떨구었다.

제 마음을 이해해 주고 함께 해줄 사람을 얼마나 기다렸는지 모른다. 그렇기에 자꾸 욕심이 났다. 어떤 짓을 해서라도 꼭 제 옆에 두고 싶다는 생각이 간절했다. 그러나 그 욕심이 지독한 이기심이라는 걸 세현은 알고 있었다.

감정을 겨우 추스른 세현이 은희의 손을 양손으로 살며시 감싸고 고개를 들었다.

"은희 씨 생각만 해. 은희 씨 행복만. 그러면 결정이 조금은 쉬워질 거야."

"선생님은요? 채영이는요. 나만 행복한 거 말고 선생님이랑 채영이랑 같이 행복하고 싶단 말이에요."

답답해서 어쩔 줄 몰라 하는 은희를 보고 있으니 세현은 마음이 무척 아팠다. 어려운 결정을 그녀에게만 떠안긴 것이 괴롭고 미안했다. 그러나 이 문제는 아무리 그녀를 사랑해도, 채영이가 누구보다 그녀를 원해도 자신이 개입할 수 없었다. 한 인간의 인생이 달린 문제였기에 더더욱 그랬다.

그럼에도 자신과 함께 하겠다고 결정한다면 세현은 최선을 다해 부모님을 설득할 생각이었다. 어떤 대우를 받더라도 허락을 받을 때까지 할 수 있는 것은 무엇이든지 다 할 생각이었다. 그리고 은희를 누구보다 행복하게 만들 것이었다.

"은희 씨가 어떤 결정을 하든 나는 무조건 따르고 수용할 거야."

"내가 연애만 하자고 해도?"

"응."

"결혼하기 싫다고 해도?"

"그래."

어쩜 눈 하나 깜빡 안 하고 저리 대답을 잘하는지, 은희는 이상하게 약이 올랐다.

좋아한다면서, 결혼도 하고 싶다면서 더 확실하게 자신을 잡지 않는 그가 야속하고 원망스러웠다. 아무리 엄마의 반대 때문이라지만, 소극적으로 나오는 그가 서운한 건 어쩔 수 없었다.

이해를 하는 것과는 별개로 말이다.

"집에 갈래요."

은희는 잡고 있던 손을 놓고 자리에서 벌떡 일어났다.

"같이 가."

은희는 대꾸도 하지 않고 가방을 들고 그대로 몸을 돌렸다. 세현은 서둘러 테이블을 정리하고 벌써 밖으로 나간 은희를 따라 급히 카페를 나섰다.

캄캄한 밤. 도로를 달리는 차량의 불빛을 받으며 두 사람은 아파트로 향했다. 횡단보도를 건너고 피아노학원 건물의 계단을 오를 때도 두 사람은 계속 말이 없었다. 은희는 그에게 서운했고, 세현은 알면서도 달래주지 못했다.

침묵 속에서 두 사람은 아파트 단지로 들어섰다.

"안녕히 가세요."

은희는 그의 얼굴은 쳐다보지도 않고 꾸벅 인사를 하고 집으로 이어지는 110동의 1층 주차장 쪽으로 몸을 돌렸다. 최소한의 형광등만 켜져 있는 어둑한 주차장으로 들어가는 은희를 세현이 서둘러 따라갔다.

"집에 데려다 줄게."

은희가 걸음을 멈추자 세현도 따라 걸음을 멈추었다.

"선생님은……."

정면을 바라본 채, 은희가 침울한 목소리로 입을 열었다.

"선생님은 정말 나와 결혼하고 싶은 거 맞아요?"

은희가 그를 향해 천천히 돌아섰다. 그를 바라보는 눈동자에 원망이 가득했다.

"혹시 나한테 고백한 거, 결혼하고 싶다고 했던 거, 후회하는 건 아니에요? 이제 와서 마음이 변한 건 아니냐고요."

좋아한다고 했지만, 결혼하고 싶다는 말을 듣기는 했지만, 그랬음에도 자꾸 뒷걸음치려는 그로 인해 제 마음도 뒷걸음치는 것 같았다.

하루에도 열두 번씩 좋아한다고, 사랑한다고 계속 확인하고 확인 받아도 흔들리는 것이 사람 마음인데, 어쩜 그는 이리도 소극적이기만 한지. 어렵게 시간을 냈는데 결국 이런 소리나 하고 헤어지게 되었다고 생각하니 화가 나고 우울하여 눈물이 날 것 같았다.

"나더러 결정하라면서, 왜 선생님은 확실한 마음을 안 보여주는데요. 선생님 마음을 알아야 내가 결정을 하죠. 그날 고백한 걸로 끝인 거예요? 전화 통화로 결혼하고 싶다고 했던 게 다냐고요. 선생님 진심은 도대체 뭐예요?"

원망의 시선을 바라보는 세현은 애가 탔다.

진심이라고 했나? 누구보다 절실하게 원하고 있음에도 혹여 그녀의 미래를 망치는 건 아닐까 봐 얼마나 걱정하고 있는지 그녀는 모른다. 욕심나는 만큼 두려움도 크다는 걸 그녀는 모른다. 제 마음이 나만의 행복을 바라는 이기심으로 변질될까 봐 조심스럽고 또 조심스럽다는 걸 그녀는 모른다.

아니, 말하긴 했던가? 그런 마음을 보인 적은 있던가?

"하아. 됐어요."

대답을 기다리다 지친 은희는 손으로 이마를 짚으며 길게 한 숨을 쉬었다.

딱 한 번이라도 나를 원한다고, 진심을 다해 말해 주길 바랐는데…….

은희는 포기했다는 표정으로 그를 향해 손을 한 번 크게 흔들어 보이고는 돌아섰다. 더 길게 그리고 깊이 생각하기에 오늘은 너무 지친다.

터벅터벅.

걸음을 떼는 것이 힘들었다. 한 걸음 한 걸음 옮길 때마다 믿었던 그의 마음이 떨어져 나가는 것 같았다. 바보같이 혼자만 좋아했던 것 같아 자존심이 상하고 가슴은 쓰리고 아팠다. 그 말한마디가 그리 어려운 것이냐, 타인의 생각과 마음은 내가 어쩌지 못한다는 걸 새삼 깨닫게 되었다.

갑자기 울컥 눈물이 터지려고 했다. 점점 멀어지는데 그가 붙잡지 않는다. 제대로 된 연애 한 번 못 해보고, 그 간단한 말 한마디가 뭐라고 이대로 끝이 나는가 싶어 은희는 서러움이 북받쳐 올랐다.

부우웅—.

114동의 지상으로 올라가는 주차장 출입구 쪽에서 승용차 한 대가 서행해 들어오고 있었다. 은희는 흐느적거리며 기운 없이 차를 비켜 밖으로 향해 난 인도로 걸음을 옮겼다. 차가 지나가는 소리에 은희는 뒤에서 다급하게 달려오는 소리를 듣지 못했다.

"은희야."

억센 힘이 팔을 잡아 돌려세웠다. 은희는 놀랄 새도 없이 휘청거리며 자신을 붙잡은 사람 쪽으로 돌아섰다.

눈앞에 큰숨을 몰아쉬는 그가 있었다. 은희는 이미 늦었다며 다 필요 없다며 화를 내려고 했다. 잡힌 손을 뿌리치고 속 시원하게 소리라도 지르려고 했던 입술 위로 따뜻하고 부드러운 감촉이 느껴졌다.

얼굴을 두 손으로 감싼 세현은 짧은 입맞춤을 끝내고 반쯤 감긴 눈으로 은희를 그윽하게 바라보았다. 당황하여 이리저리 방황하는 그녀의 눈동자를 바라보며 세현이 낮게 읊조리듯 말했다.

"사랑해."

라고.

쾅!

밖에서 인기척이 들려 방에서 나가려던 엄마가 아빠를 돌아보았다. TV를 보고 있던 아빠도 요란한 소리에 엄마를 쳐다보았다.

"뭐지?"

무슨 일이라도 생겼나 싶어 엄마가 서둘러 밖으로 나가고 아빠도 침대에서 일어나 방을 나섰다. 거실은 불이 꺼진 채 조용하고 현관의 센서등만 환히 켜져 있었다.

"은희 왔니?"

엄마는 현관 쪽에 있는 방으로 향하며 큰 목소리로 물었다.

그러나 대답은 없었고 현관 입구에 아무렇게 놓여 있는 가방만이 은희가 왔었음을 알려주었다.

그 시간 은희는 엘리베이터에서 내려 110동을 향해 전속력으로 달리고 있었다. 고민이고 뭐고, 세현의 생각으로 머릿속이 터질 것만 같았다.

갑작스러운 키스에 넋이 반쯤 나간 채로 집에 도착해 현관 앞에서 한참을 멍하니 서 있었다. 조금 전 자신에게 일어났던 일, 그리고 그가 낮게 읊조리던 고백을 더듬다가 돌아섰다.

나만 생각하라고? 내 행복만? 웃기시네!

언덕을 올라갈 때는 숨이 턱까지 차고 다리가 후들거렸지만 바로 내리막길이 나오면서 속도가 다시 붙었다. 은희는 나에게 날개가 있었으면 좋겠다는 생각을 처음으로 했다.

드디어 세현의 아파트 입구. 엘리베이터를 기다리는 동안 타들어갈 것 같은 가슴을 주먹으로 마구 두드렸다. 목구멍에서는 새된 숨소리가 흘러나왔다. 어질어질한 상태로 세현의 집 앞에 도착한 은희는 심호흡을 하며 잠시 숨을 골랐다. 숨이 차서 말도 못하면 안 되니까.

띠리리—

초인종이 조용한 복도를 울렸다. 잠시 후. 어리둥절한 표정의 세현이 문을 열었다.

"왜 그래? 무슨 일 생겼어?"

은희가 숨을 몰아쉬는 걸 보고 세현이 걱정스레 물었다. 은희는 고개를 가로젓고는 세현을 밀쳐내고 안으로 들어갔다.

"아줌마아."

금방 세수를 했는지 앞머리가 촉촉하게 젖은 채영이가 양팔을 벌리며 반갑게 맞았다. 은희는 채영이와 눈을 맞추고 앉았다.

"채영아. 아줌마가 삼촌이랑 잠깐 할 얘기가 있어서 왔거든. 미안한데 네 방에서 기다려줄래?"

"응. 알았어."

"아!"

흔쾌히 돌아서는 채영이를 은희가 다시 붙잡았다. 그리고는 뽀얗고 통통한 볼을 검지로 아프지 않게 콕콕 찔렀다.

"여자의 생명은 피부야. 방에 들어가면 로션부터 발라."

"응."

저를 챙겨주는 말 한마디에 채영이는 신이 나서 어깨까지 들썩이며 대답하고는 쌩하니 방으로 들어가 시원하게 문까지 닫았다.

"뛰어온 거야? 무슨 일인데 그래?"

세현이 근심이 가득한 목소리로 물어도 은희는 묵묵히 자리에서 일어나 그를 바라보았다. 초조하게 대답을 기다리는 그를 물끄러미 바라보던 은희가 앞섶을 덥석 잡았다. 흠칫 놀란 세현이 손목을 붙잡는데 은희가 힘을 주어 제 쪽으로 끌어당겼다.

"은-."

놀란 외마디는 은희의 입맞춤에 사라졌다. 잠시 경직되어 있던 세현은 곧 은희의 얼굴을 감싸고 달콤한 키스를 깊이 음미했다. 제 마음을 확인시키려는 사람들처럼 키스에 몰두해 있던 두 사람이 입술을 떼고 서로의 눈동자를 뜨겁게 바라보았다.

"나 결혼할 거예요."

은희가 용기에 찬 목소리로 말했다. 세현은 감격에 겨운 얼굴로 흐트러진 머리카락을 다정하게 쓸어넘겨주었다.

"나만 생각하는 거, 못하겠어요. 선생님을 빼고, 채영이를 빼고는 행복하지 못할 것 같아요. 그러니까 우리 결혼해요."

"은희야."

세현은 은희를 와락 끌어안았다.

섣불리 사랑한다는 말을 할 수 없었다. 단시간에 커져버린 마음을 사랑이라고 믿지 않으면 어쩌나 걱정했다. 그 마음이 그녀의 마음을 강요하게 될까 봐, 일생일대의 중대한 결정을 하는데 자신이 끼어들어 순탄할 수 있는 그녀의 삶을 망치게 될까 봐 두려웠다.

누군가는 우유부단하다고 비난할지 모르나 그것은 그가 은희를 사랑하고 아끼는 방법이었다. 또 누군가는 책임을 회피하려는 것이라고 손가락질할 수도 있었다. 그러나 그녀의 마음이 확고하고, 제 마음이 확고한 이상 세상 사람들이 뭐라 하든 이제 앞만 보겠다는 결심을 다시금 되새기게 되었다.

"고마워. 정말 고마워."

"사랑해요, 선생님."

"나도. 나도 사랑해."

두 사람의 입술이 다시 겹쳐졌다. 애정이 흘러넘치는 입맞춤에 열중하던 은희가 갑자기 몸을 떨어뜨렸다.

"쐐기를 박겠어요."

"뭐?"

입술 꼬리를 올리며 음흉하게 웃던 은희가 채영이의 방문을 활짝 열었다. 문이 갑자기 열리자 책을 읽고 있던 채영이가 화들짝 놀란 얼굴로 쳐다보았다.

"채영아. 삼촌이랑 아줌마랑 결혼한다!"

은희는 들뜬 목소리로 기쁜 소식을 알리고 당황한 세현은 포기했다는 듯 한 손으로 눈을 가려버렸다.

"꺄아아악!"

무슨 소리를 들었나 잠시 멀뚱멀뚱 거리고 있던 채영이가 비명을 지르며 우다다다 달려와 두 팔을 벌리고 앉은 은희에게 냅다 안겼다. 달려오는 힘에 밀려 뒤로 벌렁 넘어지려는 걸 세현이 급히 붙잡았다.

"아앙. 쪼아, 쪼아!"

채영이는 어린 새가 어미 품에서 어리광을 부리듯 은희의 품에서 온몸을 비벼댔다. 은희는 행복한 미소를 지으며 채영이의 등을 다정하게 쓰다듬었다. 그리고 두 사람을 세현이 다시 제 품에 꼭 끌어안았다. 그렇게 세 사람은 한식구가 된다는 기쁨에 흠뻑 젖어 있었다.

15. 사랑으로 part.1

저녁식사 후 설거지를 끝낸 은희는 소파에 나란히 앉아 TV를
보고 있는 부모님을 힐끔 쳐다보았다.

"과일 드릴까요?"

"냉장고에 사과 있다."

"네."

은희는 식탁에 앉아 사과를 깎으며 시계를 쳐다보았다.

조금 있으면 세현이 오기로 했는데 부모님은 아직 모른다.
그는 약속을 먼저 해야 한다고 했으나 은희가 말렸다. 민 선생
이라면 펄쩍 뛰는 데 약속이라니, 시도도 못 해보고 집이 원천
봉쇄될 것이 뻔했다. 그뿐인가. 은희는 감금을 당할지도 몰랐
다.

무례하다 생각하지 않겠냐며 한참 고민을 하던 세현은 결국
은희의 말에 따르기로 했고 아빠가 일찍 귀가하는 날을 벼르다
오늘로 정했다. 은희는 엄마의 컨디션이 나빠지지 않도록 종일

애를 썼다. 평상시 같으면 귀찮다고, 바쁘다고 마다했을 일도 알아서 척척 하면서 엄마의 비위를 맞추고 있었다.

띠릭.

식탁 위에 올려놓았던 휴대전화로 문자가 도착했다.

[5분 후에 도착해.]

문자를 확인한 은희는 저도 모르게 마른침을 한 번 삼켰다. 초조함에 과일 깎는 손이 덜덜 떨렸다.

'제발, 엄마가 내쫓지만 않았으면…….'

그래야 말이라도 해보는데, 집에 들어오지도 못하면 정말 답이 없었다. 문득 아빠의 생각이 궁금해졌다. 엄마가 싫다고 펄펄 뛰는 남자가 있다는 걸, 아빠는 알고 있을까?

'아빠도 엄마 편인가?'

과일을 막 티테이블에 올렸을 때 문자 도착음이 한 번 더 울렸다. 은희는 후다닥 뛰어가서 문자를 확인하고 현관으로 향했다.

"어디 가?"

엄마가 한껏 예민해진 목소리로 물었다. 요 며칠 은희의 행동이 수상쩍어 보였기에 더더욱 그랬다.

"아니 그냥……."

은희는 말끝을 흐리며 재빨리 현관문을 열었다. 밖에는 잔뜩 긴장한 표정의 세현이 말끔하게 정장을 입고 서 있었다. 은희는 힐끔 뒤를 훔쳐보고는 얼른 밖으로 나가 문을 닫았다. 띠리릭, 하는 전자음이 유독 크게 들리는 것 같았다.

"심장 떨려 죽을 것 같아요."

은희가 세현의 팔을 붙잡고 발을 동동거렸다. 그건 세현도 마찬가지였다. 사전에 약속도 없이, 양해도 구하지 않고 불쑥 찾아온 것부터가 부담이었다. 거절을 당하더라도 미리 연락을 했어야 하지 않았나, 오는 내내 계속 고민했다.

"나도 그래."

세현은 바들바들 떨고 있는 은희의 손을 꼭 쥐었다.

"한 번에 허락 받을 거라고 생각하지 않아. 욕도 먹겠지. 아니면 그보다 더 험한 소리를 들을 수도 있고."

"아아, 싫은데."

"난 괜찮아. 은희 씨와 결혼할 수만 있다면 어떤 소리를 들어도 상관없어. 오늘 안 되면 내일 오면 되고, 내일이 안 되면 그다음 날 다시 오면 돼. 난 각오가 되어 있으니 은희 씨는 걱정하지 마."

"그래도요. 아이, 엄마는 도대체 조카가 뭐가 문제라고."

속상함에 짜증이 가득한 목소리로 투덜거리던 그때 띠리릭, 소리를 내며 현관문이 열렸다. 흠칫 놀라 돌아본 곳에는 엄마가 서 있었다.

"엄……마……."

세현을 본 엄마의 표정이 급격히 굳어졌다. 매서운 눈초리가 잡고 있는 손으로 향하자 세현이 먼저 손을 놓고 자세를 바로잡았다.

"안녕하십니까?"

"민 선생님이 어쩐 일로 우리 집에……."

그러면서 엄마는 은희를 쏘아보았다. 두 사람이 손을 잡고 있는 것만으로도 엄마는 충분히 상황을 유추할 수 있었다. 즉, 당신이 그토록 반대하던 일이 벌어졌다는 것을 의미했다.

"실례인 줄 압니다만, 드릴 말씀이 있어서 왔습니다."

"실롄 줄 알면 돌아가요."

찬바람을 일으키며 엄마가 안으로 들어가려는 걸 은희가 급히 문을 붙잡았다.

"엄마. 잠깐만."

그러나 문을 어찌나 세게 닫는지 은희는 외마디 소리를 내며 얼른 손을 뗐다. 하마터면 손가락이 문틈에 낄 뻔했다.

"괜찮아?"

세현은 얼른 은희의 손부터 살폈다. 은희는 속상해서 눈물이 날 것 같았다.

"어떻게 해요."

"미안한데, 문 좀 열어줘."

"여는 건 문제가 아닌데……."

세현은 웃으며 은희의 어깨를 토닥였다. 은희는 근심이 가득한 표정으로 한숨을 한 번 쉬고는 전자도어의 비밀번호를 눌렀다.

"가요."

문을 열기 무섭게 차가운 목소리가 날아들었다. 팔짱을 낀 엄마가 현관에 있었다.

"엄마. 얘기를 좀 들어 봐요."

"들을 거 없어. 그러니 민 선생님은 이만 돌아가요."

"어머님."

"그만!"

두 눈을 질끈 감은 엄마가 목소리를 높였다. 흥분을 가라앉히려는 듯 깊게 심호흡을 한 엄마가 한껏 낮아진 목소리로 말했다.

"민 선생님."

"네."

세현이 겸허한 자세로 대답했다.

"난 민 선생님이 미운 게 아니에요."

"그럼 도대체-."

세현이 팔을 붙잡는 바람에 은희는 말을 꺼내다 말았다. 왜 말리냐는 표정으로 쳐다보았지만 세현은 여전히 시선을 아래로 내린 채 반듯하게 서 있었다.

"채영이 계속 키울 거죠?"

"네."

은희는 원망이 가득한 눈으로 엄마를 쳐다보았다.

"그래서 안 되는 거예요. 난 누구보다 내 딸이 중요해요. 좋은 남자 만나서 걱정하지 않고, 고생하지 않고, 행복하게 살길 바라는 것이 부모 마음이라고요. 그런데 미안하게도 민 선생님은 내가 바라던 내 딸의 남편감이 아니야."

"엄마."

"시끄러워!"

엄마의 고함이 아파트 복도를 쩌렁쩌렁 울렸다.

"넌 들어와."

엄마가 은희의 팔을 잡아끌었다. 세현은 싫다고 버티는 은희를 붙잡지 못했고, 그렇게 복도에 홀로 남겨졌다.

"엄마, 왜 이래요!"

현관문이 닫히고 거실 입구까지 끌려갔던 은희가 겨우겨우 엄마의 팔을 풀었다. 아빠는 어리둥절한 표정으로 거실 한가운데서 현관을 보고 있었다.

"이게 다 너 위해서 그러는 거야."

"이게 왜 날 위하는 건데. 뭐가."

"엄마가 얘기했어, 안 했어. 하필 골라도 애 딸린 남자야, 왜!"

아빠가 기겁한 표정으로 입을 반쯤 벌렸다. 엄마가 안으로 들어가자 은희도 따라가며 항변했다.

"채영이는 조카라고요. 조카. 그게 왜 애 딸린 남잔데에!"

"그래, 조카지. 그런데 딸처럼 키운다면서. 결혼해서도 자기가 계속 키운다는데 네가 뭐가 아쉬워서 그런 남자랑 결혼을 해!"

"채영이가 짐도 아닌데 왜 말을 그렇게 해요. 그리고 엄마는 몰라. 민 선생님이 채영이를 어떤 마음으로 키우고 있는지 모른다고."

"어떤 마음이긴. 아빠의 마음이겠지."

은희는 크게 상처받은 표정으로 쳐다보았다. 그런다고 움츠러들 엄마가 아니었다.

"이것아. 남의 자식 키우는 일이 생각만큼 쉬운 게 아니에요. 지금이야 어리니까 그리고 잠깐 보니까 착하고, 어쩐지 내 맘대로 다 될 것 같지만, 천만에 말씀이야. 그것도 그렇지만 네가 왜 남의 자식을 키워야 하는데. 뭐 좋은 꼴 보겠다고. 고생만 죽어라 하고 표도 안 나고 조금이라도 잘못돼 봐라. 누구 탓할 것 같아? 다 네가 뒤집어쓰는 거야."

"엄마는 어떻게 그런 말을……."

은희는 기가 차서 할 말을 잃고 말았다.

"그런 말이 뭐! 그 사람들이라고 안 그럴 것 같아? 여자 팔자가 원래 시집 잘못 가면 다 뒤집어쓰는 팔자야, 이것아."

"엄마아."

"너보다 애가 중요하다잖아. 애는 포기 못 한다잖아! 그러면서 내 딸을 달라는데 어느 부모가 허락을 해!"

"나랑 결혼하는데 채영이를 왜 포기해야 하는데요? 그리고 채영이를 계속 키우려는 이유가 있어요. 엄마도 그걸 들어보면-."

"이유가 어찌 됐든! 애를 계속 키우겠다면 아까 한 말 그대로 다시 하는 거야. 다시 읊어줘?"

"엄마!"

"소리 그만 질러!"

엄마가 몸서리를 치며 비명을 지르듯 고함쳤다.

"여보."

살벌한 말다툼에 끼어들지 못하고 눈치만 보고 있던 아빠가 드디어 말을 꺼냈다. 아빠는 엄마의 어깨를 감싸고 은희를 쳐다보았다.

"무슨 얘긴지 대충 알겠는데, 오늘은 그만해. 엄마 힘들어하는 거 안 보이니?"

"하지만……."

"그만."

아빠가 엄한 목소리로 말을 잘랐다.

"오늘로 끝이야. 더는 말도 꺼내지 마."

엄마가 지쳤다는 표정으로 손을 흔들고 돌아섰다. 아빠도 그만 됐다는 표정으로 은희를 한 번 쳐다보고는 엄마를 부축해 안방으로 들어갔다.

씩씩거리며 서 있던 은희는 안방까지 갔다가 돌아섰다. 아빠 말대로 지금은 여기서 그만둬야 할 것 같았다. 그러나 사정도 듣지 않고 무조건 안 된다고 하는 엄마가 야속하고 서운했다.

은희는 식탁 위에 있던 휴대전화를 낚아채듯 들고 방으로 가려다가 현관으로 향했다. 당장 그를 봐야 할 것 같았다. 가서 미안하다고 사과를 하고 싶었다. 그리고…….

"선생님."

현관문을 열고 보니 세현이 우두커니 서 있었다. 은희는 밖으로 나가 현관문을 닫았다.

"혹시…… 다 들렸어요?"

"힘들게 해서 미안해."

세현의 초연한 표정에 은희는 바닥에 주저앉아버렸다.

"어엉. 어떻게 해요."

은희가 무릎에 얼굴을 묻고 울음을 터뜨려버렸다. 몸을 낮추고 앉은 세현이 어깨를 토닥이자 은희가 눈물로 범벅이 된 얼굴을 들었다.

"미안해요. 미안해요 선생님."

세현을 고개를 가로젓고는 은희를 살며시 품에 안았다.

"내가 미안해. 대신 혼나게 해서 미안해. 정말 미안해."

은희는 목이 메어 울음소리도 내지 못하고 눈물만 주룩주룩 흘렸다.

손을 꼭 잡고 있는 은희는 어린아이처럼 훌쩍거렸다. 집으로 들어가라고 해도 싫다고 고집을 부려 세현은 하는 수 없이 은희를 데리고 밖으로 나왔다.

쌀쌀한 바람에 감기라도 걸릴까 재킷을 벗어 어깨에 걸쳐주었다. 두 사람은 정처 없이 걸었다. 조용하고 평화로운 아파트 단지는 은희의 훌쩍이는 소리로 젖어들고 있었다.

"선생님."

은희의 목소리는 울어서 잔뜩 갈라졌다.

"응."

"우리 엄마가 아까 한 말, 본심은 아닐 거예요. 내가 고생할까봐 걱정돼서 그냥 하는 소릴 거예요."

"알아. 내가 그랬잖아. 다 이해한다고. 그리고 욕보다 더한 소리도 들을 거라고."

"아무렇지도 않아요?"

세현이 걸음을 멈추고 은희에게로 돌아섰다. 은희의 눈에는 눈물이 그렁그렁 맺혀 있었다.

"어떻게 아무렇지 않을 수 있어."

"히잉."

은희가 얼굴을 찡그리며 울려고 시동을 걸자 세현이 급히 말을 이었다.

"은희 씨가 나 때문에 부모님에게 모진 소리를 듣는 게 싫어. 당장 은희 씨를 위해 할 수 있는 일이 없다는 것이 괴로워. 그러니까 은희야."

다정하고 그윽한 음성에 은희는 입술을 깨물며 울음을 꾹 참았다. 양손을 꼭 잡고 있던 세현이 얼굴을 촉촉하게 적신 눈물을 닦아냈다.

"울지 마. 그리고 미안해하지 마. 염치없지만 네가 웃어 주었으면 좋겠어. 그러면 힘이 날 것 같아."

"어엉."

울지 말라고 했는데 말도 안 듣는 은희는 세현을 끌어안고 통곡하듯 울었다. 세현은 낮게 한숨을 쉬고는 안쓰럽게 들썩거리는 은희의 어깨를 따뜻하게 끌어안았다.

"채영이 데리러 가자."

울음이 그칠 기미를 보이지 않아 꺼낸 말에 마치 명약이라도 먹은 듯 은희가 눈물로 엉망이 된 얼굴을 번쩍 들었다.

"채영이 어딨어요?"

목소리가 쩍쩍 갈라졌다.

"원장님 집에."

"나 얼굴 이상하죠."

"어."

너무도 솔직한 대답에 은희가 아랫입술을 쭉 내밀었다.

"어디서 세수라도 좀 해야겠어요."

"훗. 그래. 학원에서 씻으면 되겠다."

채영이 이름만으로도 기운을 차리는 은희가 세현은 신기하면서 고마웠다.

문밖 캄캄한 복도에서 비수처럼 날아드는 어머니의 말을 들으며 다짐하고 또 다짐했다. 절대 포기하지 않겠다고, 꼭 허락을 받아 평생 행복하게 해주겠다고 말이다.

세현은 은희의 손을 끌어당겨 어깨에 팔을 둘렀다. 은희는 언제 울었냐는 표정으로 수줍게 웃으며 그의 허리를 팔로 감았다. 물끄러미 쳐다보던 세현이 정색을 하더니 갑자기 걸음을 빨리했다. 은희는 의아한 표정으로 그에게 안겨 덩달아 빨리 걸었다.

"어서 가서 씻자. 정말 흉하다."

"뭐라고요?"

얄미운 말에 보복을 하려는데 세현이 양팔을 꽉 붙잡고 놓아주질 않았다. 세현에게 끌려가며 이리저리 몸부림을 치던 은희가 기어이 무릎으로 허벅지를 아프게 때렸다.

"아야."

어찌나 크게 아프다 하는지 은희는 놀라서 두 눈을 깜빡였다.

그러나 그것도 잠시. 세현은 재킷으로 은희를 꽁꽁 싸매고는 피아노학원을 향해 부지런히 걸었다.

"이거 놔요."

"싫어."

"어어, 안 풀어요?"

"싫다니까?"

두 사람은 조금 전의 일은 까맣게 잊은 사람들처럼 아옹다옹, 티격태격 학원으로 향했다.

"아줌마 울었어?"

세수를 너무 빡빡했나. 아니면 눈이 부었나. 채영이가 보자마자 대뜸 그렇게 물었다. 은희는 격하게 고개를 저었다.

"내가 왜 울어?"

"정말?"

"그러엄. 우리 채영이를 봤는데 아줌마가 왜 울어."

은희는 아주 티 나게, 과장 된 웃음을 보이며 채영이를 영차 안아 올렸다.

은희가 이렇게 채영이를 안아 올릴 때마다 세현은 신기했다. 키가 벌써 110센티가 훌쩍 넘었고 아무리 여리 여리해 보여도 체중도 만만치 않은, 몇 개월 뒤면 학교에 들어가는 채영이를 거뜬히 안으니 말이다. 학원 앞에서 채영이를 안고 죽어라 도망치던 걸 보면 원래 힘이 장사일지도 모른다.

"채영이 봐주셔서 감사합니다."

세현이 원장님에게 인사를 했다.

"별말씀을요."

은희도 쑥스러운 얼굴로 고개를 숙여 인사했다. 세현이 얼마 전에 이야기를 해서 원장님은 두 사람의 일을 알고 있었다.

"어떻게 됐어요?"

원장님이 은희의 눈치를 슬쩍 보고는 작은 목소리로 물었다. 그러나 복도가 워낙 조용해 은희도 다 들었다.

"기회가 또 오겠죠."

세현이 웃으며 대답했다. 원장님은 어쩌면 좋나, 하는 표정으로 두 사람을 번갈아 보았다.

"저희 이만 가볼게요. 쉬세요, 원장님."

"그래요. 조심히 들어가요. 은희 씨도 잘 가요."

"네. 선생님. 안녕히 주무세요."

"안녕히 주무세요!"

채영이까지 인사를 하느라 복도가 잠시 소란스러웠다. 원장님이 먼저 안으로 들어가고 셋은 건물 밖으로 나왔다.

"이제 내려와."

세현이는 채영이를 바닥에 내려놓았다. 그리고 은희와 함께 채영이의 양손을 각각 잡고 집으로 향했다. 지금 어떤 상황인지 전혀 모르는 채영이는 마냥 기분이 좋아 콧노래를 흥얼거렸다. 그 노래를 듣고 있자니 은희는 문득 서글퍼졌다.

함께 노래를 부를 수 있으면 참으로 좋을 텐데……

"이번 주에 연주회 가려고."

"지난번에 말했던 그 연주회요?"

"응."

"치사하게 혼자 가려고요?"

은희가 볼멘소리로 말했다. 세현은 그 연주회가 뭔지 알고 그러나 싶은 표정으로 쳐다보았다.

"주경이 연주회야. 그래도 갈 거야?"

"그러면서 나한테 가자고 했던 거예요?"

은희의 심술에 채영이도 뚱한 표정으로 삼촌을 쳐다보았다.

"누구 연주회가 무슨 상관이야. 같이 가고 싶으니까 같이 가자고 한 거지."

"그래."

채영이는 뭘 안다고 중간에서 추임새까지 넣었다.

"어차피 수강생들 데리고 가야 하고, 간 김에 말하고 오려고. 은희 씨랑 결혼한다고."

"히힛."

채영이가 장난스럽게 웃었다.

"그럼 갈래."

"나도."

이번에도 채영이가 은희의 말을 따라 했다.

채영이는 은희가 간다고 하지 않았다면 주경의 연주회에 갈 생각이 전혀 없었다. 채영이는 어렸을 적에 주경이 했던 말을 아직도 잊지 못하고 있었다.

『너만 없으면 세현이랑 결혼하는 건데…….』

아마도 주경은 채영이가 어려서 말의 의미를 이해를 못 할 거라고 생각했을 것이다. 그러나 비록 당시에 네 살밖에 되지 않았지만 채영이는 충분히 이해하고 있었다. 악의마저 느껴지는 그 말의 뜻을 말이다. 그때부터였다. 주경이만 보면 짜증과 심술을 부리기 시작한 건.

자기가 무슨 소리를 했는지는 잊은 채 주경이는 채영이가 자신을 안 좋아하는 것 같다고 세현에게 하소연을 했었다. 그 하소연의 속내는 나는 채영이와 친하게 지낼 수 없으니 나를 사랑한다면 채영이를 포기하라는 것이었을지도 모른다. 채영이 때문에 아들이 결혼도 못 하는 건 아닐지 걱정하는 부모님의 마음을 이용해 어설픈 이간질을 시도했던 것이다.

그런다고 흔들릴 그가 아니었다. 은연중에 채영이를 포기하길 바라던 주경의 마음을 읽었고, 그녀와의 관계에 발전이 없을 거라는 생각을 들 때쯤 주경은 이별을 고했다. 결혼까지는 생각해 보지 않았다는, 흔하디흔한 핑계를 대면서…….

"어머님 심기도 불편한데 갈 수 있겠어?"

"일 때문에 나간다고 하면 돼요."

"믿어주실까?"

"안 믿으면 뭐…… 어쩔 건데. 날 따라올 것도 아니고, 믿으셔야지 별수 있어요?"

하도 울어서 얼굴의 부기는 여전한데, 은희는 언제 울었냐는 표정으로 입술을 삐죽거렸다.

"나야 당연히 같이 가고 싶은데……."

세현은 채영이가 말똥말똥 쳐다보고 있어 말끝을 흐리며 은희를 쳐다보았다. 그러나 은희는 그가 무엇을 말하고 싶은지 알고 있었다. 그건 엄마와 지나치게 대립하지 말라는 무언의 부탁이었다.

'그러면 얼마나 좋아.'

엄마와 충돌하고 싶지 않은 건 은희도 원하는 바였다.

"부모님 뵙는 건, 다시 시간을 잡아보자."

"알았어요."

착잡한 목소리로 대답을 하고 보니 어느새 은희의 집 앞이었다. 정말 들어가기 싫지만, 그럴 걸 알고 세현이 집까지 데려다준 것이다.

"들어가."

"이따 전화해요."

"알았어."

여전히 아쉬움이 가득한 표정으로 세현을 바라보던 은희는 몸은 낮추고 앉아 채영이와 눈을 맞추었다.

"채영아. 잘 자."

"응. 아줌마도 잘 자요."

"어쩐 일이야. 존댓말을 다 하고?"

은희는 귀엽다는 표정으로 채영이의 코끝을 아프지 않게 잡았다 놓았다.

"이젠 말도 예쁘게 하겠대. 그러니까 은희 씨도 '세현 씨' 해봐."

"으엑."

은희는 괴상한 표정으로 혀를 쑥 내밀었다. 그리고는 벌떡 일어나 배꼽 인사를 했다.

"조심히 들어가십시오, 민세현 선생님."

"네. 그러지요. 차은희 디자이너님."

삼촌이 허리를 굽히자 채영이도 배꼽인사를 했다.

"이제 들어가."

미소를 머금은 세현이 아파트 입구를 턱으로 가리켰다. 정말 싫지만, 은희는 마지못해 고개를 끄덕이고는 채영이에게 손을 흔들었다.

"채영아, 잘 가."

"아줌마 안녕."

채영이가 손을 흔들고 세현도 소심하게 손을 흔들었다. 은희는 떨어지지 않는 발길을 겨우 돌려 아파트 입구로 향했다. 그리고 한 번 더 돌아서 손을 흔들어 보이고는 후딱 안으로 들어가 버렸다.

"갔다."

채영이가 낮은 목소리로 읊조렸다.

"응. 갔네."

세현도 나직이 속삭였다.

점점 깊어가는 저녁. 은희를 태우기 위한 엘리베이터 신호음이 바람을 타고 밖으로 흘러나왔다.

16. 사랑으로 part. 2

"다녀올게요."

은희는 부쩍 말수가 적어진 엄마를 향해 한껏 풀이 죽은 목소리로 말했다.

며칠 전 그가 다녀간 후로 두 모녀는 대화가 줄었다. 여러 번 말을 걸어보려고 했으나 엄마는 한사코 딸의 시선을 외면해 왔다. 오늘도 엄마는 한껏 차려입은 딸을 의심의 눈초리로 한 번 훑고는 대꾸도 없이 안방으로 들어가버렸다.

오늘은 세현과 함께 주경의 피아노 연주회에 가기로 한 날이다. 엄마의 외면과 냉대는 잠시 미루고 은희는 아침부터 꽃단장을 하느라 바빴다. 그는 물론이고 주경에게 최대한 예쁜 모습을 보이고 싶은 마음에 미용실에 가서 머리까지 하고 왔다.

미용실에 다녀왔을 때 엄마가 기겁한 표정을 지어 은희는 연주회 간다고 서둘러 핑계 아닌 핑계를 대었다. 엄마가 추측하듯 그와 데이트를 하는 건 맞지만 연주회를 가는 것도 맞으니 그렇게 대답했다.

어깨를 축 늘어뜨린 채 집을 나선 은희는 세현을 만나서도 여전했다. 세현은 채영이를 원장님께 부탁하고 학원을 나서는 참이었다. 연주회는 오후 3시에 있었다.

"예쁜 얼굴에 주름 생기겠어."

세현이 손가락으로 구겨진 미간을 꾸욱 누르며 장난스럽게 말했다.

"채영이는 진짜 안 데려가요?"

"은희 씨가 안 간다고 했으면 데려갔겠지만, 귀한 데이트 타이밍을 놓칠 순 없잖아?"

아무리 그래도 은희는 엄마 때문에 마음이 편하지 않았다.

"나이가 안 돼서 못 데려가기도 해."

"네."

착잡한 표정으로 고개를 끄덕이는 은희를 세현은 근심이 가득한 시선으로 바라보았다.

"연주회 가지 말고 그냥 우리 둘이 기분 전환하러 가자."

"아니에요."

은희는 미안한 표정을 지었다.

"연주회도 충분히 기분 전환돼요. 그냥 엄마 때문에 걱정이 되어서 그래요. 미안해요."

"마음 내키지 않는데 억지로 가지 않아도 돼. 우리 결혼하는 거야 전화로 알려도 되는 건데 뭐."

"싫어요. 직접 얘기할 거예요. 최고의 남자랑 결혼한다고 대놓고 자랑할래요."

그제야 은희가 기운 차린 얼굴로 주먹을 불끈 쥐어 보였다.
세현의 입가에 흐뭇한 미소가 번졌다.

"나야말로 세상에 둘도 없는 최고의 여자랑 결혼한다고 대놓
고 자랑할 거야."

세현은 쑥스러운 미소를 지으며 얼굴을 붉히는 은희에게 손
을 내밀었다. 두 사람은 두 손을 단단히 맞잡고 연주회장으로 향
했다.

은희는 연주회에 가기 전에 백화점에 들러 커다란 꽃다발을
구입했다. 꽃다발까지 살 필요 없다고 만류했지만 연주회의 백
미는 꽃다발이라며 고집을 부렸다. 기어이 꽃다발까지 챙겨 연
주회장에 도착한 두 사람은 프로그램을 받아 객석으로 들어갔
다.

아담한 객석은 이미 자리를 잡은 관람객들로 꽉 차 있었고,
무대에는 검은색의 그랜드피아노가 위엄을 뽐내고 있었다. 관람
객들은 나직하게 담소를 나누며 연주회 시작을 기다리고 있었
다.

연주회를 기다리며 은희는 프로그램을 살펴보았다. 메인 연
주는 주경의 피아노였고, 그 외 바이올린, 플루트, 오보에 연주
자들과의 협연이 준비되어 있었다.

은희의 관심사는 영어로 나열된 연주곡이 아니라 주경의 프
로필 사진이었다. 예쁘기도 예쁘고 약력도 어찌나 화려한지 읽
다가 지쳤다.

"프로그램 연구해?"

프로그램을 바짝 들고 뚫어져라 쳐다보고 있으니 몸을 기울인 그가 작은 목소리로 속삭이듯 물었다. 은희는 프로그램에서 시선을 떼고 웃으며 바라보고 있는 세현을 힐끔 훔쳐보았다. 주경이 엄청 미인이라는 소리는 절대 하지 않을 생각이었다.

"선생님은 이제 연주 안 할 거예요?"

"세현 씨."

세현이 호칭을 지적하자 은희는 입술을 삐죽거리고는 혀를 냉큼 내밀었다 집어넣었다. 세현은 양 볼을 잡았다 놓는 것으로 복수했다.

"연주회 생각 별로 없는데."

"난 선생님이 연주하는 거 보고 싶어요. 엄청 멋있을 것 같아."

"후후. 연주는 귀로 들어야지."

"눈으로 보는 건 덤이죠."

세현은 졌다는 표정으로 웃으며 몸을 바로 하고 앉았다. 이번엔 은희가 그에게로 몸을 기울였다.

"선생님도 여기, 이거보다 약력 더 길죠? 지난번에 피아노 방에서 보니까 트로피랑 상장도 많던데."

"안 세어봐서 몰라."

"나…… 연주하는 거 보고 싶어요."

"나중에 집에서 보여줄게."

"치."

은희는 콧방귀를 한 번 뀌고는 바로 앉았다. 세현이 쿡쿡 낮게 웃을 때 연주회 시작을 알리는 종소리가 들렸다.

연주회는 인터미션 없이 두 시간가량 진행되었다. 알고 있던, 익숙한 곡들부터 생소한 곡들까지 다양했는데 세현이 잘 설명을 해주어 정말 즐겁게 감상할 수 있었다. 피아노를 전공했으니 당연한 것이지만, 피아노학원에서 레슨만 받아 봤던 그녀로선 그의 해박함이 위대해 보였다.

앙코르곡까지 연주가 끝나고 드디어 연주회가 모두 마무리되었다. 객석에 불이 들어오고 사람들이 하나 둘 밖으로 나가기 시작했다. 느릿느릿 밖으로 나가니 연주자들은 이미 밖으로 나와서 인사를 하고 있었다. 주경은 메인 연주자였던 만큼 많은 사람들에게 둘러싸여 있었다.

"사람들이 많네."

멀찍이서 지켜보고 있던 세현이 중얼거렸다. 은희는 긴장된 얼굴로 꽃다발만 만지작거리고 있었다.

"꽃 주는 건데 긴장한 거야?"

세현이 웃으며 어깨에 팔을 올렸다. 은희는 그런 거 아니라며 투덜투덜 거렸다.

사람들이 좀 빠지면 인사를 하자 싶어서 세현이 앉을 만한 곳을 찾아 두리번거리는데 때마침 주경과 눈이 마주쳤다. 환한 미소를 지어보인 주경이 모여든 사람들에게 양해를 구하고는 세현에게로 다가왔다.

"어머, 안녕하세요?"

옆에 있던 은희를 알아본 주경이 의외라는 표정으로 인사를 건넸다. 은희는 웃으며 꽃다발을 내밀었다.

"연주회 잘 봤어요."

"고맙습니다."

이미 품에는 꽃다발이 가득해서 은희는 적당한 곳에 꽃다발을 꽂아주었다.

"미리 연락 좀 하고 오지 그랬어. 같이 식사했으면 좋았을 텐데."

주경은 은희를 한 번 쳐다보고는 친절하지만 불편함이 묻어나는 목소리로 말했다.

"그것보다는 은희 씨 소개하려고 왔어."

"어?"

주경이 어리둥절한 표정을 지었다. 세현은 은희의 어깨를 감싸고 제 쪽으로 끌어당겼다.

"우리 결혼해."

"어……."

주경은 할 말을 잃은 표정으로 두 사람을 번갈아 보았다. 여러 의미에서 당황스러웠다. 채영이와 함께 있는 것을 보고 '혹시' 하는 마음은 있었지만 그게 되겠나 싶었다.

그에겐 자신이 뛰어넘지 못한 '민채영'이라는 벽이 있었기 때문이다. 곱고 자기중심적으로 살아온 그녀에게는 쉽지 않은 벽이었다. 내가 왜, 무엇이 부족해서 그래야 하는지 공감할 수 없었던 것이다.

그래도 시간이 그만큼 흘렀고, 아직도 그가 자신에 대한 감정이 남아 있다면 채영이는 이제는 포기할 것이라고 기대했다. 자신이 그를 잊지 못하고 있는 것처럼 말이다. 이제라도 차차 다시 시작하고 싶은 마음에 그를 찾아갔던 것인데, 도리어 그의 결혼 소식을 듣게 되자 주경은 뒤통수를 맞은 것처럼 멍했다.

"채영이는 그럼 부모님께 보내는 거야?"

자신에게는 채영이에 대한 생각이 단호했는데, 이 여자에게는 그리 간단한 문제였는가 싶어 주경은 자존심이 상했다. 그러나 주경으로서는 상상도 되지 않는 대답이 은희에게서 흘러나왔다.

"제가 키울 거예요."

"왜요? 아…… 미안해요. 이상한 뜻은 아니었어요."

은희가 미간을 찌푸리자 주경이 얼른 사과했다. 세현도 '넌 여전하구나.' 하는 얼굴로 주경을 불편하게 바라보았다.

"채영이를 사랑하니까요."

세현의 시선이 당당하고 자랑스러운 얼굴로 말을 이어가는 은희에게로 향했다.

"세현 씨에게 채영이가 소중한 만큼 저에게도 소중하니까요. 그리고 세현 씨도 채영이도 저를 원하니까 같이 하고 싶은 거예요."

사랑스럽다는 시선으로 은희를 바라보던 세현이 흐뭇한 미소를 지으며 그녀를 제 쪽으로 더욱 끌어안았다.

애정이 가득한 시선을 교환하는 두 사람을 지켜보던 주경은 저도 모르게 아랫입술을 꼭 깨물었다. 그리고 쓴웃음을 지으며 세현에게 말했다.

"결혼 축하해."

"고마워."

"행복하세요."

도도한 표정으로 은희에게 인사하는 것도 잊지 않았다. 은희는 고개를 끄덕이고는 '감사합니다.'라고 대답했다. 주경은 패배자처럼 물러나고 싶지 않아 아무렇지 않은 목소리로 말했다.

"다음 달에 동기회 있던데, 같이 올 거야?"

"응. 인사하러 한 번 갈게."

"애들이 무척 반가워할 거야."

"그래."

몇 마디 나누지도 않았는데 은희는 이제 그만하라고 끼어들고 싶어서 입이 간질간질했다. 그가 주경과 친근하게 대화를 나누는 것이 싫었다. 대충 질투 같은 거였다.

어서 가자는 표시로 허리춤을 꼭 잡자 세현이 은희를 힐끔 쳐다보았다.

"이만 가야겠다. 채영이를 원장님께 부탁하고 왔거든."

"그래. 어서 가."

"다음에 뵐게요."

은희는 있는 힘껏 웃으며 속에도 없는 인사를 건넸다. 그러자는 말을 남긴 주경이 돌아서서 연주자들이 있는 곳으로 걸어갔다.

"빨리 가요. 배고파."

금방 무슨 일이 있었냐는 표정으로 아무렇지 않게 은희가 투정 부리듯 졸랐다. 세현은 빙긋 웃음을 보이고는 은희의 손을 잡고 걸음을 옮겼다.

두 사람은 오붓하게 식사를 마치고 귀가했다. 처음으로 하는 제대로 된 데이트였다. 다른 사람들과 별반 다르지 않은, 아주 평범한 시간이었지만 특별한 사람과 함께 있으니 마치 꿈속을 거니는 것처럼 행복했다.

맛있는 식사를 함께 하고 따뜻한 커피를 마시며 일상의 대화를 나누는 모든 시간들이 소중하고 귀했다. 쉽게 얻을 수 없는 시간이기에 그 애틋함이 더 컸다.

채영이를 데리러 가기 전, 세현은 은희의 집 앞까지 함께 왔다. 은희는 아쉬움이 가득한 얼굴로 세현의 손을 만지작거렸다.

"들어가."

"우리 또 언제 봐요?"

"누가 못 만나게 막아?"

"알면서 그런 소리 하지 말아요."

은희가 답답하다는 표정으로 어깨를 한 번 흔들었다. 세현은 은희를 품에 안아 등을 가볍게 두드렸다.

"꼭 허락 받아낼 거니까 믿고 조금만 기다려줘."

"선생님을 못 믿는 게 아니에요."

"알아. 부모님 설득하는 일에 너무 조급해하지 말자는 얘기야."

"알았어요."

말은 그렇게 해도 은희는 쉽게 마음이 풀리지 않았다. 세현은 은희를 꼭 안았다가 옆머리를 다정하게 귀 뒤로 넘겨주었다.

"나야말로 어서 은희 씨를 우리 부모님께 소개하고 싶어. 그런데 순서가 있잖아. 방법 찾아볼 테니까 믿어줘."

"응. 알았어요."

미안한 표정으로 고개를 끄덕이는 은희를 세현이 다시 품에 안고 다정하게 등을 토닥였다.

"은희야, 사랑해."

다정한 속삭임에 은희는 살며시 눈을 감았다. 그리고 그의 품에 더욱 파고들며 속삭였다.

"나도 사랑해요.

다시 며칠이 흘러도 엄마는 한결같이 은희를 회피하다시피 했다. 두 번 다시는 그에 대한 이야기는 듣지도, 하지도 않겠다는 무언의 의사 표현이었다. 아무리 그가 방법을 찾겠다고 했어도 가만히 기다리고만 있어선 안 될 것 같았다. 어떻게 해서든 그가 엄마와 만날 기회를 만드는 것이 제 역할이라고, 은희는 생각하고 있었다.

'하아…… 어떻게 하지?'

은희는 굳게 닫힌 안방 문을 보며 길게 한숨을 쉬었다.

매일 아침마다 엄마는 거실에서 마른빨래를 정리하곤 했는데, 오늘은 빨래를 안방으로 몽땅 들고 들어가버렸다. 식사를 하거나 집안일을 할 때 대화를 시도하려 치면 버럭 화를 내거나 아예 들은 척도 하지 않고 안방으로 들어가버렸다.

싸우려면 충분히 할 수 있었다. 안방으로 따라 들어가면 되고, 그게 안 되면 밖에서 소리라도 치면 된다. 그러나 그렇게까지 할 수는 없었다. 그래 봐야 득은커녕 오히려 엄마를 속상하게 할 뿐이기 때문이었다.

결국 은희는 오늘도 엄마와 대화할 기회를 잡지 못하고 어깨를 축 늘어뜨린 채 방으로 들어왔다. 출판사에 표지 시안을 보내야 하는 데 집중이 되질 않았다.

"으으으. 미치겠네."

괴로운 신음을 흘리며 머리를 마구 헝클어뜨리고 있을 때 문자 수신음이 들렸다. 세현이었다.

[시간 되면 잠깐 나와봐.]

"음?"

방문을 한 번 쳐다본 은희는 머리를 대충 정리하고 밖으로 나갔다. 집 앞에 세현이 있었다.

"안녕."

세현이 먼저 손을 흔들며 인사를 하는데 은희는 마음이 이상하게 심란했다. 속이 답답할 텐데도 아무렇지 않은 척 웃는 모습이 조금은 서글프게 느껴졌다.

"엄마 만나볼래요?"

"아니. 대신 이것 좀 전해줘."

세현이 봉투를 내밀었다.

"이게 뭐예요?"

"편지."

"편지?"

"응. 나를 만나기 싫어하시니까 글로라도 말씀을 드려야 할 것 같아서. 전해드리고 나서 연락 줘."

은희는 감정을 억누르기 위해 입술을 꾹 다물고 그가 내민 봉투를 손에 쥐었다. 두툼한 것이 한 장만 쓴 건 아닌 것 같았다. 어쩌면 며칠에 걸쳐 제 진심을 온전히 담기 위해 고민하고 쓰고 고치기를 여러 번 했을 것이라 생각하니 가슴이 뭉클했다.

"엄마가 보셔야 할 텐데……."

은희는 봉투를 가슴에 대고 기도하듯 중얼거렸다.

"혹시 보지 않고 버리시더라도 알려줘. 다시 쓰면 되니까."

"나…… 정말 속상해요."

세현이 은희의 어깨에 손을 얹었다.

"내가 왜 선뜻 은희 씨 마음을 받아주지도, 내 마음을 전하지도 않았는지 알아?"

은희는 우울한 표정으로 고개를 저었다.

"채영이는 어찌 되었든 조카잖아. 본의 아니게 소외될 수도 있고, 어쩌면 반대 상황이 올 수도 있어. 어느 누구의 잘못도 아닌데, 누군가 상처를 받는다면 결혼을 하지 말자 생각했어. 어머니도 비슷한 마음일 거야. 내가 미운 것도 채영이가 미운 것도 아니야. 상황이 마음먹은 대로 되지 않았을 때, 누군가는 상처 받게 되는 게 싫으신 거야. 그 상처를 당신 딸이 받는 게 싫으신 거라고 생각해."

"난 잘할 수 있는데……."

"너무 잘하려고 하지 마. 그런 마음이 부담이 되면 우린 힘들어져. 자연스럽게 어우러져 살면 되는 거야. 아껴주고 사랑하고 배려하면서 말이야."

"어려워."

세현은 낮게 웃으며 은희의 머리를 부드럽게 어루만졌다.

"나도 어려워."

"이거 내가 봐도 돼요?"

"볼 수 있으면 봐. 봉해 놨으니까."

꼭 여며져 있는 봉투 입구를 보고 은희는 입술을 쭉 내밀었다.

"봉투 바꾸면 되지."

"할 수 있으면 하라니까?"

"쳇."

세현은 은희가 그러지 못한다는 걸 잘 알고 있었다.

"그런데 뭘 이렇게 많이 썼어요?"

"안 많아. 내가 악필이라 글씨가 커서 그래."

"직접 썼어요?"

"아…… 그러네."

세현은 어색하게 웃었다. 손편지라는 것까지는 얘기하고 싶지 않았는데 얼떨결에 실토를 하고 말았다.

"잘 전해 줄게요."

"혹시 버리더라도……."

"꼭 연락할게요."

"홋. 그래. 고마워."

가볍게 손을 한 번 들어 보이고는 돌아서려는 세현의 옷깃을 은희가 붙잡았다. 그가 왜 그러냐는 표정으로 돌아보았다.

"안아주고 가요."

잠시 생각을 하는 것 같던 세현이 은희를 품에 꼭 안았다. 요 며칠, 엄마와의 보이지 않는 신경전에 지쳐 있던 은희는 따뜻하고 포근한 품에서 잠시나마 편안함을 느낄 수 있었다.

"사랑해."

"후후. 나도 사랑해요."

둘은 서로에게 마법이라도 걸 듯 달콤하게 속삭였다.

세현과 헤어지고 안으로 들어올 때까지 엄마는 안방에서 나오지 않은 것 같았다. 은희는 잔뜩 긴장한 얼굴로 조심조심 안방을 향해 걸어갔다. 그리고는 문틈에 귀를 대보았다. TV 소리가 미세하게 들려왔다.

"후우."

봉투를 양손에 쥐고 깊게 심호흡을 했다. 제발 이거라도 받아달라고 간절히 기도하고 드디어 노크를 했다.

"엄마……."

은희는 문을 조금 열고 슬그머니 머리부터 내밀었다. 다 갠 빨래를 옆에 차곡차곡 모아둔 엄마는 TV를 보고 있었다. 재미도 없는 뉴스였다. 은희는 얌전히 문을 닫고 엄마 옆에 무릎을 꿇고 앉았다.

"엄마."

역시 아무런 대꾸가 없었다. 그래도 바닥에 내려놓는 봉투에는 관심을 보였다. 무엇이냐고 엄마가 묻지 않았기에 은희도 무엇이라고 알리지 않고 조용히 자리를 떠났다.

긴박한 상황을 알리는 기자의 목소리를 들으며 엄마는 하얀 봉투를 한참 동안 쳐다보았다. 이런 상황에 설마 용돈 하시라고 돈을 주는 건 아닐 테고, 대충 무엇일지 감이 왔다. 그렇기에 선뜻 열어볼 엄두가 나질 않았다.

외면하듯 시선을 돌려 다시 뉴스를 시청하던 엄마는 결국 봉투를 들어 착잡한 마음으로 입구를 열었다. 꼼꼼하게 봉해져 있던 봉투 속에서 2장의 종이가 나왔는데 손으로 쓴 편지였다. 엄마는 조금 놀란 눈치로 마지막 장의 발신자를 확인했다.

"하아……."

엄마는 답답한 한숨을 흘리며 편지를 든 손을 아래로 툭 떨어뜨렸다.

만나주지 않으니 이젠 편지였다. 엄마는 알고 있었다. 시간이 흐르면 흐를수록 당신만 모질고 매정한 사람이 되어 간다는 걸. 그래도 고생길이 훤히 보이기에 선뜻 허락을 할 수 없었다.

내용물만 확인한 봉투는 엄마가 빨래를 정리하고 집 안 청소를 하고 은희와 침묵의 점심을 먹을 때까지 그 자리에 그대로 있었다.

엄마 몰래 훔쳐본 곳에 봉투가 있다는 걸 확인한 은희는 아주 약간의 희망을 품어보았다. 당장 버리지는 않았으니까 말이다.

[아직 버리진 않았어요.]

은희는 세현에게 조금은 기대에 찬 문자를 보냈다. 잠시 후 '다행이다.' 라는 답신이 들어왔다.

그 뒤로 몇 시간을 노심초사하며 엄마의 눈치를 살폈지만 편지를 읽었는지 여부는 통 알 길이 없었다. 편지를 버리든, 아니면 역정을 내든 뭔가 표현이 있어야 하는데 전혀 알 수 없으니 속이 터질 것만 같았다. 은희는 그 답답함을 견디지 못하고 집을 나갔다.

빈둥빈둥 아파트 단지를 돌아다니던 은희는 피아노학원으로 향했다. 채영이가 유치원에서 돌아왔을 시간이지만 잠시 그만 따로 볼 생각이었다. 엄마와의 일을 상의하려는 것이기에 채영이는 없어야 했다.

은희는 전화를 걸며 학원 안을 재빨리 훔쳐보았다. 로비에 레슨을 받으러 온 초등생들 중에 채영이는 없었다.

「여보세요?」

다행히 레슨이 아닌지 세현이 전화를 받았다.

"지금 학원 앞인데 채영이 몰래 잠깐 좀 봐요."

「그래.」

전화가 끊기고 은희는 학원 밖 복도를 서성였다. 몇 분 후 학원 입구에서 인기척이 들리더니 그가 밖으로 나왔다. 은희는 채영이가 보기라도 할까 봐 입구에 있는 세현을 잡아당겼다.

"채영이는요?"

"뭐하는지는 모르겠는데, 보이진 않아. 왜? 어머님이 뭐라 하셔?"

"아니……."

은희는 축 늘어진 표정으로 복도 난간에 몸을 기댔다.

"우리 아이부터 가질까요?"

"뭐어?"

세현이 얼굴을 붉히며 기겁했다.

"아이가 생기면 엄마도 반대 못 할 거 아니에요."

"그러다 아예 쫓겨나려고?"

"그러면 어떻게 해요. 엄마는 자꾸 채영이 핑계 대면서 반대를 하는데. 미안해서 채영이 얼굴을 볼 수가 없단 말이에요."

은희가 울상을 지으며 어깨를 들썩거렸다. 세현이 진중한 표정으로 그녀의 손을 잡았다.

"그러지 말라는데도. 우리 차은희 씨가 왜 이리 조바심을 내실까?"

"조바심이 아니라."

"조바심이야."

툴툴거리는 은희의 말을 세현이 막았다.

"난 은희 씨랑 꼭 결혼할 거야. 그러니 조바심 낼 필요가 없어. 생각 같아서는 정말 무슨 수를 내서라도 함께 살고 싶지만 부모님 마음도 이해를 해야지. 우리 당장 내일 어떻게 되는 거 아니잖아. 인내하고 기다리다 보면 부모님도 언젠가는 허락을 하실 거라고, 난 그렇게 믿어. 당장 허락을 하지 않으시는 건, 우리 채영이 때문이 아니라 갑자기 닥친 상황에 당황하시는 거라고 생각해. 그러니까 기다릴 거야. 오늘 드린 편지로 안 되면 다른 방법을 찾으면 돼."

"하지만……."

"결혼하기 싫어?"

"아니!"

은희가 정색을 하며 펄쩍 뛰었다.

"그런데 뭐가 문제야."

은희는 시무룩한 표정으로 고개를 푹 숙였다.

조바심이 맞을지도 몰랐다. 결혼을 영영 허락받지 못하게 되면 어쩌나, 하는 조바심. 그와는 떳떳하고 당당하게 연애도 못해보고 그냥 끝나버릴 것 같은 걱정. 그러나 그는 자신만만했다. 늦어지더라도, 돌아가더라도 꼭 결혼하게 될 거라는 믿음이 확고했다. 다른 길은 생각해본 적이 없다는 듯 그는 오로지 한 길만 보고 있었다.

"알았어요. 차분하게 기다릴게요."

세현이 한 걸음 다가서 은희의 손을 잡았다.

"난 믿어. 우리가 결혼하게 될 거라는 걸 말이야."

"응. 그렇게 될 거예요."

"힘든 위치에 서게 만들어서 정말 미안해."

은희는 고개를 저었다.

"아니에요. 그게 왜 선생님이 미안할 일이에요. 괜찮아요. 내가 조급해서 그런 거예요. 난 선생님을 믿어요."

"고마워."

은희는 그윽하게 바라보는 그의 눈을 바라보며 잠시 흔들리고 복잡했던 마음을 진정시킬 수 있었다.

집으로 돌아온 은희는 마음을 안정시키기 위해 커피를 한 잔 탔다. 꼭 해야 하는 일만 끝낸 엄마는 또 안방에 있는 것 같았다.

'그래. 기다리는 거야. 엄마도 생각할 시간이 필요할 테니까.'

은희는 비장한 표정으로 방으로 돌아와 밀려 있는 일을 시작했다. 세현을 만나고 와서인지 마음이 진정되어 일하기가 훨씬 수월했다. 오랜만에 집중한 덕분에 표지 시안을 꽤 여러 개 만들 수 있었다.

뻐근한 어깨를 이리저리 돌리고 있을 때 밖에서 인기척이 느껴졌다. 시간을 보니 어느새 아빠가 퇴근할 시간이었다. 은희는 부랴부랴 밖으로 나갔다.

"다녀오셨어요."

"오냐."

아빠는 예전과 다름없이 웃으며 딸의 인사를 받고는 엄마와 함께 안방으로 들어왔다. 엄마는 아빠가 옷을 갈아입는 동안 이것저것 챙겼다.

"이건 뭐야?"

화장대 위에 있는 봉투를 보고 아빠가 물었다. 엄마는 심란한 표정으로 침대에 걸터앉았다.

"은희가 만나는 사람이 보낸 거예요."

"훗. 뭐야. 뇌물이라도 받았어?"

아빠가 싱겁게 대꾸했다. 엄마는 눈을 한 번 흘기고는 말했다.

"편지예요."

"편지라……."

아빠가 낮게 읊조리고는 봉투에서 편지를 꺼냈다. 힘 있고 정갈하게 쓰인 필체가 먼저 눈에 들어왔다.

"글씨가 잘생겼네. 생긴 것도 잘생겼나?"

"엉뚱한 소리 좀 하지 말아요."

아빠는 피식 웃고는 선 채로 편지를 읽기 시작했다. 잠시 방 안은 간간이 종이의 바스락거리는 소리만 들렸다.

"당신 꼭 반대해야겠어?"

편지를 다 읽은 아빠가 한 말이었다. 처음 세현이 찾아와 난리가 났을 때 어떤 상황인지 엄마에게 들어서 알고는 있었으나 워낙 싫어하니 아빠는 그동안 따로 이야기를 하지 않았었다.

"자기 딸도 아니고 조카잖아. 이 정도 마음이면 은희 속은 안 썩일 것 같은데?"

"알아요. 아는데……. 그냥 뭔가 우리 딸이 손해 보는 것 같으니까 그렇죠."

"손해는 무슨. 복덩이 하나 얻었다고 생각하면 되지."

아빠야말로 실없다는 투로 편지를 봉투에 다시 넣었다.

"하여튼 남자들은 단순해."

"남자들이 뭐."

아빠는 억울하다는 표정을 지었다.

"결혼하면 이제 채영이는 몽땅 은희 몫이잖아요. 지 자식도 아닌데 발 동동거리면서 쫓아다닐 거 생각하니까 안쓰러워서 그래요."

"애 키우는 게 다 그렇지, 당신은 은희 키울 때 안 동동거렸어?"

"그러니까 그걸 왜 제 자식도 아닌데 그래야 하냐고요."

"채영이 그만하면 다 컸잖아. 갓난쟁이도 아니고 이제 말귀 다 알아들을 나인데, 영 그러면 연습한다고 생각하면 되잖아."

"당신은 지금 그걸 말이라고 해요?"

"말이 그렇다는 거야. 발을 동동거리든 날아다니든, 자기도 각오가 되어 있겠지. 딸을 그렇게 못 믿어?"

"이게 믿고 안 믿고의 문제가 아니잖아요. 내 딸 고생시키기 싫다는 건데 말이 왜 그렇게 흘러요?"

엄마가 답답해 죽겠다는 표정으로 따지듯 목소리를 높였다. 태평하기만 한 남편이 엄마는 영 불만스러웠다.

"그래도 애는 착해 보이던데."

"누가 그걸 몰라요?"

남편이 당신 마음을 이해해 주지 않자 엄마는 복장이 터진다는 표정으로 가슴을 두드렸다.

"에휴, 내가 말을 말지. 그래요. 나만 나쁜 사람이에요."

"어허, 참……."

심술인지 짜증인지 잔뜩 인상을 찡그리며 엄마가 밖으로 나가려는데 다급한 노크소리가 들리더니 문이 벌컥 열렸다.

엄마도 아빠도 흠칫 놀라 보니 은희가 사색이 된 얼굴로 서 있었다.

"엄마. 잠깐 나갔다 올게요."

"왜?"

"채영이가 안 보인데요."

"뭐?"

"엄마. 미안해요. 조금만 찾아보고 올게요."

은희는 기도손까지 해보이고는 다급하게 집을 나갔다. 엄마와 아빠는 이게 다 무슨 일인가 싶은 표정으로 서로를 쳐다보았다. 잠시 후 밖에서 채영이의 이름을 부르는 은희의 외침이 베란다를 통해 들려왔다.

"이 밤에 또 어딜 나간 거지?"

엄마가 걱정이 가득한 얼굴로 주방 쪽 베란다로 나가 점점 작아지는 은희를 바라보았다.

"어디 슈퍼라도 간 거 아니야?"

"그러니까 다 저녁에 유치원생이 혼자 슈퍼에는 왜 가냐고요. 말도 없이. 하여튼 당신은 정말 단순해."

채영이 때문에 아빠는 또 엄마에게 구박을 받고 말았다. 아빠는 머쓱한 표정으로 헛기침을 한 번 하고는 식탁에 근엄하게 앉았다. 밥을 달라는 신호였으나 엄마는 쳐다보지도 않았다. 어느덧 은희 목소리는 사라지고 베란다에서 밖을 지켜보고 있기를 수 분. 뜬금없이 초인종이 울렸다.

"누구세요?"

나가면서 물어보았지만 대답이 없었다. 인터폰으로도 딱히 보이는 것이 없어 엄마는 조심스럽게 현관문을 열어보았다.

"할머니!"

"어머."

뜻밖에도 채영이었다. 채영이는 지금 무슨 사달이 났는지는 전혀 관심 없다는 표정으로 생글생글 웃고 있었다.

"채영아. 너 또 말도 없이 집에서 나온 거야? 삼촌이 걱정하시잖니."

"할머니."

"응?"

"저요. 이번 겨울방학에 우리 할머니 할아버지 집에 갈 거예요."

의미심장한 말에 엄마는 가슴이 철렁했다. 그 마음을 감춘 채 엄마는 다정하게 말했다.

"할머니 집에 놀러 가는구나?"

"아니요. 할머니 할아버지랑 계속 살러 가요. 거기서 학교에 보내달라고 할 거예요."

어린아이 입에서 흘러나오는 뜻밖의 소리에 엄마는 할 말을 잃고 말았다. 어리다고만 생각했는데, 채영이는 삼촌 주변에 어떤 일이 일어나고 있는지 너무도 잘 알고 있었던 것이다.

어린아이 입에서 이런 말까지 나오길 바랐던 것이 아니었는데, 엄마는 미안함에 목이 메어왔다.

"삼촌이랑 살아야지."

"삼촌은 아줌마랑 살 거예요. 그러니까 난 할머니 할아버지랑 살면 돼요."

채영이는 아까 낮에 학원을 나가는 삼촌을 보았다. 그리고 슬쩍 고개를 내밀었다 사라지는 아줌마도 보았다. 장난기가 발동하여 살금살금 학원 입구까지 갔다가 채영이는 심각한 목소리로 대화를 나누는 걸 듣게 되었다.

어리지만 눈치가 빠른 채영이는 대화에 끼면 안 된다는 걸 알았다. 그러나 대화 속에서 흘러나오는 제 이름에 걸음을 멈추었고 얼떨결에 듣게 된 대화를 통해 삼촌과 아줌마가 어떤 고민을 하고 있는지 어렴풋이 알게 되었던 것이다.

채영이는 삼촌이랑 계속 살고 싶었고 아줌마와도 살고 싶었다. 그 일이 왜 어려운지는 모르겠지만 자기가 할머니 할아버지와 함께 살면 모두 해결될 것 같았다. 같이 살진 않더라도 언제든 만날 수 있으니 괜찮다고 여겼던 것이다.

7년 평생 가장 좋은 생각을 떠올렸다며 기뻐한 채영이는 자신이 떠올린 비책을 할머니에게 알려줘야겠다고 결심했다. 하여 삼촌이 저녁식사를 준비하는 동안 얼른 얘기를 하려고 몰래 나온 것이다.

뿌듯한 표정으로 생글생글 웃는 채영이를 보며 엄마는 왈칵 눈물이 쏟아질 것 같아 입을 꽉 틀어막았다. 빠르게 고이는 눈물로 인해 채영이의 초롱초롱한 눈동자가 흐릿하게 보이기 시작했다.

"이제 가야겠어요. 삼촌한테 혼날 거예요."

채영이가 배꼽인사를 꾸벅하더니 쌩하니 몸을 돌렸다. 엄마는 허겁지겁 밖으로 나가 채영이의 팔을 붙잡았다. 채영이가 놀란 눈으로 돌아보았다.

"이 밤에 가긴 어딜 가."

엄마의 목소리가 심하게 굴곡졌다. 채영이는 왜 잡냐는 표정으로 말했다.

"집에요."

"할머니랑 있어."

"삼촌한테 혼나는데요."

"할머니가."

울음이 터지려는 걸 간신히 참은 엄마가 말을 이었다.

"할머니가 안 혼나게 해줄게. 할머니랑 있어야 삼촌이 안 혼내."

"진짜요?"

"그럼. 들어가자."

"진짜죠?"

채영이는 머뭇머뭇 할머니를 따라가면서 확인하고 또 확인했다.

"어…… 채영이네."

집 안으로 들어가니 식탁에서 현관 쪽으로 고개를 내밀고 있던 아빠가 반가운 목소리로 말했다. 채영이는 웃으며 '안녕하세요!' 라고 크게 인사를 했다. 그리고 때마침. 방송 알림이 들렸다.

「아…… 안내 말씀드립니다. 아동을 찾고 있습니다. 분홍색 체육복을 입고 있는 일곱 살 여자아이로 이름은 민채영입니다. 혹시 아동을 보호하시거나…….」

할머니와 할아버지가 저를 쳐다보자 채영이가 제 배를 쓰다듬으며 헤헤 웃었다.

"내가 채영인데."

띠띠띠띠–

비밀번호가 속사포처럼 눌리더니 문이 벌컥 열렸다.

"엄마!"

화가 잔뜩 난 우렁찬 목소리가 집 안을 쩌렁쩌렁 울렸다. 식탁에 앉아 있던 채영이는 흠칫 놀라서는 얼른 일어나 할머니 뒤에 숨었다. 주방으로 은희가 씩씩거리며 들어오고 그 뒤를 놀란 표정의 세현이 따라왔다.

"죄송합니다."

세현이 사과를 하는 동안 은희는 엄마 뒤에 숨어 있던 채영이를 낚아챘다.

"아야."

"민채영!"

채영이가 엄살을 부려도 은희는 손아귀에서 힘을 놓지 않았다.

또 집을 나갔다는 소리에 얼마나 놀랐는지 지금도 심장이 벌렁거렸다. 지난번처럼 도로로 나갔다가 사고라도 난 건 아닐까,

캄캄한 놀이터에서 넘어지거나 떨어져 다치진 않았을까 정말 온
갖 상상을 했었다. 그런데 떡하니 여기 있다니. 안도감보다는 화
가 났다.

"잘못했어요."

아줌마가 화난 모습은 단 한 번도 본 적이 없었기에 채영이는
잔뜩 주눅이 들어 있었다.

"은희야, 그만−."

"아줌마가 얼마나 놀란 줄 알아!"

말리려는 엄마는 아랑곳하지 않고 은희가 버럭 고함을 질렀
다. 세현은 조금 떨어진 곳에서 그 모습을 가만히 지켜보고 있었
다. 지금까지야 동네 아줌마로 예뻐해 줬지만 한식구가 되면 엄
마가 되는 것과 마찬가지기 때문에 은희가 훈육하는 것에 개입
하지 않을 생각이었다.

"잘못했어요."

채영이는 예기치 못한 상황에 겁에 질려 울먹거렸다.

"아줌마가 다시는 밤에 말도 없이 혼자서 밖에 나가지 말라고
했지. 그런데 왜 말을 안 들어? 아줌마랑 삼촌이랑 얼마나 걱정
한 줄 알아? 어?"

은희가 손바닥으로 엉덩이를 아프게 한 대 때리자 엄마가 기
겁을 하며 채영이를 얼른 당신 뒤로 숨겼다.

"얘가 왜 벌써부터 애한테 손찌검이야, 손찌검이!"

"엄마. 비켜 봐요. 애가 오냐오냐 다 받아주니까 겁이 없어."

"아앙!"

채영이가 목청을 키우며 울음을 터뜨리자 이번에는 아빠가 부랴부랴 자리에서 일어나 채영이를 안았다. 몸을 일으킨 은희가 단호한 목소리로 말했다.

　"아빠. 내려줘요."

　"싫다, 뭐."

　아빠는 우는 채영이를 안고 안방으로 들어가버렸고, 은희는 기가 찬 얼굴로 문이 닫히는 걸 쳐다보았다.

　"그만하고 둘이 여기 앉아봐."

　엄마가 식탁에 앉으며 손짓을 했다. 허리에 손까지 올리고 씩씩거리던 은희는 세현을 한 번 쳐다보고는 함께 식탁에 앉았다. 잠시 식탁 위로 침묵이 흐르고 은희는 긴장한 세현의 손을 식탁 밑에서 가만히 힘주어 잡았다.

　"민 선생님."

　"네, 어머님."

　"우리한테 한 약속, 믿어도 되는 거죠?"

　은희는 반색하여 세현을 쳐다보았다. 잠시 놀란 듯 쳐다보는 세현의 눈시울이 붉어졌다.

　"네, 어머님. 꼭 지키겠습니다."

　"우리 은희, 고생시키면 내가 가만 안 있을 거야. 알았어, 민 서방?"

　"네. 가만두지 마십시오."

　세현의 목소리는 강하고 결연했다.

　"엄마……."

은희가 울먹거리며 엄마를 불렀다.

"엄마는 네가 의욕만 앞서서 겁도 없이 덤비는 건 아닌가 걱정했어. 그건 누구에게도 도움되는 일이 아니잖니."

"알아요, 엄마. 나…… 사실은 겁나. 그런데 민 선생님 믿고 해보려고요. 그러니까 엄마도 우리 믿어줘요. 잘살게."

"채영이한테 상처 줄 생각은 없었어."

두 사람이 무슨 말이냐는 표정으로 엄마를 쳐다보았다.

"채영이는 나를 찾아온 거더라. 삼촌이랑 아줌마가 결혼해서 같이 살면 자기는 할머니 할아버지 집에 가서 살 거라고. 거기서 학교에 다닐 거라는 말을 해주려고 왔더라고."

식탁 위로 정적이 감돌았다. 말로 표현하기 힘든 감정들이 이리저리 뒤섞여 들었다.

"내 딸 귀하다고 어린애 가슴에 못을 박았다고 생각하니 정신이 번쩍 들었어. 미안해, 민 서방. 나 때문에 그런 거니까 너무 혼내지 마."

"네, 어머님."

은희는 눈물을 주룩 흘렸다. 엄마에게도 채영이에게도 미안하고 고마워서 눈물만 계속 흘렸다.

"엄마. 미안해요."

"됐어."

엄마는 청승맞다는 표정으로 은희를 한 번 쳐다보고는 안방을 향해 크게 외쳤다.

"여보. 채영이 데리고 나와요."

"나가도 돼?"

아빠가 빠끔 문을 열고 장난스럽게 물었다. 채영이는 여전히 훌쩍거리고 있었다.

"아줌마한테 혼날 거야."

자기를 내려놓기라도 할까 봐 채영이는 할아버지의 목을 잡고 매달려 칭얼거렸다.

"빨리 와야 삼촌이랑 아줌마랑 채영이랑 같이 살 수 있는데?"

할머니의 말에 채영이가 눈물에 잔뜩 젖은 얼굴로 휙 돌아보았다.

"정말요?"

"응. 그러니까 할아버지랑 어서 나와."

채영이는 내려가겠다고 몸을 움직였고, 할아버지가 내려주자 쪼르륵 달려와 은희 옆에 섰다.

"아줌마 왜 울어?"

겨우 울음을 그쳤는가 싶었는데 은희가 우는 걸 보고는 채영이가 다시 울음을 터뜨렸다.

"잘못했어요. 다시는 안 그럴게요."

"그래. 채영아. 다시는 그러지 마. 아줌마 걱정하니까. 알았지?"

"응. 알았어요."

채영이는 은희의 품에 얼굴을 비비며 어리광을 부렸다. 세현은 자리에서 일어나 은희의 아버지에게 허리를 깊이 숙였다.

"아버님. 죄송합니다. 오늘은 정신이 없으니 내일 정식으로 인사드리러 오겠습니다."

"허허. 아무 때나 와. 한동네 사는데 뭐……."

아빠는 너털웃음을 터뜨리며 세현의 등을 다정하게 다독였다. 엄마도 이래저래 어수선하니 오늘은 이만 돌아가라고 했다. 세현은 내일 인사드리러 오겠다는 말을 남기고 채영이와 함께 집으로 돌아갔다.

"엄마……."

은희는 안방으로 향하는 엄마를 뒤에서 안았다.

"놔."

엄마가 은희의 손등을 찰싹 때렸다.

"엄마 고마워요. 우리 진짜 잘살게."

"못 살아봐. 엄마 진짜 가만 안 있을 거야."

"알았어요. 걱정시키지 않고 행복하게 잘살게."

엄마는 뒤에 매달려 있는 은희를 떼어내려고 아등바등 거리다가 안방까지 들어갔다. 아빠는 식탁에서 외롭게 늦은 저녁식사를 시작했다.

"민 서방한테, 나중에 이거 공증 받아둘 거라고 해."

엄마가 봉투를 흔들어 보이자 그제야 은희가 팔을 풀었다.

"읽어봐도 돼?"

"읽어보시던가요."

엄마는 뚱하니 내뱉고는 미워도 영감뿐이라는 소리를 중얼거리며 다시 주방으로 나갔다.

은희는 그 자리에 서서 세현의 편지를 긴장된 마음으로 천천히 읽기 시작했다. 편지를 다 읽었을 즈음, 은희의 눈에선 멈추었던 눈물이 다시 흘러내리고 있었다.

아버님, 어머님께.

저에겐 사랑하는 형과 친절하고 다정한 형수가 있었습니다. 제가 좋아하는 피아노를 마음껏 칠 수 있도록 해준 고마운 사람들입니다. 그 고마움을 제대로 보답하기 전에 형과 형수는 서둘러 제 곁을 떠났습니다. 저의 국내 첫 연주회 날의 일이었습니다.

채영이가 홀로 남겨졌습니다. 엄마 아빠와 영영 이별을 하던 날 그토록 슬프고 서럽게 울던 채영이는 죄책감에 시달리는 저를 위로하듯 건강하고 씩씩하게 잘 자라주었습니다.

대견하고 자랑스러운 표정으로 첫 연주회는 꼭 오겠다던 형과 형수의 얼굴이 아직도 선합니다. 저만 아니었다면 벌어지지 않았을 수도 있는 사고였기에 괴롭고 삶의 의욕마저 꺾였습니다. 채영이가 활짝 웃으며 '작은아빠'라고 부를 때마다 가슴으로 울어야 했습니다.

채영이는 좌절과 죄책감에 빠져 있을 때 한 줄기 빛이 되어준 아이입니다. 채영이가 아니었다면 지금의 저는 없었을 것이라고 감히 말씀드릴 수 있습니다.

따님에게로 향하는 마음을 애써 외면했었습니다. 제가 평생 책임져야 하는 소중한 아이가 외로운 처지가 될까 두려웠습니다. 한편으로는 사랑하여 하나가 된 아버가 저의 이기심으로 상처를 받을까도 염려되었습니다.

그러나 따님은 그런 두려움과 염려를 모두 지워준 유일한 사람입니다. 두 분께서 무엇을 걱정하실지 미약하나마 이해합니다. 그럼에도 간곡히 부탁드립니다. 따님은 저에게 또 다른 빚입니다. 채영이를 차마 포기할 수 없듯, 따님도 제 인생에서 절대 포기할 수 없는 사람입니다.

우리 모두 어려운 일을 겪을 수도 있습니다. 그러나 그건 가족이 되어 어우러지기 위한 작은 과정이라고 생각합니다. 그럼에도 우리가 함께 살아야 하는 이유를, 가족이 되어야 하는 이유를 매번 되살리며 현명하고 지혜롭게 극복하고 더 많은 행복을 찾을 수 있도록 최선을 다하겠습니다.

저는 따님과 함께, 그리고 채영이와 앞으로 태어날 아이들과 함께 행복하게 살고 싶습니다. 꼭 사랑과 행복이 넘치고 마음이 풍요로운 가정의 본보기가 되도록 하겠습니다.

저는 따님을, 차은희 씨를 평생의 반려로 존중하고 사랑하겠습니다.

다음 날 저녁. 세현이 세상에서 가장 멋있는 모습으로 찾아왔다. 이번에는 예쁜 원피스를 입은 채영이도 함께였다. 엄마는 아침부터 저녁 준비를 하느라 분주했다. 덕분에 은희도 엄마를 도와 잔치 수준의 식사 준비를 해야 했다.

"어서 와."

거실에서 기다리고 있던 아빠가 다정하게 먼저 인사를 건네자 세현은 들고 온 선물 상자를 내려놓고 정중하게 인사를 했다.

채영이도 옆에서 삼촌을 따라 배꼽 인사를 했다.

은희는 선물상자를 힐끔 쳐다보고는 헤벌쭉 웃으며 주방에서 나오는 엄마를 한 번 쳐다보았다. 얼굴에는 '한우다'라고 쓰여 있었다.

"절부터 받으십시오."

엄마를 본 세현이 말했다. 엄마는 싫다며 손사래를 쳤지만 아버지가 받겠다며 자리를 잡고 앉는 바람에 하는 수 없이 옆에 앉았다. 절을 끝내고 세현이 무릎을 꿇고 앉자 옆에 서 있던 은희가 머뭇머뭇 채영이와 함께 그 옆에 앉았다.

"아버님, 어머님. 저희 행복하게, 정말 잘 살겠습니다."

"할머니, 할아버지."

채영이가 불쑥 끼어들었다. 네 사람 모두 의아하게 바라보는데 채영이가 말을 이었다.

"저도 아줌마, 아니 작은엄마 말씀 잘 듣는 착한 채영이가 될게요."

채영이는 이 말을 밤새 연습했다. 그런데 버릇대로 아줌마라는 말이 먼저 나오는 바람에 속이 상했다. 그러나 할머니 할아버지는 채영이가 기특하여 함박웃음을 지었다. 할아버지가 채영이의 머리를 다정하게 쓰다듬었다.

"우리 채영이, 작은 엄마랑 사이좋게 잘 살아야 한다."

"네!"

채영의 당찬 대답에 엄마 아빠는 크게 웃었고, 은희와 세현은 행복이 가득한 눈으로 서로를 바라보았다.

"자, 밥 먹자."

엄마가 먼저 자리를 털고 일어났다.

"여보. 상 좀 펴 줘요."

"제가 하겠습니다."

세현이 재킷을 벗으며 말했다.

"그래. 그래도 젊은 사람이 낫겠지. 요즘 내 영감은 너무 비실거려."

"뭐, 아니 저 사람이. 남편의 비밀을 그렇게 누설해도 되는 거야?"

아빠가 헛웃음을 흘리며 상이 있는 곳으로 향했고, 그 뒤를 세현이 따라갔다.

"비밀은 무슨."

엄마는 장난기 다분한 표정으로 입을 삐죽거렸다. 은희는 엄마와 함께 주방에서 반찬이며 밥이며 나르기 시작했고, 채영이도 이것저것 잔심부름을 도왔다. 드디어 거하게 한상이 차려지고 온 가족이 상에 둘러앉았다.

"식구가 많으니 좋네."

아빠가 기분 좋은 선창에 따뜻한 밥상 위로 유쾌하고 행복한 웃음이 흘러넘쳤다.

에필로그. 그리하여 그들은……

　아침식사가 끝나고 세현은 평상시와 다름없이 채영이를 유치
원 버스에 태워 보냈다. 채영이뿐만 아니라 단지의 다른 아이들
도 엄마의 배웅을 받으며 유치원으로 떠났다.
　세현은 자주 보아서 낯이 익은 엄마들과 가볍게 인사를 했다.
그런데 서로 눈치를 보며 옆구리를 찔러대던 엄마들 중 한 명이
머뭇머뭇 다가왔다. 그 엄마는 큰딸이 피아노학원에 다니고 있
어서 세현도 아는 엄마였다.
　"저기, 선생님."
　"네."
　"채영이 말이에요."
　"……."
　"조카, 라면서요?"
　새삼스러운 질문에 세현은 어색하게 웃었다.
　한 성인 남자가 아이를 유치원에 보낸다면 대부분의 사람들은

당연히 아빠라고 생각한다. 굳이 아빠냐고 물을 이유가 없다. 하여 지금껏 그는 아빠인 척 살았다. 한 번도 불편한 적이 없었고 이 사소한 침묵이 잠시나마 난처한 상황을 만들지는 전혀 알지 못했다.

그렇기에 동네에 이상한 소문이 퍼졌다 하여 사람들을 원망하거나 질책할 마음은 조금도 없었다. 그런 오해를 하게끔 방치한 건 자신이었기 때문이다.

"네."

세현은 뒤늦게 자신이 삼촌임을 밝혔다.

"거봐, 거봐."

"뭐가 거봐야. 아빠가 맞다고 할 땐 언제고."

엄마들은 저들끼리 실랑이를 벌이기 시작했다.

"결혼도 안 하셨다면서 혼자 조카 키우시느라 고생하셨겠다."

다른 엄마가 쑥덕거리는 엄마들을 돌아보며 머쓱한 표정으로 운을 떼자 다들 그러게, 하며 맞장구를 쳤다.

이 엄마들은 며칠 전 부녀회 모임에 나갔다가 은희 엄마에게 호되게 혼이 났다. 잘 알지도 못하면서 확인되지도 않은 일을 함부로 떠들고 다닌다고 말이다. 한 번만 더 요상한 소리를 하고 다니면 고소를 하겠다고 으름장을 놓자 엄마들은 혼비백산하여 사과를 했다.

오늘 정말 '새삼스럽게' 세현에게 말을 건 건 멀쩡한 처녀 총각을 불륜으로 모함한 죄에 대한 미안함을 나름대로 표현한 것이다. 그런 속사정까지 알 리 없는 세현은 그저 웃기만 했다.

"결혼하신다면서요? 저기, 은희 씨라고 했던가?"

"응. 부녀회장님 딸."

엄마들이 서로를 쳐다보며 어색하게 웃었다. 세현 역시 머쓱한 표정으로 '네.' 라고 짧게 대답했다.

"축하드려요."

"결혼식에 꼭 참석할게요."

"호호호. 그럼 가야지. 누구 결혼식인데."

엄마들의 과장된 웃음에 세현은 어찌할 바를 몰라 꿔다 놓은 보릿자루처럼 멀뚱멀뚱 서 있었다. 그때였다.

"선생님."

소리가 들린 곳을 향해 사람들이 몽땅 고개를 돌렸다. 트레이닝복 위에 두터운 카디건을 걸친 은희가 잠에서 덜 깬 얼굴로 걸어오고 있었다.

"채영이 갔어요?"

"벌써 갔지."

"하아, 조금만 일찍 일어날걸."

세현의 앞까지 다가온 은희가 아쉬움이 가득한 얼굴로 눈을 비비고는 어쩔 줄 몰라 하는 엄마들에게 가볍게 목례를 했다.

"우리는 여기서 이만."

"호호호. 그래요. 선생님 다음에 또 봬요."

엄마들이 서둘러 인사를 하더니 허둥대며 자리를 떠났다. 은희는 여전히 잠이 덜 깬 표정으로 총총 멀어지는 엄마들을 쳐다보았다.

"아줌마들이랑 무슨 얘기 하고 있었어요?"

"결혼 축하한대."

은희가 얼굴을 삐죽거렸다.

"피. 불륜이라고 떠들고 다닐 땐 언제고?"

"홋. 나름 사과한 걸 거야."

"마음도 좋아."

세현이 웃으며 은희의 어깨에 팔을 둘렀다.

"그런데 뭐 하러 나왔어? 아침잠도 많다면서."

은희가 금세 표정을 풀고 세현의 허리를 잡았다. 두 사람은
나란히 걸음을 옮겼다.

"한참 채영이 못 봤잖아요. 출판사에 표지 보내고 시간 나길
래 얼굴이라도 좀 볼까 했는데, 깜빡 잠들었다 깨니 시간이 벌써
이렇게 됐어."

"안 그래도 채영이도 작은엄마 보고 싶다고 하더라."

은희의 얼굴이 발그레해졌다. 채영이는 벌써부터 은희를 작
은엄마라고 불렀다.

"오늘은 좀 자고, 내일은 채영이랑 놀아줘야겠어요."

"나는?"

"음?"

은희가 상체를 조금 떨어뜨리며 세현을 빤히 쳐다보았다.

"나랑은 안 놀아줘?"

"선생님은 내일 일하잖아요."

"세현 씨."

"오빠."

엄한 표정이던 세현이 만족스러운 표정으로 빙그레 웃었다. 은희가 뚱하니 말했다.

"솔직히 말해 봐요."

"뭘?"

"오빠라는 소리 들으려고 일부러 그러는 거죠?"

"아닌데."

"그짓말."

"난 세현 씨라고 불러주는 게 좋아."

은희는 여전히 '세현 씨'라는 호칭이 잘 적응이 되지 않았다.

"도대체 뭐가 좋아요? 어떤 점이?"

"오빠는 내가 친오빠가 되는 것 같은데 '세현 씨'라고 불러주면 뭐랄까. 정말 애인 같고 달달하잖아."

'세현 씨'와 '달달함'의 연관 관계를 알 수 없다며 투덜거리던 은희가 진지한 표정으로 세현을 바라보았다.

"난 은희야, 이래 주는 게 좋은데."

"은희야."

"응?"

"불러줬으니까 세현 씨 해봐."

"소원이에요?"

"응. 소원이야."

세현의 표정이 정말 미치도록 듣고 싶다는 표정이라 은희는 그 소원을 들어주기로 했다. 여전히 낯설지만 그게 뭐 어려운 일이라고 안 해주나 싶었다. 하여 은희는 그의 허리를 바짝 당겨 안으며 그의 눈을 뚫어져라 쳐다보았다. 걸어가는 두 사람은 빈틈도 없이 바짝 붙어 있었다.

"세현 씨."

"은희야."

"사랑해요."

"사랑해."

쪽!

순식간에 세현의 입술이 은희의 입술에 닿았다 떨어졌다. 흠칫 놀란 은희는 빨개진 얼굴로 주변을 두리번거렸다. 다행히 이른 아침의 아파트 단지는 인적 없이 고요하기만 했다.

은희가 세현의 등을 툭 때렸다.

"미쳤어."

"응. 너한테."

은희의 얼굴이 더욱 빨개졌다. 세현은 사랑스럽다는 표정으로 은희의 뒷머리를 부드럽게 쓰다듬고는 다시 어깨를 감싸 안았다. 서로를 꼭 끌어안은 두 사람은 쌀쌀한 겨울바람에게 이른 봄기운을 불어넣고 있었다.

♣

겨울이 점점 깊어지고 있었다. 세현은 채영이가 겨울방학을 하면 함께 지방에 계신 부모님을 뵙자고 했다.

전화로 먼저 결혼할 사람이 있다고 전했을 때 부모님은 눈물까지 흘리며 좋아했다. 그러면서 혹시 마음이 바뀌면 어떻게 하냐며 하루라도 빨리 식을 올려야겠다고 조급해했다. 그럴 일은 절대 없다고 안심시켰지만 그래도 부모님은 불안해했다.

결혼을 허락받은 후로 세현의 생활이 많은 부분 바뀌었다. 은희가 수시로 집에 찾아오는 건 당연했고, 그가 수시로 불려가는 것은 덤이었다. 오늘도 세현은 채영이와 함께 은희의 집 앞에 서 있었다. 한사코 거절해도 집에 와서 저녁을 먹으라는 어머니의 성화에 고마움 반, 죄송함 반의 심정으로 도착했다.

띠리릭-.

도어락의 뚜껑을 여는 소리에 초인종을 누르려던 세현이 아래를 쳐다보았다. 채영이가 당연하다는 듯, 아주 태연하게 비밀번호를 누르고 있었다.

"채영아, 아무거나 누르면-."

말이 끝나기도 전에 띠리릭, 소리를 내며 잠금 해제되는 소리가 들렸다. 채영이는 놀란 표정의 삼촌을 올려다보고 히죽 웃더니 현관문을 열었다.

집 안에서도 세현만큼 놀란 사람이 있었다. 바로 은희였다. 은희는 마치 도둑이라도 들어오는가 싶은 표정으로 어깨를 웅크린 채 문이 열린 현관을 쳐다보고 있었다.

저녁 먹으라는 소리에 방에서 나왔다가 비밀번호 누르는 소리가 들려 얼마나 놀랐는지 모른다. 아빠는 벌써 퇴근해서 식탁에 앉아 있는데 누가 들어오려고 하니 놀라는 건 당연했다. 혹시

집을 잘못 찾은 건 아닐까 싶어 누구냐고 물어보려는데 문까지 열리니 기겁할 수밖에. 그러나 범인은 바로 채영이었다.

"할머니! 할아버지!"

놀라고 당황하여 멍하니 서 있는 삼촌과 작은엄마는 그대로 세워둔 채 채영이는 신발을 아무렇게나 벗어놓고 집 안으로 쌩하니 들어갔다. 세현은 닫히려는 문을 잡은 자세로, 은희는 귀신이라도 본 것 같은 얼굴로 서로를 멀뚱멀뚱 쳐다보고 있을 때 '채영이 왔구나.' 라며 반가워하는 엄마와 아빠의 목소리가 들려왔다.

"안 들어오고 뭐해!"

주방에서 엄마가 큰 소리로 불렀다.

"들어와요."

"어, 그래."

은희의 손짓에 세현이 문을 닫고 안으로 들어왔다.

"왔으면 어서 상 펴."

아빠가 거실로 나오며 재촉했다. 세현은 신발을 벗고 서둘러 들어가 커다란 밥상을 찾아 거실에 폈다. 새삼스러운 인사는 생략되었고 잠깐 사이에 저녁 밥상이 뚝딱 차려졌다. 아빠가 숟가락을 드는 것으로 식사가 시작되었다.

"엄마. 채영이한테 비밀번호 알려줬어요?"

"며칠 전에 알려줬지."

엄마는 밥 위에 올려준 나물과 함께 맛나게 먹는 채영이를 흐뭇하게 바라보았다.

"어휴, 난 또. 알려줬다고 얘길 좀 해주지. 아까 문이 열리기에 도둑이라도 들어오는 줄 알았어요."

"요즘 도둑은 비밀번호 누르고 들어오는구나? 집 안에 불도 훤한데."

"요즘 도둑이 얼마나 무서운지 엄마가 몰라서 그래요."

"쯧쯧."

엄마는 딱하다는 표정으로 딸을 한 번 쳐다보고는 채영이의 밥 위에 이번에는 생선살을 발라 올려주었다.

엄마의 핀잔에 입을 삐죽거리던 은희는 계란말이며 생선이며, 전투적인 자세로 맛있는 반찬들을 세현의 앞에 당겨놓았다. 부모님이 어이없다는 표정으로 쳐다보고 세현은 민망함에 얼굴을 붉혔다.

"이러지 마."

세현이 고개를 숙이고 기어들어가는 목소리로 만류했다. 은희는 헤벌쭉 웃는 얼굴로 무섭게 쏘아보는 부모님을 번갈아 보았다. 이번에는 엄마가 반찬들을 아빠 쪽으로 당겨갔다. 아빠는 감격한 얼굴로 엄마를 쳐다보았다. 여자들의 보이지 않는 실랑이 속에서 채영이만이 평화롭게 저녁을 먹었다.

상을 치우고 엄마는 여러 개의 반찬통을 식탁에 꺼내놓기 시작했다.

"이건 장조림이고, 이건 마른반찬이야. 그리고 이건 잰 김이고. 아, 김치도 가져가야지."

엄마가 김치냉장고가 있는 베란다로 나가자 세현이 기겁을

아마빌레 *371*

하며 따라갔다.

"어머님. 괜찮습니다. 집에 반찬 있어요."

"집에 있는 건 맛없어."

뒤에서 맹랑한 목소리가 날아들었다. 세현은 어마어마한 모함이라도 받은 사람처럼 억울한 표정으로 채영이를 쳐다보았다.

"당장 상하는 것들도 아닌데 챙겨가."

결국 세현이 엄마 대신 김치통을 꺼냈다. 은희는 식탁에서 채영이랑 같이 김을 꺼내 먹고 있었다.

"눅눅해져, 그만들 먹어."

잰걸음으로 다가온 엄마가 작은 손과 큰 손을 연달아 때리고는 김통의 뚜껑을 꼭 닫았다. 차 한잔하고 가라는 아빠의 청에 세현은 채영이와 좀 더 머물다가 자리를 털고 일어났다.

"그럼 저희 가보겠습니다."

"그래. 조심히 가. 내일 또 오고."

"네."

수시로 불러 식사를 챙겨주고, 채영이도 종종 봐주고 있어서 죄송한 마음에 사실은 사양하고 싶지만 그러면 또 서운해 하실까 봐 세현은 순순히 대답했다.

"짐도 많은데 너도 같이 들고 가."

현관 입구에서 빠빠이를 하려는 은희의 등을 엄마가 가볍게 두드렸다. 안 그래도 통이 많은데 따라갈까 말까 고민 중이었다.

"갔다 와도 돼?"

"그래. 꼭 와."

엄마는 만사 귀찮다는 표정으로 손을 휘휘 저었다. 민망해하는 세현과는 반대로 은희는 신난 얼굴로 김통은 채영이 손에 쥐어 주고 저는 밑반찬이 든 쇼핑백을 들었다. 세현은 가장 무거운 김치통을 들었다.

"감사히 잘 먹겠습니다."

"잘 먹겠습니다."

채영이가 삼촌을 따라 할머니에게 또랑또랑한 목소리로 인사했다. 현관 입구에서의 요란한 인사를 끝내고 세 사람은 집을 나섰다.

김통을 품에 안은 채영이가 촐랑촐랑 앞장을 서고 세현과 은희는 나란히 뒤를 따랐다. 겨울밤의 공기가 차서 입에서는 연신 하얀 김이 뿜어져 나왔다.

"그런데, 은희 씨가 어머님 좀 말려봐."

"뭘요?"

"저녁마다 부르시는 게 죄송스러워서."

"그게 뭐."

은희는 고개를 갸웃거렸다.

"어머님이 그렇게 챙기지 않으셔도 밥 잘 챙겨 먹어."

"누가 굶는데요? 그냥 엄마 하고 싶으신 대로 둬요. 요즘 사위 챙기는 재미로 사시는 것 같아."

"에휴, 말을 말자."

"응."

은희가 그의 허리를 끌어안으며 빙긋 미소를 지었다.

집에 도착하여 세현이 반찬을 정리하는 동안 은희는 채영이를 씻기고 잠옷으로 갈아입혔다. 따뜻한 물에 샤워를 해서 그런지 머리를 말리는 동안 채영이는 꾸벅꾸벅 졸기 시작했다. 세현의 퇴근시간에 맞춰 저녁식사를 늦게 한 탓도 있었다.

"자, 다 됐다. 이제 자자."

감기에 걸리면 안 되니 꼿꼿하게 끝까지 머리를 다 말리고서야 은희가 드라이기를 껐다. 채영이는 하품을 하며 눈을 비비더니 침대 머리맡에 있는 사진을 들었다.

"엄마 아빠. 안녕히 주세요."

그의 말대로 채영이는 정말 졸음이 가득한 눈으로 엄마 아빠 사진에 대고 취침인사를 했다. 이제는 실제 모습이 기억도 나지 않을 부모님에게 매일 아침, 저녁으로 인사를 하는 채영이가 안쓰러웠다. 이 모습을 매일 지켜보았을 그를 생각하니 새삼 마음이 아팠다.

인사를 마친 채영이가 액자를 내려놓고 이번에는 은희에게 양팔을 벌렸다. 은희는 웃으며 채영이를 품에 꼭 안았다.

"채영아, 잘 자."

"응. 작은엄마, 내 꿈꿔."

은희는 채영이를 안은 채 쿡쿡 웃음을 터뜨렸다.

"그런 말은 어디서 배운 거야?"

"몰라."

어깨에 얼굴을 비비며 채영이가 까르륵 웃었다. 도대체 어떤 지점에서 웃음이 터졌는지 모를 두 사람이 이리저리 몸을 흔들며 웃는 모습을 세현은 문가에 서서 다 지켜보고 있었다.

참으로 신기한 일이었다. 채영이를 보살펴야 한다는 생각에 결혼은 꿈도 꾸지 않았는데, 늦봄이면 결혼을 하게 된다. 그리고 이제는 모녀처럼 서로를 아끼고 다정한 두 사람을 보고 있자니 아이를 갖고 싶은 마음이 조금씩 자라기 시작했다.

문득, 채영이와 함께 공원을 뛰노는 아이들이 상상이 되었다. 얼마나 예쁠지, 얼마나 사랑스러울지 상상만으로도 가슴이 벅차고 행복했다.

"어, 삼촌 안녕."

쌕쌕거리며 웃던 채영이가 문가에 서 있는 세현을 발견하고 손을 흔들었다. 채영이를 안은 채 뒤를 한 번 돌아본 은희가 미소를 지어보이고는 아이를 침대에 눕혔다. 은희는 이불을 꼼꼼하게 덮어주고 채영이의 이마에 입을 맞추고는 자리에서 일어났다.

"안녕."

채영이가 코맹맹이 소리로 마지막 인사를 하고는 눈을 감았다. 은희가 밖으로 나오고 안을 한 번 들여다본 세현이 문을 닫았다.

"집에 데려다 줄게."

"피아노 쳐줘요."

"어?"

생뚱맞다 싶은 주문에 세현이 놀란 표정을 지었다.

"어서요."

은희는 세현의 손을 잡아끌며 피아노 방으로 들어갔다. 세현은 못 이기는 척 따라 들어가 피아노 앞에 앉았다. 은희는 신난 표정으로 그의 옆에 앉았다.

"어떤 거 쳐줄까?"

"아무거나. 좋은 거."

"훗. 아무거나 좋은 게 뭐야."

"그냥 아무거나."

실없다는 표정으로 방글방글 웃고 있는 은희를 바라보던 그가 드디어 건반 위에 손을 얹었다. 어떤 곡이 연주되려나 은희는 잔뜩 기대하는 얼굴로 그의 하얗고 긴 손가락만 빤히 쳐다보았다.

드디어 그의 손가락이 움직이기 시작했다.

단조롭지만 힘찬 소리로 시작된 연주는 귀에 익은 곡이었다. 바로 은희의 전화 벨소리인 심판의 날이었다. 힘 있게 이어지는 원곡과 다르게 변주 된 그의 연주는 부드럽고 감미로웠다.

같은 곡이지만 전혀 다른 곡의 연주가 끝나고 은희가 손바닥에 불이 나도록 박수를 쳤다.

"와아! 어쩜 좋아, 어쩜 좋아. 이거 완전 좋아."

붉게 상기된 얼굴로 박수를 치며 흥분하는 모습에 세현은 더욱 기분이 좋았다. 은희의 들뜬 마음을 그대로 전달받은 세현이 그녀를 향해 고개를 기울였다.

쪽!

짧은 입맞춤에 은희의 물개박수가 멈추었다. 휘둥그레진 눈으로 자신을 보며 웃고 있는 세현을 멀뚱멀뚱 보고 있던 은희가 미간을 확 구기더니 그의 목에 팔을 둘렀다.

"하려면 제대로 해야죠."

하더니 그를 제 쪽으로 잡아당겨 입술을 포갰다. 그녀의 장난기 다분한 입맞춤에 잠시 당황하던 그도 이내 웃음을 머금고는 그녀를 꼭 끌어안았다. 온 세상을 다 가진 두 사람의 키스는 달콤하고 뜨거웠다.

♣

눈이 소복하게 내리는 날. 은희와 세현은 빈틈도 없이 팔짱을 꼭 끼고 거리를 걷고 있었다. 오늘은 은희의 친구들을 만나기로 한 날이다. 중창단 동기들 중 첫 유부녀 등극 직전이었다.

그냥 남자도 아니고, 어렸을 적 로망의 남자를 만났다는 것으로 중창단 선후배들 사이에서는 꽤 유명해져 있었다. 어디 그뿐인가. 로망의 남자와 결혼까지 한다고 하니 엄청난 뉴스가 아닐 수 없었다. 오죽하면 은사들까지 결혼식에 오겠다고 들썩거렸다.

"안 떨려요?"

"응."

"진짜?"

"응. 왜 떨려?"

"그냥. 내 친구들 만나는 자리니까 긴장하지 않을까 해서."

"재밌는 자리에 가는 건데 긴장하기는."

"치. 그래도 좀 해주지."

은희는 딴 곳으로 고개를 휙 돌려버렸다.

"콩쿠르를 하도 다녀서 웬만해서는 긴장 잘 안 해."

세현은 변명처럼 이유를 설명했다.

"아 맞다. 이제 정말 연주회 안 할 거예요?"

"내가 연주자 생활했으면 좋겠어?"

"응."

은희는 세차게 고개를 끄덕였다.

"나…… 세현 씨가 연미복 입고 피아노 앞에 앉아 있는 거 보고 싶어요."

'세현 씨'라는 호칭이 여전히 어색했지만 은희는 의식해서라도 사용하는 중이었다.

"결혼식장에서 볼 거잖아."

"아이 진짜."

끼고 있던 팔을 뺀 은희가 그의 등을 아프게 때렸다. 세현은 아프다는 시늉을 하면서도 호탕하게 웃었다.

연주자라…….

다시 시작하는 것을 생각 안 해본 건 아니지만, 복귀하자니 일이 한두 가지가 아니었다. 요즘은 개인 레슨까지 추가되어서 꽤 바쁘게 일하는 중이라 연습할 시간을 내는 것도 만만치가 않았다.

형 부부의 사고로 연주회에 대한 트라우마가 생겨 연주 활동을 그만두었기 때문에 복귀에 대한 막연한 두려움도 남아 있었다. 그래도 한 번쯤은 은희의 바람을 이루어주고 싶은 마음은 있었다.

"생각해볼게."

"생각만 하지 말고요."

"그러니까 생각해볼게."

"어휴."

은희는 포기했다는 표정으로 다시 팔짱을 꼈다.

지금까지 한 열 번은 조른 것 같은데 그는 좀처럼 들어주려 하지 않았다. 자세히는 몰라도 오랫동안 쉬었기 때문에 복귀하는 것이 말처럼 쉽지는 않을 거라고 짐작은 하지만 그래도 그의 재능이 무척 아까웠다.

거세지는 눈발을 헤치고 약속 장소에 도착했다. 쌓인 눈을 털어낸 우산을 접어 정리하던 세현은 예약 확인을 하는 은희의 어깨를 가볍게 털었다. 우산을 잘 씌운다고 씌웠는데도 어깨에 약간의 눈이 쌓여 있었던 것이다. 심각한 표정으로 어깨를 털어주는 그를 올려다보던 은희도 그의 어깨에 쌓여 있던 눈을 털어주었다.

"안내해 드리겠습니다."

두 사람이 눈을 털어내는 걸 기다리고 있던 직원이 친절하게 말했다. 먼저 와서 기다리고 있던 친구들은 직원의 안내를 받으며 다가오는 두 사람을 아까부터 지켜보고 있었다.

"어휴, 아주 그냥 좋아서 죽네 죽어."

"그러게. 이렇게 눈이 오는데 우산은 왜 하나만 쓰고 오셨을까. 누구 약을 올리려고."

"아아. 난 오늘 비싼 밥 왕창 먹을 거야. 안 그러면 배 아파서 죽을지도 몰라."

친구들이 부러움과 질투의 한 마디씩을 주고받고 있을 때 두 사람이 테이블로 도착했다.

"일찍 왔네?"

"그럼. 누굴 소개 받는 자린데, 일찍 와야지."

언제 심술을 부리고 있었냐는 듯 친구들이 두서없이 인사를 건네는 바람에 테이블이 순식간에 소란스러워졌다.

다행히 학창 시절부터 지금까지 대장을 맡고 있는 해미가 재빨리 교통정리를 하여 간단한 인사부터 식사 주문까지 순조롭게 할 수 있었다.

"이렇게 뵈니까 그때 본 반주자가 맞는 것 같기도 해요."

다른 친구들은 눈치를 보느라 제대로 쳐다보지 못하는 것과 달리 현주는 그를 대놓고 감상했다. 세현은 머쓱한 표정으로 미소를 지었다.

"맞기는 뭐가 맞아. 우리는 그날 관람석에 있어서 무대랑 엄청 떨어져 있었거든?"

"아니거든. 난 반주자라 그때 반주자 선배만 졸졸 따라다녀서 대기실에서 봤거든?"

은희는 '아 그랬나?' 하며 이마를 긁적거렸다.

"그나저나 정말 잘생기셨어요. 연주자 생활하셨으면 인기몰이 좀 하셨겠는데요?"

"연주자 생활 계속했으면 은희 씨를 못 만났을 텐데요. 한 사람한테만 인기 있는 걸로 충분해요."

담담한 그의 대꾸에 테이블이 조용해졌다. 멍한 표정으로 바라보고 있던 은희는 눈이 마주친 그가 미소를 지어보이자 얼굴을 붉게 물들였다.

"어우!"

"으아."

친구들이 동시에 몸서리를 치며 괴성을 질렀다. 여기저기서 팔뚝을 비비며 서로를 향해 살려달라고 아우성이었다. 은희는 화끈거리는 얼굴을 양손으로 감쌌고, 세현만이 덤덤한 표정으로 웃고 있었다.

식사는 즐거웠다. 조용하고 차분한 성격의 그가 친구들의 수다에 놀라면 어쩌나 걱정했는데 오히려 분위기를 쥐락펴락하는 건 그였다. 하이라이트는 채영이와 잠들어 있는 그녀를 지켜보고 있었던 때의 이야기를 할 때였다.

"정말 예뻐서, 사실은 그때 키스할 뻔했어요."

"으갸!"

"어으으으."

처음 듣는 소리에 은희는 할 말을 잃은 채 입을 쩍 벌렸고, 친구들은 자기네들이 부끄러워 얼굴을 붉히며 낮게 비명을 질렀다.

"내가 차지할 수 없는 사람이라고 생각하고 절대 잡지 않겠다고 다짐한 직후였는데, 막상 삐쳤다는 소리 듣고 엄청 괴로웠어요."

이어지는 말에 친구들이 부러움의 시선으로 은희를 바라보았다. 이렇게까지 세세한 이야기는 듣지 못했는데, 친구들 앞에서 듣자니 행복하면서 쑥스러워 은희는 연기처럼 훅 사라져버리고 싶었다.

"저기, 선생님."

심각한 표정의 경신이 테이블에 팔을 올리고 상체를 조금 앞으로 내밀었다. 세현이 궁금한 표정으로 바라보았다.

"혼자만 행복하지 마시고 가지 좀 치세요."

"야아."

하여튼 저놈의 가지는.

은희는 그만 좀 하라는 표정으로 친구들을 향해 손을 휘휘 저었다. 세현은 한결같은 미소로 대답했다.

"결혼식날 한 놈씩 잡으세요."

몇 개월 뒤에나 있을 결혼식을 벌써부터 떠올리는지 친구들은 저들끼리 들떠서 숙덕거렸다. 그 와중에도 경신은 진지했다.

"네. 꼭 갈게요. 그러니 꼭 다 오라고 하세요."

"네. 꼭 그렇게 할게요."

세현의 흔쾌한 약속에 친구들이 몽땅 물개박수로 화답했다.

식사가 거의 마무리되었을 때쯤, 세현이 잠시 자리를 비웠다. 그 사이 빈 접시들이 치워지고 후식으로 주문한 차와 커피가 테이블에 놓였다.

"이건 정말 별 뜻 없이 궁금해서 묻는 건데."

은희는 커피를 마시며 운을 떼는 현주를 바라보았다.

"선생님의 어떤 점이 좋은 거야? 그냥 진짜 순수하게 궁금한 거야. 다른 뜻이 있는 건 아니고."

혹시라도 오해할까 싶어 현주가 한 번 더 강조했다.

은희는 마시던 커피를 내려놓고 잠시 생각에 잠겼다. 그의 어떤 점이 좋았을까? 잘생긴 외모? 조용조용한 성격? 아니면 따뜻한 성품? 그러나 그녀의 대답은 간단명료했다.

"그냥."

친구들이 이게 무슨 자다가 봉창이냐는 표정으로 쳐다보았다.

"그냥 좋아."

"그냥 좋은 게 뭐야."

해미가 투덜거렸다.

"그냥 좋아서 좋은 거야. 다 좋아. 보고 있으면 그냥 좋아. 너희도 사람 좋아할 때 이게 좋다 저게 좋다 따지면서 좋아했던 건 아닐 거잖아. 좋아하고 보니 이것도 좋고, 저것도 좋고 했던 거 아니야?"

"듣고 보니 그러네."

경신의 대꾸에 다른 친구들도 동의하는 표정으로 고개를 끄덕였다.

"십수 년 전에 스치듯 보았던 사람을 다시 만난 걸 보면 세현 씨는 내 운명이었던 것 같아. 운명인데 이것저것 따져서 좋아하는 게 무슨 의미가 있겠어. 그냥 좋아. 그 사람이라서 그냥 좋아."

얼마간의 침묵이 흐르고 갑자기 해미가 가슴을 움켜잡으며 등받이에 몸을 한껏 기댔다.

"으아, 살려줘. 갑자기 등에서 닭날개가 나오려고 해."

정말 괴롭다는 듯 몸부림을 치는 해미를 친구들이 딱하다는 표정으로 쳐다보고는 와자지껄 웃음을 터뜨렸다.

잠시 후 세현이 돌아오고 십여 분 정도 대화를 나누다가 다들 자리를 털고 일어났다. 식사 대금은 화장실에 가는 줄 알았던 그가 이미 계산을 치러 놓았다.

"잘 먹었습니다."

친구들이 한목소리로 인사를 했다.

"맥주 한잔하시죠."

세현의 제안에 친구들이 손사래를 쳤다.

"아니에요. 눈도 많이 오고, 시간도 늦었으니 이제 들어가야죠."

"맥주는 집들이 때 할게요."

친구들의 사양에 세현은 아쉬운 표정으로 그러자고 대답했다. 손을 흔들며 마지막 인사를 건넨 친구들이 삼삼오오 하얀 눈발 속으로 들어갔다. 빼곡하게 들어선 우산들로 친구들이 더는 보이지 않게 되었을 때 세현이 우산을 폈다.

"우리도 가자."

"응."

은희가 웃으며 우산 속으로 들어가 그의 허리를 감쌌다. 세현은 은희의 어깨를 꼭 끌어안고 걸음을 뗐다.

"우산 같이 쓰는 거 불편하지 않아?"

"왜요? 불편해요?"

"나야 이렇게 안고 가면 좋지."

"으응. 나도 이렇게 안고 가는 거 좋아."

은희가 얼굴을 묻으며 양팔로 그의 허리를 꽉 끌어안았다. 그 바람에 눈길에 발이 미끄러져 두 사람은 그 상태 그대로 휘청휘청 거렸다. 그러거나 말거나, 은희는 그를 놓지 않았고 세현은 중심을 겨우 잡고서야 안도의 한숨을 쉬었다.

"넘어졌으면 아주 웃겼을 거야."

여전히 팔을 놓지 않는 은희의 어깨를 감싸고 조심조심 걸음을 옮기며 세현이 말했다.

"금방이 더 웃겼을 거야."

은희가 어깨까지 들썩거리며 키득거렸다. 세현은 졌다는 표정으로 은희를 한 번 쳐다보고는 길을 재촉했다.

"어서 가자. 코가 빨개."

은희는 장갑 속 손등을 코끝에 대보았다. 얼음장 같은 냉기가 손등으로 느껴졌다. 은희는 고개를 번쩍 들어 앞을 보며 걷는 그의 얼굴을 바라보았다. 그녀의 시선을 느낀 세현이 흘깃 쳐다보았다.

"뽀뽀해 줘."

"뭐?"

그의 얼굴이 순식간에 붉어졌다.

"아앙. 빨리."

은희는 그에게 안겨 가면서 발을 동동 굴렀다. 세현은 난처한 표정으로 주변을 둘러보았다. 쏟아지는 눈에 우산을 쓴 사람들은 미끄러질까 발밑만 보며 걸어가고 있었다. 뽀뽀쯤이야 순간이면 되는데, 그래도 길거리에서, 그것도 사람들이 많은 한복판에서 하자니 조금 쑥스러웠다.

"어엉. 어서."

은희가 이제는 허리춤을 잡고 마구 흔들었다. 그녀의 적극성이 좋기는 한데, 가끔은 무리한 요구를 해서 난감한 적이 여러 번이었다. 그러나 싫지는 않았다. 남몰래 하는 애정 표현은 쑥스럽긴 해도 묘한 스릴이 있으니까.

세현은 재촉하던 걸음의 속도를 서서히 줄이며 주변을 재빨리 훑었다. 그리고는 우산을 앞으로 약간 기울여 시야를 막고 은희의 차가운 입술에 짧게 입을 맞췄다.

세현은 됐지? 하는 표정으로 쳐다보고는 다시 걸음을 재촉했다. 스릴도 좋지만 역시나 길거리에서의 입맞춤은 쑥스러웠다.

"사랑해요."

지하철 입구가 보이기 시작했을 때 은희가 그를 올려다보며 속삭였다. 쑥스러움과 민망함이 가시지 않은 표정으로 은희를 쳐다본 세현이 엷은 미소를 지었다.

"나도 사랑해."

서로를 사랑스러운 시선으로 바라보는 두 사람의 우산 위로 행복의 눈이 점점 더 쌓여가고 있었다.

♣

　벚꽃이 흐드러지게 흩날리는 봄의 토요일 오후. 많은 사람들의 부러움과 축하를 받으며 세현과 은희가 결혼식을 올리고 있었다.

　화동으로 분한 채영이는 두 사람 앞에 축복의 꽃잎을 뿌렸다. 화사한 웨딩드레스를 입은 신부와 세련미가 돋보이는 검은색 연미복을 입은 신랑은 흑백으로 대비되면서도 마치 하나처럼 조화로웠다.

　차분한 분위기에서 혼인서약을 하는 두 사람의 표정은 진중했다. 주례는 신랑의 어렸을 적 피아노 스승인 유명 예술대학의 교수님이 맡았다. 사랑하는 제자의 재능을 줄줄 읊으며 자랑을 길게 하느라 주례가 길어지긴 했지만 새로운 가정의 출발을 축복하는 주례로 손색이 없었다.

　드디어 축가의 시간이 되었다. 팔짱을 낀 신랑 신부는 우르르 몰려나오는 신부 친구들을 향해 돌아섰다. 어수선한 등장과 달리 친구들의 표정은 엄숙했다.

　그러나 현주의 반주가 시작되면서 분위기는 발랄해졌다.

　축가로 선택된 곡은 박정현의 '달아요'였다. 선창은 중창단에서 소프라노 악장이었던 친구가 시작했다. 한 소절이 끝나고 화음을 넣어 감미롭게 노래를 이어갔다. 그런데 중간쯤 되었을 때 어디선가 묵직한 목소리가 끼어들더니 정장을 차려입은 남자들이 하객들 틈바구니에서 걸어 나와 친구들의 뒤에 나열해 섰다.

세현과 은희는 놀란 표정으로 서로를 쳐다보았다. 뒤늦게 합류한 사람들은 세현의 고등학교 중창단 친구들이었다.

결혼식장에 도착하자마자 해미는 신랑 중창단 친구들을 찾아 함께 축가를 부르자고 제의했다. 신랑 친구들은 흔쾌히 응했고 30분가량을 연습했다. 학창 시절 노래를 했던 실력이 있어서 짧은 연습이었음에도 깔끔하게 화음을 맞출 수 있었다.

축가가 끝나고 하객석에서는 큰 박수가 터져 나왔다. 은희는 행복한 미소로 퇴장하는 친구들을 향해 손을 흔들어 보였다. 세현의 친구들도 큰 소리로 축하 인사를 외치고는 총총 퇴장했다.

이어진 축가는 채영이를 포함한 피아노학원생들이었다. 채영이는 아이들 중 한가운데 있었고, 반주자는 원장님이었다. 아이들의 천진한 목소리로 듣게 된 축가는 '아주 먼 옛날'이라는 곡이었다.

'사랑해요. 축복해요. 당신의 마음에 우리의 사랑을 드려요.' 라는 마지막 가사를 들으며 은희는 눈시울을 붉혔다. 노래를 끝낸 아이들은 머리 위로 하트를 만들어 보이며 '축복합니다!' 라고 외치고 원장님을 따라 퇴장했다.

고이는 눈물을 떨리는 손으로 닦아 내는데 그가 팔짱을 풀었다. 은희는 어리둥절한 표정으로 그를 바라보았다. 눈가의 물기를 대신 닦아주던 그가 그녀를 두고 어딘가로 향했다. 무슨 일인가 싶어 바라보는 그는 끼고 있던 장갑을 벗고는 피아노 앞에 섰다.

"이번 순서는 신랑의 피아노 연주입니다. 신부께서 연미복을 입고 피아노에 앉은 모습을 보고 싶어 한다며 신랑이 특별히 준비한 시간입니다."

사회자의 설명이 끝나고 세현이 하객들을 향해 인사를 했다. 기대에 찬 박수가 터져 나오고 세현은 은희를 향해 미소를 지어 보이고는 피아노 의자에 앉았다. 장내가 조용해지고 드디어 그의 연주가 시작되었다.

연주곡은 많은 사람들이 알고 있는 엘가의 '사랑의 인사' 였다. 사람들은 몸을 좌우로 흔들며 감미로운 선율에 빠져들었다.

은희는 빛나는 조명 아래에서 연주하는 그의 모습을 커다란 모니터로 보았다. 그가 잠깐잠깐 카메라를 볼 때마다 그와 직접 눈이 마주친 것처럼 심장이 두근댔다.

피아노 앞에 앉아 있는 그를 보고 있자니 어렸을 적에 보았던, 교복 차림의 그가 오버랩되는 것 같았다. 문득 그를 처음 보았던 대회의 기억이 떠올랐다.

참가곡은 팀별로 두 곡이었는데, 그의 모교인 누리고등학교 중창단에서 불렀던 곡 하나는 바로…….

'어?'

끝나는가 싶던 피아노 연주의 분위기가 갑자기 바뀌었다. 귀에 익은 멜로디. 그건 바로 그를 처음 보았던 날의 출전 곡 중 하나인 'Oh! Happy Day' 였다. 반가움과 놀라움이 은희의 얼굴에 번졌다. 은희의 친구들도 그날을 떠올렸는지 서로의 팔을 두드리며 반가움을 드러냈다.

완전히 퇴장하지 않고 벽에 왜 붙어 있나 했던 신랑 친구들이 박수로 박자를 맞추며 코러스를 넣고 솔로리스트가 버진로드에 올라와 흥겹게 어깨를 들썩이며 노래를 불렀다.

몇 소절이 끝나자 이번에는 은희 친구들이 버진로드로 올라오더니 어설픈 춤을 추며 흥을 돋우었다. 그에 질세라 흥겨워진 피아노 반주를 따라 세현의 친구들까지 올라온 버진로드는 그야말로 북적대며 축제의 자리가 되었다.

드디어 솔로리스트의 수신호에 맞춰 노래와 반주가 끝나고 사람들의 환호성이 흥겨운 잔치의 마지막을 장식했다.

박수를 받으며 피아노에서 내려온 세현은 감격스러운 얼굴로 바라보는 은희에게로 성큼성큼 걸어갔다. 행복감에 젖어 눈시울이 붉어진 은희가 그를 향해 손을 내밀었다. 세상에서 가장 멋있는 미소를 지으며 그녀의 손을 잡은 세현이 갑자기 허리를 끌어안더니 입맞춤을 했다. 잠시 놀란 듯 그대로 굳어 있던 은희가 그의 목에 팔을 두르자 함성은 더욱 커졌다.

"와아!"

"꺄아악!"

신랑 신부 친구들이 부러움과 질투가 뒤섞인 고함을 지르고 하객들도 큰 소리로 웃으며 박수를 쳤다. 그중에서 할머니의 만류에도 아랑곳하지 않고 의자 위에 올라선 채영이가 가장 신나게 박수를 쳤다. 키스를 끝내고 서로의 눈을 바라보는 두 사람의 얼굴에는 행복의 열기가 가득했다.

　어렸을 때 피아노를 배웠다. 음악에 남다른 소질이 있었던 건 아닌 것 같은데, 피아노도 좋아하고, 합창도 좋아하고, 클래식 기타도 좋아한다.

　(다음엔 클래식 기타 연주자 얘길 써 볼까. ^^;;)

　2012년 여름에 취미삼아 동네 피아노학원에 등록했다. 어린이들이 좋아할 법한 표지의 교본으로 3개월가량 피아노를 다시 배웠다.

　수강 등록을 한 후 어째서 피아노 학원에는 남자 선생님이 없는 것이냐며 한탄하다가 시작한 것이 '아마빌레'다. 단순히 학원에 잘생기고 키도 크고 멋있는 남자 선생님이 있으면 좋겠다는 생각을 하며 글을 시작했다.

　더불어 수년 전 모 중창대회에 참석했다가 유일한 남자 반주자에게 홀딱 반한 적이 있었는데, 그때의 기억이 더해져 민세현 선생님이 탄생했다. 그래서였는지 나는 연재 내내 민세현 선생님이 좋았다.

　학원 선생님을 훔쳐보는 마음으로 시작된 '아마빌레'는 처음엔 단편을 생각했었다. 제목도, 생각해 놓은 결말도 없이 남자 선생님을 향한 설레는 마음이면 그만이라며 시작했는데 행복한 결말로 마무리할 수 있게 되어 기쁘다.

'채영'이라는 이름을 가진 이 모 작가에 대한 이야기를 짧게 해야겠다. 사실 '채영'이라는 이름을 지을 때 이 모 작가를 떠올린 건 아니었다. 이런저런 이름을 대입하여 만들다가 입에 착 감기는, 딱이다 싶은 이름이라고 지었는데 나중에 보니 이 모 작가의 이름이었다. 평상시에 연재 필명으로 부르기 때문에 의식하지 못했는데, 애정은 무의식을 뛰어 넘는 모양이다.

결론은 ♡.

하나의 작품이 이렇게 또 세상에 나오게 되어 하나님께 감사드린다. 연재하는 동안 함께 해주신 분들과 언제나 힘을 주는 동료 작가들께도 감사의 말을 전하고 싶다.

마지막으로 세 사람이 만난 학원은 내가 다녔던 학원이 모델인데 내부 구조는 다른 곳을 조금 참고했다. 그들이 거주하는 아파트도 내가 살았던 아파트를 모델로 삼았다.

학교명과 중창제 이름은 지어낸 이름이니 혹여 같은 이름의 학교가 있거나 중창제가 있다면 아무런 관련이 없다는 점을 밝힌다.

제목처럼 그들이 사랑스러웠기를, 그리고 그들과 함께 행복하셨기를 바란다.

겨울을 지나며, 주은영